封神演義之
哪吒新傳
靈珠降世，戰火燃封神
靈珠轉世，注定不凡。
哪吒降生於亂世，天資卓絕卻桀驁不馴，
既能斬妖除魔，亦敢怒殺龍族。
代言 著
東海風波、誅仙殺陣、師門對峙……
且看這名年少戰神，如何在血與火中踏上宿命之路！

目錄

目錄

第一章 靈珠轉世因果

天界聖境崑崙山白雪皚皚，山風不止，雪飄不停。崑崙山重重疊疊有九層，高一萬一千一百一十四步二尺六寸。崑崙山上有大稻子，足有四五丈粗。崑崙山西邊生長著珠樹、玉樹、璇樹、不死樹。不死樹上果實纍纍，果實呈紫色，人吃了可以長生不老。崑崙山東邊長著沙棠樹、琅玕樹。崑崙山南邊有絳樹。崑崙山北面有碧樹、瑤樹、文玉樹。文玉樹上結有五彩斑斕的美玉。鳳凰和鸞鳥圍繞著崑崙山巔翱翔。山巔被紫氣籠罩。琅玕樹上的果實就是鳳凰和鸞鳥的食物。昆侖仙境的宮殿此起彼伏，散落地分布在山間。元始天尊的玉虛宮位於九層山上，格外耀眼，處諸宮之上，金光熠熠。

元始天尊與眾弟子正在玉虛宮內打坐。只見天尊高坐寶殿雲端之上，頂負圓光，身披七十二色道袍，手執紅色寶珠，左手虛拈，右手虛捧。天尊的弟子十二大羅金仙依次端坐兩排，他們分別為廣成子、赤精子、清虛道德真君、太乙真人、玉鼎真人、靈寶大法師、黃龍真人、普賢真人、慈航道人、懼留孫、道行天尊、文殊廣法天尊。元始天尊又新收了兩位來自人間的弟子姜子牙和申公豹，他們因為仰慕天尊而入道。他們按位次坐在了十二金仙的後面，以姜子牙為師兄，申公豹為師弟。

元始天尊睜開眼，面對眾弟子，道：「看來殷商氣數就要盡了，你們誰下凡去助周滅商啊？」

廣成子主動請命道：「師尊，弟子願往。」

其他金仙紛紛請願。

元始天尊搖了搖頭，道：「人間的事情還是由人去管吧，汝等大羅金仙不便干涉人間之事，三界自有其秩序，盛衰興亡皆是天理循環。」

申公豹主動請纓，道：「師尊，弟子願為師尊分憂，弟子來自下界，再合適不過。」

元始天尊仍然擺了擺頭，道：「此人代表天庭，替天行道，必定公道持正，心懷慈悲之心，否則無法完成為師交代的使命。公豹，你做事過於急躁，身上殺氣未除，為師擔心你下去後生靈塗炭。子牙，你來我玉虛宮修煉數十年，可願下界為我分憂？」

申公豹見自己被拒絕，恨得咬牙切齒。諸仙皆感十分詫異。

姜子牙站了起來，面對元始天尊作揖道：「師尊，弟子法力低微，恐難當大任啊，請師尊收回成命。」

「你雖然法力低微，但你大慈大悲，為人果斷幹練，足智多謀，深諳識人之道，由你下界再合適不過。」天尊道。

姜子牙一副膽怯的樣子，吞吞吐吐道：「這……這……」表情十分為難。

天尊笑道：「子牙盡可放心，如你有危難之時，必然叫天天應，叫地地靈，會有神將下凡助陣。這是《封神榜》，待伐紂大業功成，鑄造封神臺，按《封神榜》逐一封神，子牙接旨。」

姜子牙伸出雙手，《封神榜》飛到他的手上，他雙手捧著。

申公豹深感不滿，站起來，面對天尊吼道：「師尊，你偏心，對我不放心，對子牙師兄就放心，不就是因為申公豹是異類嘛！你既然不相信我，那好，我自己下界去，師尊就看我如何在下界建功立業吧！」

說罷，申公豹化身而去，一道魔光直奔人間。

天尊道：「看來，這個申公豹會是你在人間最大的障礙啊，我擔心他會干擾伐紂大業。」

這時，女媧娘娘攜童子乘坐雲輦而來。

「女媧拜見天尊。」女媧面對元始天尊遙拜道。

天尊道：「尊神有何事啊？」

「天尊，女媧近來算到殷商氣數將盡。前些日子，紂王到女媧廟拜我，竟然褻瀆神像。女媧見紂王如此昏庸，在下界搞得生靈塗炭，女媧身為天界大神不能坐視蒼生不管，就與童兒靈珠子商量，讓他下界輔佐周朝伐商，他也願往，特來請示天尊，請天尊示下？」女媧奏道。

元始天尊欣慰道：「如此，周王室如虎添翼，靈珠子法力廣大，定然能助周伐商成功，只是投胎何處，想好了嗎？」

道童打扮的靈珠子面對元始天尊道：「天尊，弟子願投胎到陳塘關總兵李靖家。這位李總兵忠君愛國，為人正直，武藝高強，李總兵與其妻相濡以沫，去他們家，一定不會錯，將來弟子與李總兵一起相助周王室。」

「嗯。」天尊點了點頭。

女媧道：「雖然，以李總兵的個性，靈珠子與他可能會是一段孽緣，但對於靈珠子也是一次歷練，讓他去體驗一番父子之情、兄弟之義也好！」

元始天尊面對靈珠子，又看了看姜子牙道：「靈珠子，子牙是本尊收的一位來自人間的弟子，此次伐紂大業由他主持，他將化名姜尚，你去人間要多多輔佐於他，早日完成天命！」

「領法旨。」靈珠子遙拜道。

「女媧告退。」女媧和靈珠子上雲輦飛出了玉虛宮。

陳塘關位於東海入海口，三面環山，建在海口峽谷之內，河流穿城而過，匯入東海，城中有八百多戶人家，人口約有兩千多人。陳塘關是與商朝都城朝歌相連的重要關口，由總兵李靖把守。

李靖的總兵府位於陳塘關的東邊，那裡地形居高臨下，可以眺望四周，大海也能一覽無遺。總兵府是朝廷修建，雖然不大，但也足夠氣派。靈珠子投胎到這裡。

普通人一般十月懷胎，而靈珠子已經在李靖夫人殷氏的肚子裡孕育了三年零六個月，這不合常理。殷氏正在產房裡努力生產，已經過去一炷香的時間，新生兒遲遲沒有落地，殷氏又發出痛苦的呻吟，而產婆不停地為殷氏打氣。

李靖正在產房外焦急地等待，如同熱鍋上的螞蟻，焦躁不安。而李靖的另外兩位公子，金吒和木吒在院子裡比試劍術，見李靖急躁不安，金吒和木吒才停下來，陪在父親身邊。

終於，殷氏停止了呻吟，產婆從房間裡跑出來，一副驚魂未定的樣子道：「將軍，夫人生了。」

留守總兵府的李靖部下魔家四將魔禮青、魔禮壽、魔禮紅、魔禮海聞聲跑了過來，紛紛向李靖道賀。

李靖一一謝過後，忙問產婆道：「是男，是女？」

產婆渾身哆嗦，道：「我當了二十年的產婆，接生過無數產婦，這種事情我還是頭一回見到，將軍還是自己進屋去看吧！」

說罷，產婆拔腿就跑，邊跑邊向天禱告，嘴裡好像在唸著什麼咒語。

李靖感到莫名其妙，連忙衝進了房間。

「怎麼會這樣！」李靖驚呼道。

金吒、木吒、魔家四將紛紛跑了進去，只見一個紅色的肉球在房間裡蹦來蹦去，上竄下跳，眾人皆瞠目結舌。

臉色煞白的李靖道：「想我李靖英雄一世，竟生出妖怪，要是傳出去，我怎麼對得起這裡的百姓，我有何面目見鄉親父老？只怕這產婆也將此事傳得滿城風雨。不行，我要殺了他！」

李靖從金吒手裡奪過劍就要向肉球砍去，殷氏連忙從床上爬下來，瞬間抱住了李靖的大腿，哭喊道：「夫君，我懷胎三年零六個月才生下來的孩兒，你怎麼能說不要就不要？怎麼說他也是我們的骨肉啊，你就放過他吧！」

任憑殷氏哭鬧，李靖無動於衷。魔家四將也深感同情，魔禮青站出來勸道：「將軍，你何不換個想法，他有可能是神仙下凡呢。自古以來但凡奇人異士出生時總有些異象，傳說當年倉頡和虞舜出生時還是重瞳子，最終一個成為賢臣，一個成為明君。所以將軍還是要三思啊，萬一他真的是神仙下凡，豈不是冒犯神明？」

李靖苦笑道：「我李靖就是陳塘關一總兵，又不是什麼達官貴族，有神仙會來到我家，做我李靖的孩子？定是妖怪無疑！」

說罷，在眾人都沒有留神的情況下，李靖揮劍，頓時將肉球劈成兩半。殷氏見狀，大叫一聲。

肉球裡跳出來一個手戴金鐲、腰纏紅綾的男嬰。小傢伙見風就長，一盞茶的工夫就能走路，明明是個男娃，卻長成女兒模樣，天生麗質，眉清目秀，面如傅粉，唇紅齒白，昂昂眉宇，眼運精光，仙氣逼人。

靈珠子走到李靖夫婦面前，抱著李靖夫婦的大腿，喊道：「爹，娘……」

殷氏喜極而泣，道：「夫君，你看這不是神仙下凡是什麼？剛生下來就會走路，還會叫爹和娘，你非說他是妖怪。」

李靖固執道：「生下來就會走路，還會叫人，不是妖怪是什麼，但願日後不要給我惹麻煩就好！」

眾人皆感奇異，魔家四將異口同聲道：「恭喜將軍，賀喜夫人喜得貴子！」

殷氏得意揚揚道：「夫君，你給這孩子取個名字吧？」

「我哪裡知道這孩子從哪裡來，就叫哪吒吧。」李靖背著手，搖了搖頭，嘆了一口氣，走出了房門。

「我有名字了，我叫哪吒。」哪吒手舞足蹈，樂得不行。

金吒和木吒一起把哪吒舉得老高，二人異口同聲喊道：「弟弟，我們有弟弟了。」

「大哥，二哥。」哪吒叫得很親切。

殷氏看在眼裡，鬆了一口氣，很欣慰的樣子。

魔家四將也一臉笑容地離開了殷氏的房間。

待李靖走後，哪吒跑出了房間，見風就長，不到一炷香的時間，他就長成了少年模樣。

他衝出了府門，來到了大街上。殷氏見哪吒跑出去，她追不上，剛生完孩子還要坐月子，不能行走。

殷氏忙對金吒和木吒喊道：「金吒、木吒，你們趕快追，不要讓他在大街上受人欺負了。」

沒等殷氏說完，金吒和木吒拔腿就跑，從總兵府左轉幾條街才追上哪吒。哪吒在大街上上竄下跳，飛簷走壁，完全不像是一個剛出生的小孩，大街上的人們都停下了腳步，紛紛望向哪吒。

金吒跑在前面，朝哪吒喊道：「三弟，快停下來，不要嚇到人家。」

大街上的人們議論紛紛，對哪吒的來歷各有說辭，有說他是神仙，有說他是妖怪。一個賣菜的農夫對另一個菜販子道：「聽說李總兵生了個妖怪，大概就是這小子。」

正好被木吒聽到，他揪著菜販的衣服道：「你說誰是妖怪呢？我家三弟哪裡像妖怪了？我告訴你，他是天上神仙下凡。」

菜農懼怕，連連點頭道：「是……是……我胡說八道的。」

菜農求饒，木吒這才鬆手。

哪吒飛簷走壁，像一隻自由飛翔的鳥，無拘無束，他從這家房頂又跳到那家房頂，他似乎很享受這種自由。

就在哪吒放飛自我的時候，他俯瞰街道，有那麼一瞬，看到一個人鬼鬼祟祟的，正在摸另外一個人的錢袋子。只見他縱身一躍跳了下去，一把抓住了那小偷的手，小偷手裡正好拽著錢袋子，被哪吒抓了現形。

哪吒怒斥道：「好你個小偷，光天化日，你竟敢偷他人的財物，還不快點把錢還給人家？」

那被偷者不敢聲張，一副膽怯的樣子。這更加助長了小偷的氣焰，小偷問被偷者道：「這錢袋是你的嗎？」

被偷者支支吾吾不敢說話，打算不要錢了，就想圖個平安。

哪吒緊緊抓住小偷的手，小偷不服氣，憤怒道：「哪來的野孩子，敢多管閒事，看我今天不打死你！」

小偷試圖擺脫哪吒對他的束縛，但哪吒將錢袋子奪過來扔給了被偷者，被偷者二話沒說，嚇得拔腿就跑。

小偷求饒，哪吒硬生生把小偷的手給折斷了，小偷痛得在地上打滾，哪吒不罷休，又狠狠踹了小偷幾腳。

這時，金吒和木吒趕過來，連忙制止了哪吒。

陳塘關的百姓都認識李靖的兩位公子金吒和木吒，見二人叫哪吒三弟，圍觀百姓都明白了。

「原來是李總兵的三公子，下手夠狠的，聽說是個妖怪，我還不信，沒想到剛生出來就長這麼大，還出手傷人，不是妖怪是什麼？」

「是呀，聽說這三公子生出來是個肉球。」

「是呀，邪門喲。」

百姓們七嘴八舌，議論紛紛，朝周圍四散而去。

哪吒聽別人說自己是妖怪，怒了，對著幾個百姓又是一頓痛打。

哪吒天生神力，凡人哪裡忍得了，沒捱上幾拳，就開始口吐鮮血。

金吒和木吒見眾怒難犯，硬生生抱著哪吒回到了府上。

剛回到府上，那些被哪吒打傷的百姓就聚集到府門口，他們包紮好了傷口，紛紛上門聲討，找李靖賠醫藥費。

府門口鬧哄哄的，驚擾了正在書房裡看書的李靖。李靖從房間裡走出來，面對府上一個路過的家丁問道：「外面怎麼回事？鬧哄哄的。」

家丁吞吞吐吐道：「好像是三公子他……」家丁不敢說。

「三公子怎麼了？快說！」李靖吼道。

家丁嚇得跪在地上，道：「三公子在街上打傷了人，那些百姓向將軍討要醫藥費。」

李靖震怒，道：「豈有此理，把那個孽子給我叫來。」

李靖邊說邊向府門口走去。

總兵府門口被數十人圍住，領頭的幾個人就是被哪吒打傷的幾個人。當李靖氣勢洶洶出現在府門口的時候，場面一片譁然。

重傷者站出來，衝李靖吼道：「李將軍，你家公子在大街上打人，你看我們幾個都是被他打傷的，你不能縱子行凶啊，我等就是過來向李將軍討回公道！」

起鬨的百姓很多，他們紛紛為受傷者鳴不平，看架勢像是要衝進總兵府一樣，要不是士兵攔著，差不多要衝進去了。

李靖深感理虧，雙手舉起示意道：「請諸位稍安勿躁，此事我也是方才得知，吾兒馬上就出來，若此事真是他所為，我定會道歉並做出補償。」

哪吒在金吒、木吒的陪同下走了出來，李靖的部下魔家四將等人也聞聲出來。

李靖二話沒說，就給了哪吒一記耳光。年幼的哪吒疼得受不了，一個勁兒揉臉。他面對李靖不滿道：「你憑什麼打我？這件事情孩兒沒有錯，你為什麼不問我原因？」

李靖氣勢洶洶道：「你身為我李靖的兒子，朝廷命官之子，不管怎樣你都不能在大庭廣眾之下給我惹事，這記耳光就是讓你今後長記性。你現在可以說了，給你解釋的機會。」

「你讓我說，我偏不說。」哪吒固執道。

李靖氣急敗壞。

金吒站出來，面對圍觀百姓，憤憤不平道：「今天這件事情，大家都有目共睹，我身為總兵府的大公子，絕不會包庇自己的親弟弟，今天我弟弟第一次上街碰到小偷，伸張正義，沒錯吧？偏偏有人當著我弟弟的面說他是妖怪，古今奇人異事頗多，你們憑什麼說他是妖怪？容我說一句公道話，在場的諸位，如果有人罵你們是妖怪，或者罵你們的爹娘，你們會出手教訓他嗎？我相信都會吧！幾位大哥，何不將心比心？」

「果真是這樣嗎？」李靖質問幾位受傷者。

幾位受傷者眼神閃爍，好像有意迴避，說話也支支吾吾。

李靖心裡也明白了八九分。

「我兒打人不對，是我管教不嚴，但你們出言不遜在先，你們的藥錢本將軍會賠你們的，也請你們記住這次教訓，都散了吧。」李靖揮了揮衣袖，轉身拽著哪吒就往屋裡去。

金吒將一些銅貝分發給幾位受傷者，並警告道：「不要再多事，要是被官府抓到，定不饒恕。」

他們也算識趣，灰溜溜地離開了。

李靖一隻手拽著哪吒進了大堂，並吩咐身邊的兵士道：「來呀，給我家法伺候。」

李靖差人抬來了一條板凳，自己在中堂坐下來，吩咐身邊的士兵道：「將哪吒給我按在板凳上，狠狠地打，我讓他以後再傷人。」

士兵擔心李靖是一時氣話，誰也不肯動手。

這時候，金吒、木吒、魔家四將等李家將紛紛闖了進來。金吒和木吒異口同聲道：「爹，你不能打三弟，三弟沒有做錯。」

「是呀，將軍，三公子年幼，出生才幾天，你這板子下去他怎麼受得了？況且三公子在這件事情上沒有錯。」魔禮壽勸道。

「是呀。」魔家其他三兄弟也紛紛回應。

李靖態度強硬道：「這件事情他的確沒有錯，伸張正義是好事，但是打人就不對，這麼小就打人，以後要是殺了人，我們全家豈不是都要遭殃。不行，我一定要讓他長長記性。給我打！」

見李靖態度堅決，兩名士兵將哪吒按在了板凳上，另外一名士兵便高舉板子重重地打在哪吒的屁股上。

小哪吒很堅強，一連捱了幾板子也沒有叫出一聲來。

其實李靖的心裡也很難過，魔家四將也深感痛心，屢勸沒用。

哪吒捱打的事情，被一些下人傳到了殷氏的耳朵裡，殷氏尚在坐月子，以虛弱的身軀來到了大堂，邊跑邊哭，來到李靖面前道：「夫君，你不能打哪吒，孩子不懂事，你不能因為幾個刁民的惡狀就傷害自己的骨肉吧！」

李靖無動於衷，道：「你們不用管我夫人，繼續……」護子心切的殷氏撲到了哪吒的身上，激動道：「夫君，你要打就打我吧，我替我兒子受過。」

士兵不忍心下手，李靖只好對他們揮手作罷。

金吒和木吒也為弟弟和母親捏了一把汗。

李靖面對殷氏無奈道：「夫人，妳如此袒護這犢子，要是將來他闖下大禍，我看妳怎麼收場！」

這時天空中有仙鶴嘶叫，李靖等人連忙出了廳門來到了院子，殷氏和金吒、木吒連忙把哪吒扶起來。

殷氏心疼道：「兒子，疼嗎？」

「娘，我不疼。」哪吒一臉天真道。

李靖等人便往天上看去，只見仙鶴上坐著一位仙長，朝著總兵府飛來。只見那仙長頭頂髮冠，額眉細長，長鬚飄飄，眉間突出，腰間有賜福配飾，右手持拂塵，身穿太極圖道服，頭綰雙髻，大袖寬袍，周身仙氣，紅運當頭聖光護體。太乙真人駕著仙鶴，緩緩降落到院子裡。李靖見此，上前迎道：「請問仙長是？」

太乙真人面對李靖做了一個手禮，道：「貧道乃乾元山金光洞洞主太乙真人，出自元始天尊門下。」

眾人皆驚，面面相覷，殷氏攜哪吒出來。

李靖道：「原來你就是傳說中的太乙真人，今天可算是見到真神了。我知真人是大羅金仙，今日為何駕臨我陳塘關？」

「為此子而來。」太乙真人看了看哪吒。

李靖憤慨道：「此孽子剛剛闖禍，我正在對他用家法。」

太乙真人面對哪吒道：「哪吒快過來，到為師這邊來。」

哪吒看了看母親，待母親點頭，哪吒才跑到太乙真人面前。太乙真人摸了摸哪吒的小腦袋笑道：「從今天開始為師收你為徒，你願意嗎？」

哪吒想都沒想，就給真人叩頭，道：「徒兒拜見師父。」

李靖很納悶，道：「真人，你這是幹什麼？」

「哪吒與我有緣，我收他做徒弟，他也很樂意。貧道只能告訴你，哪吒並非妖邪，他且是能助你建功立業之人，況且今日之事我也知曉，錯不在他，你以後就不要再為難於他。殷商氣數將盡，或許正是你父子建功立業之時，切莫再生猜疑，切記。」太乙真人面對李靖囑咐道。

太乙真人伸出右手，手掌之上變出一根火尖槍，只見這槍，槍頭形如火焰，槍尖能噴火，槍身一丈八長，可隨意變化。

「徒兒，這是火尖槍，為師現在把他送給你，以後你就幫助你爹降妖伏魔，多為百姓做好事，這是槍譜，你要勤加練習，切莫再生事端。」太乙真人將火尖槍和槍譜交給哪吒手裡，便坐上仙鶴，向洞府飛去。

金吒面對李靖自豪道：「我就說嘛，爹，哪吒怎麼會是妖怪呢，他肯定是天上的神仙下凡，不然太乙真人不會親自下來，他可是大羅金仙啊。」

「這下你不會再為難咱兒子了吧！」殷氏調侃道。

李靖仍然一本正經道：「要是哪吒再不聽話，我一樣用玲瓏寶塔收了他。」

「就你嘴硬，走，兒子，娘帶你吃好吃的。」殷氏拉著哪吒就往屋裡走。

哪吒拿著太乙真人賜予的火尖槍，愛不釋手。

太乙真人剛走，就變了天，烏雲密布。

李靖望了望天空，面對魔家四將道：「今天看來要下雨，你們跟我去巡視一下，以防漲潮淹了村莊。」

「是。」魔家四將跟著李靖帶著一隊士兵走了出去。

第二章　勇戰肥遺妖怪

哪吒拿著火尖槍一直在手上把玩。這火尖槍完全根據哪吒的意志變幻大小、粗細、長短。哪吒雖然年幼，但是他的力氣特別大，火尖槍很重，他耍起來得心應手。

哪吒翻看太乙真人送給他的槍譜，對著槍譜上的招式開始操練，練得有模有樣。當哪吒把火尖槍耍順溜時，尖槍還噴出熊熊的火焰，十分震撼。

這正好被從內屋出來的金吒和木吒撞見，他們為哪吒精采的招式鼓掌。

木吒道：「三弟，你那火尖槍太神奇了，給我玩玩吧！」

「給，二哥。」哪吒很爽快就把火尖槍遞給木吒，木吒伸手去接，誰知這火尖槍太重，木吒根本接不住，掉到了地上。

木吒看了看哪吒，又看了一眼金吒，吃驚道：「這火尖槍太重了，我再試試。」

木吒俯身去撿，火尖槍紋絲不動，他又蹲下來試圖去舉，怎料火尖槍僅僅是動了一下。

「我的天，這也太重了吧！」木吒難以置信地說。

金吒譏笑道：「這麼沒用，讓我來。」

金吒蹲下來用力抬火尖槍，也僅僅把火尖槍抬起來而已，根本舉不動，更談不上玩耍自如。

金吒喃喃自語道：「想不到這火尖槍這麼重！」

「大哥，你也不行吧！」木吒嘲笑道。

哪吒很輕鬆地撿起火尖槍，來回地耍，耍得溜圓，木吒和金吒都看花了眼。

「大哥，二哥，你們看，我就覺得很輕。」哪吒得意道。

金吒思索片刻，面對哪吒道：「三弟，我明白了，這是太乙真人送給你的法器，這東西認主，所以我們兄弟倆才拿不動。」

哪吒也不知道金吒說得對不對，他也在思考這個問題。

木吒道：「大哥，我們不如和哪吒比試比試！」

「他那火尖槍看著就嚇人，我們的兵器哪裡行？」金吒膽怯道。

「試試嘛。」木吒不依不饒地看了看金吒又看了看哪吒。

哪吒爽快道：「大哥，二哥，你們盡管來吧，我不會傷害你們的。」

金吒笑道：「小樣，看把你能的，好，我們比試。」

金吒和木吒手持青銅劍，展開陣式，一個從哪吒的左邊進攻，一個從哪吒的右邊進攻。金吒和木吒剛出手，還沒有看清楚哪吒出的是什麼招，兩人的青銅劍就被打落在地，兩人的手還被震得微微顫抖。

木吒大吃一驚道：「三弟，你太神奇了，以後你就是咱爹的左膀右臂了！估計爹現在都不是你的對手，他平日裡就是仗著玲瓏寶塔在家裡家外耀武揚威呢。」

金吒笑著走到哪吒身邊，摸了摸他的頭，道：「三弟啊，你年齡雖小，卻武藝超群，我相信你是天神下凡了！以後啊，你要多幫咱爹對付敵人啊！」

「嗯！」哪吒一臉純真地答應道。

兄弟三人相擁在一起。

＊＊＊

「將軍……李將軍……」總兵府外人聲鼎沸，他們都在呼喊李靖的名字。

窗外烈日炎炎，李靖正在書房裡打盹。

被府外的吵鬧聲驚醒，李靖揉了揉眼睛，起身走向書房外。

「不好了，將軍，刁民又來鬧事了！」一個士兵急急忙忙跑來向李靖急報道。

李靖詫異道：「怎麼回事？快說。」

「這些刁民讓將軍交出三公子……」李靖聽罷，連忙朝著府門外走去。

這時候，總兵府的大門已經被陳塘關的百姓圍得水洩不通，一眼望去，黑壓壓一片，好像整個陳塘關的百姓都來了。

魔家四將率領將士們攔住百姓，他們這才進不來。

百姓們見李靖出來，所有人一同跪在了李靖面前，異口同聲喊道：「將軍，救救我們吧！」場面之大，讓人不知所措，自李靖出任陳塘關總兵以來還是第一次出現這樣的事情，他看得出來，老百姓是相信他的。

李靖連忙招呼道：「父老鄉親們，大家都起來吧，有什麼話起來再說，我知道這都出自你們大家對我李靖的信任，李靖身為一方父母官在所不辭。」

百姓們紛紛站起來，前排的老者，約莫七十來歲，面對李靖，老淚縱橫道：「將軍，救救我們的族人吧！前些日，陳塘關不知道從哪裡來了怪物。牠一來，我們這裡的莊稼就死了，農田的水也乾了，開了裂縫，井裡的水也沒了，很多人都渴死了。那怪物還喝人血，很多人被飲血而亡，我們家有五口人被怪物殺死，現在只剩我一個孤寡老人了。請將軍務必要幫我們陳塘關的百姓滅了這個妖怪啊！」

「是呀，我們陳塘關唯一的一條淡水河現在也乾了，周圍的井都枯了，才短短幾日啊！我們祖祖輩輩都生活在陳塘關，幾百年了，從來沒有發生過這樣的事情。」另一個約莫五十歲的農夫道。

「將軍，聽說你家三公子出生時，是個大肉球，身上還攜帶著一些奇奇怪怪的東西，才幾天時間就長高了，還能說話，幾天前還在街上打傷了人。將軍，說句大不敬的話，你家三公子是不是妖怪啊？怎麼這麼多年都沒出過事，偏偏他出世我們這裡就噩運不斷。將軍，請你把你家三公子送走吧，遠離陳塘關，不要再禍害我們陳塘關的百姓了。」人群中一個中年婦女傳出話來。

魔禮青聽不下去了，朝人群中望去，氣憤道：「是誰在這裡胡說八道呢！我家三公子是天神下凡，誰說他是妖怪，給我站出來！」

眾人開始起鬨，異口同聲道：「李將軍，求你把你家三公子送出去吧。」

眾人是眾口一詞，李靖也是眾怒難犯。

這時候，金吒、木吒、哪吒、殷氏他們都出來了。

金吒遠遠地就聽到了百姓們的叫囂，人還沒有出來，就傳出話來道：「是誰在這裡胡說八道，我家三弟是名副其實的下凡神仙，元始天尊的弟子太乙真人親自下凡傳我三弟法器，你們憑什麼說他是妖怪？」

金吒邊說邊走出來。

殷氏不甘道：「你們誰也休想帶走我的兒子，我的兒子不是妖怪！」

眾人見殷夫人護子心切，氣焰也不再那麼囂張。

百姓們爭吵不休，李靖道：「大家安靜一下，聽我說，你們大家放心，如果真的是妖魔作祟，我李靖身為一方父母官，是絕對不會不管的。當然，如果真的是因為我的兒子引起的這次災難，我李靖在此向大家表態，絕不袒護。你們都回家去，這幾日待在家裡不要出來，等本將軍調查清楚，消滅此怪，你們大家再出來。大家都趕緊回去吧。」

李靖面對金吒、木吒、魔家四將等人道：「你們都隨我出去，到四處走走看看，果真是妖魔作祟，我們就要消滅牠。」

「領命。」眾將士道。

「哪吒，跟我走。」李靖拽著哪吒進了府，來到了房間外面，推開門，將哪吒推了進去。

「爹現在出去捉拿妖怪，你就在房間裡老老實實待著，哪裡都不許去，不許給我惹禍！」李靖斬釘截鐵道。

李靖吩咐幾名士兵將房間上了鎖，看管哪吒，不許他亂跑。

而緊隨其後的殷氏也深感無奈。

李靖回到府門口，眾將軍已經集結兵馬待命。

老百姓已盡數散去。

「都跟我走。」李靖帶著總兵府所有部屬和士兵，幾乎是傾巢而出，朝著同一個方向而去。

李靖聽聞怪物神出鬼沒，還吃人，自然不敢把手下人分開，只能命他們緊跟在一起。李靖走在前面，後面的人是膽顫心驚，東張西望，誰也不敢掉以輕心。將士們的手時時刻刻都緊握劍柄，時刻準備戰鬥。

百姓們遵照李靖的吩咐，全部待在家裡，大街上一片死寂。

李靖等人走街串巷，發現真的如百姓所說，陳塘關的水都乾涸了，河床和河底的石頭都已經顯露出來。陳塘關附近的井中沒有一滴水，附近的農田全都裂了縫。

就在李靖一籌莫展、憂心忡忡的時候，一個小孩突然跑出來，身後沒有大人，興許是偷跑出來的。小孩正蹲在地上好像在撿什麼東西，突然一個怪物出現在小孩的背後。李靖及眾人驚出一身冷汗。只見那東西會飛，又有尖銳的牙齒，一口就咬死了小孩。那怪物嘴裡鮮血直流，小孩的下半截還掉在外面，而頭部已經在那怪物的口中。

眾人皆不敢上前。只見這怪物像蛇，卻有兩個身體，有六足四翼，非龍非蛇，牠的叫聲很難聽，人聽後甚至有些作嘔，讓人不寒而慄。

李靖見怪物如此凶殘，忙對身後的眾將士道：「放箭，給我射死這隻怪物，替鄉親們報仇！」將士眾箭齊發，射向怪物，怪物四個翅膀搧出颶風，將射向牠的箭又搧回去，李靖父子三人還有魔家四將是躲過去了，但是其他本領低微的士兵紛紛中箭倒地。

怪物有翅膀，飛在半空中，李靖等人除了放箭，沒有其他攻擊這怪物的好辦法。這怪物還能噴火，牠的嘴裡釋放出惡臭難忍的黑氣，時不時噴火攻擊李靖等人。

幾名士兵被怪物的火燒著，痛得在地上打滾，叫聲十分慘烈。

李靖請出玲瓏寶塔，準備用寶塔收這隻怪物。也許是李靖並沒有將使用玲瓏寶塔的法力練得純熟，寶塔剛飛到半空中，就被怪物的一條尾巴給甩了出去。

李靖惱羞成怒，回頭道：「金吒、木吒，魔家四將，你等助我一臂之力，我不相信今天收服不了這怪物！」

李靖拔出寶劍來，眾人用肩膀和手臂之力將李靖送了出去，李靖持寶劍刺向怪物怪，眼看著就要近怪物身，李靖卻被怪物一腳給踹了幾十公尺遠，當即口吐鮮血。

金吒和木吒他們急了，連忙衝了上去，準備和怪物拚命。

「金吒、木吒，你們快回來！你們不是此怪對手，千萬不要白白送命！」李靖朝二人撕心裂肺喊道，並不斷咳血。

魔禮海撥動了碧玉琵琶，琵琶聲暗藏魔力，這怪物怪頓時萬箭穿心，終於忍受不了劇痛從天上掉了下來。牠像發了狂一樣，壁虎游牆般游到了魔家四將面前，頓時噴出火來，魔禮海被熏得眼睛都睜不開。

眾將士丟盔棄甲，紛紛逃竄，金吒和木吒扶起李靖往後撤退。

怪物怪步步緊逼，像是要徹底將李靖等人殺死在這裡，時而用火燒他們，時而嘴裡噴出毒液，那毒液濺到草上，草枯；濺到人的衣服上，衣服瞬間就腐爛了；濺到人的皮膚上自不必說。

若不是魔禮紅用混元傘擋住了怪物怪的進攻，後果不堪設想，這混元傘百毒不侵，火燒不爛。

丈夫出去捉妖，哪吒又被關在屋裡，總兵府只有少數幾個兵丁留守。殷氏在房間裡心急如焚，坐立不安，她的眼皮總是跳個不停。

殷氏來到了關哪吒的房間外面，被兩名兵丁攔下了，其中一位兵丁道：「夫人，您千萬不要難為我們，要是將軍怪罪下來，我們擔當不起。」

殷氏以情動人道：「你們都是跟著將軍的老兵，隨將軍出生入死，將軍的本事對付凡人有餘，這妖怪他還是第一次遇上，萬一不敵，陳塘關百姓沒了父母官怎麼辦？快開門，聽我的，將軍怪罪下來我替你們擋著。」

兩名看守哪吒的士兵猶豫不決。

「好吧。」

在殷氏的軟磨硬泡下，他們打開了房門。

殷氏連忙跑進去，此刻哪吒正在屋裡練習火尖槍譜上面的招數，乒乒乓乓，把房間裡的很多花瓶都打碎了，屋子裡亂七八糟，十分狼藉。

殷氏一把摟著哪吒的肩膀，急道：「兒呀，大家都說你是妖怪，但娘相信你是天神下凡，否則太乙真人也不會賜給你法寶。你爹和你兩個哥哥的本事，娘是知道的，他們對付凡人自是不在話下，但是妖怪神通廣大啊，況且上一次燃燈道人贈予他的玲瓏寶塔，他還沒有用順手，法力也不純熟。娘擔心你爹和你兩個哥哥，現在娘放你走，娘有種不好的預感，他們是遇到危險了，你快去幫你爹收服這隻妖怪。這陳塘關的百姓以後就沒有理由再說你的不是了，快去吧！孩子。」

「娘，您放心吧，孩兒一定除了那妖怪，把爹和兩個哥哥平安帶回來。」

哪吒脖子上掛乾坤圈，手臂上纏混天綾，手持火尖槍，奪門而去，縱身一躍就上了屋頂，飛簷走壁，聞著妖怪的氣息就找去了。

哪吒尋著怪物的叫聲和氣味飛了過去。李靖帶來的將士們大多被怪物燒傷，他們的衣服全都是燒焦的痕跡，他們的臉都被怪物熏黑，就連金吒和木吒也都受了傷。

怪物又對李靖他們發起了攻擊，李靖這邊一直靠著魔禮紅用混元傘抵擋。

見哪吒飛來，將士們異口同聲道：「三公子來了！」

只見哪吒用火尖槍放火，口中噴出三昧真火與怪物對攻。哪吒的火逐漸占了優勢，怪物釋放了難聞的臭氣，便落荒而逃。

哪吒捂住鼻子道：「好臭啊！」

哪吒將李靖從地上扶了起來，道：「爹，你們沒事吧！這是個什麼怪物啊，長得這麼醜！」

李靖站了起來，擦拭了嘴角的血跡，道：「這東西叫肥遺，我在古書上看到過，牠長在太華山上，只要到了哪裡，哪裡就會出現旱災。只是太華山距離陳塘關十分遙遠，這怪物如何能來到這裡？」

眾人皆表現得不可思議。

哪吒道：「看這傢伙應該是成精了，長得太醜了，像蛇，又長腳，關鍵還有四個像大鵬一樣的翅膀，這不是怪物是什麼，叫聲難聽，還臭烘烘的。」

「不行，我們一定要收了這個妖怪，不然這裡的百姓是不會安生的。」李靖憂慮道。

「爹，我們如何才能緩解陳塘關的乾旱？」木吒問道。

「只有兩個辦法，其一是肥遺離開，其二就是殺死牠，只要肥遺一死，乾旱自然也就不存在了。」李靖道。

李靖回頭跟眾將士道：「走，今天我們必須得除了這怪物，不然我沒法和陳塘關的鄉親們交代。」

李靖走上幾步就咳血不止，看來他受傷太重。

哪吒道：「兩位哥哥，你們扶爹回府休息吧，這怪物我一個人就夠了。」

說罷，哪吒操著火尖槍就朝著肥遺逃跑的方向追過去。

李靖摸著傷口道：「走，我們跟上去，哪吒還是個未滿週歲的孩子，我怕他不是那妖怪的對手。」

李靖等人便追上去。

肥遺在城南房屋頂上歇息，牠似乎被哪吒的三昧真火所傷，在房頂上掙扎，用牠的身軀掃著屋頂上的瓦片。瓦片掉到地上啪啪作響，將附近攪得雞犬不寧。大概是肥遺被火燒傷後，變得狂躁不安。躲在屋裡的百姓被肥遺的叫聲和暴躁的聲音嚇得惶恐不安。肥遺的半條尾巴都掉進了居民的屋裡。屋裡的老百姓紛紛出了門，往大街上逃去。

肥遺見哪吒到來，既朝哪吒噴火，又朝哪吒噴毒液，但是都被哪吒避開了。肥遺像是要和哪吒拚命，牠用長長的身軀，纏住了哪吒，將哪吒纏得死死的。哪吒使勁地掙扎，但是越掙扎越緊。此時，李靖等人已經趕到，大街上都是圍觀的百姓。

李靖為哪吒捏了一把汗，再次命令士兵道：「放箭，給我射死這隻怪物！」

士兵們已經準備好了弓箭，但大家都不敢放箭。

「將軍，萬一射到三公子怎麼辦？」其中一名士兵道。

李靖嘆了一口氣，奪過士兵手裡的弓箭，瞄準了肥遺的腦袋，一箭射了出去，沒想到射中了肥遺的一隻眼睛，肥遺再次狂躁起來，牠用尾巴把哪吒甩了出去，哪吒被重重摔到了地上，當即口吐鮮血。

李靖急得臉色煞白，見肥遺要跑，哪吒喊道：「混天綾，出去！」

肥遺飛行的速度沒有混天綾快，被混天綾緊緊地纏住。哪吒一躍，飛到了肥遺的背上，憤怒道：「我讓你跑，看我不拔了你的蛇皮！」

哪吒使勁在肥遺背上扒了一層皮，又打斷了肥遺的一隻翅膀，加上混天綾越捆越緊，肥遺一聲慘叫，當場就掉到了地上，並幻化成人形。但肥遺的蛇皮紋路在這張人皮之下還是清晰可見。

肥遺重傷，當即疼得在地上打滾，眾人圍了上來。

肥遺怪連忙跪下來給哪吒叩頭，告饒道：「神童饒命，我再也不敢了！」

「殺了牠！」百姓們同聲一辭，都希望殺了肥遺。

哪吒高舉乾坤圈，正要砸肥遺的腦袋，李靖忙喊道：「哪吒住手！」

李靖走到哪吒面前，面對傷勢慘重的肥遺怪，他動了惻隱之心。

「你遠在太華山，怎麼會突然來我陳塘關？你一來，這裡的百姓就沒法活，河水乾涸，水井枯竭，莊稼旱死，更何況你還喝人血，百姓們怎麼會容忍你？我希望你給我一個合理的解釋，解釋清楚了，我放你走，解釋不清楚，我定讓我兒哪吒取了你的性命。」李靖的態度十分堅決。

肥遺委屈道：「將軍，幾位公子，我本是太華山上修煉了一千五百年的肥遺精。我肥遺一族世世代代把太華山作為自己的家園，因為知道擅自離開太華山會給人間帶來災難，因此數千年來從不敢離開太華山。只因商王殘暴，天下諸侯對紂王怨聲載道，西伯侯姬昌正準備對朝歌用兵，現在正在大量招兵買馬。紂王命人在太華山大肆砍伐樹木製作弓箭，森林被破壞。我肥遺一族以山鼠為食，可如今連山鼠也因家園遭到破壞而滅絕，從此我肥遺一族便沒了食物。我肥遺一族圍攻伐木人，卻招來重兵，將我山上生靈屠殺殆盡。我雖有千年道行，但仍不敵商朝術士。我沒有地方去，在四海八荒遊蕩，方才來到此處，幾天沒有吃東西，才開始喝人血殺人的。我是初犯，請將軍饒命，我千年修行不易，好不容易才幻化成人形，將軍饒命啊……」

李靖聽罷頗有些同情，圍觀百姓也對肥遺精的遭遇有了憐憫之心。

李靖道：「罷了，看你也挺可憐的，上天有好生之德，你且去吧。」

肥遺精重傷在身，牠按住胸口，運了一口氣，正要轉身離開。李靖再次叫住牠道：「你去杳無人煙的地方開始新的生活吧！你千年修行來之不易，希望你早日成正果，如果你再害命，日後我再碰到，定取你性命！」

肥遺點了點頭，化為蛇身，便往天邊飛去。

肥遺剛走，萬物復甦，河裡的水重新回到原來的水位，井裡的水也不斷往外冒。一個漁夫跑過來，欣喜若狂地嚷嚷道：「有水了，井中有水了，河裡也有水了！」

百姓們感謝李靖一家的恩德，紛紛向李靖父子跪了下來，異口同聲道：「謝謝李將軍，有你在是我們陳塘關之幸。」

李靖被場面感動了，道：「大家請起，李靖身為父母官，這些都是應該做的。」

金吒不甘心，面對幾個青年問道：「你們是否還認為我三弟是妖怪？如果不是我三弟，恐怕我們這裡沒有人能打敗肥遺。」

「是是是……我們錯了……」百姓們紛紛意識到自己的錯。

「爹，我們回家吧。」哪吒扶著受傷的李靖往總兵府的方向走去。

李靖摸了摸哪吒的腦袋，欣慰地笑了笑。

木吒驚訝道：「爹笑了！我長這麼大還是第一次看到爹笑。」

「是呀，末將跟了總兵大人這麼久，從來沒有見總兵大人笑過。」

魔禮壽也深感吃驚道。

「我就這麼不近人情？」一向不苟言笑的李靖，此刻也開起玩笑來。

眾人哈哈大笑。

＊＊＊

聽聞李靖父子勝利而歸，殷氏早早就在總兵府門口迎接他們。

木吒見到殷氏，小跑上前，激動道：「娘，我們贏了，是三弟打敗了妖怪。」

殷氏笑道：「不用說了，我都聽街坊們說了，平時叫你們好好練功，你們不信，關鍵時候還是你們的弟弟救了你爹。」

木吒慚愧地摸了摸後腦勺。

面對得意的李靖，殷氏問道：「夫君，是哪吒救了你們父子，你現在不應該再埋怨他了吧！」

「妳還說？！我不是讓人把哪吒關起來了嗎？一定又是妳放的！孩子遲早讓妳慣壞不可……」李靖看了看哪吒，望著殷氏厲聲喝斥道。

「爹，不要怪娘了，娘不也是為了你的安全嗎？」哪吒道。

李靖哼了一聲，好像並不領情，匆匆進了府。

「夫人，將軍就是這個脾氣，您是知道的，別跟他較真。」魔禮海笑道。

殷氏沒落好，冷冷一笑，跟著眾人進了府。

第三章　東海恩怨初結

轉眼間，哪吒已經長到了七歲，身長有六尺，越發俊美，外表像女孩，卻不失男子漢氣概。七年來，哪吒秉性越發乖張，為李靖夫妻闖下了不少禍，因此父子倆常常吵架。哪吒生氣的時候，就會一個人坐在屋頂上，望著星空冥思。一直以來，哪吒除暴安良，打抱不平，伸張正義，在陳塘關百姓中的口碑越來越好。但哪吒的手段過於殘忍、魯莽，因此李靖一直不能理解，就認為他是不折不扣的闖禍精。在李靖心裡哪吒就是妖魔轉世，儘管太乙真人已經收他為徒。

陳塘關已經平靜了很久，但是因為一條孽龍，再一次生靈塗炭。

東海龍王三太子敖丙，生性貪婪好色，久居東海水晶宮，寂寞難耐，為追求刺激，他很想去人間嘗嘗美女的滋味。無奈東海龍王看管得緊，沒有天庭旨意，龍宮水闕仙班擅自離開東海到人間是有違天條的。因此，龍三太子敖丙一直沒有機會。

這天，龍三太子敖丙趁東海龍王上天面君之機，帶著自己的親信蟹將鰲靈一起幻化人形，來到陳塘關。

陳塘關街市上，萬頭攢動，熱鬧非凡。一向未涉足人間的龍太子，對人間的市井買賣之聲格外好奇；

街市上男女老少擦肩而過，少女身上散發的體香，更是讓龍太子銷魂。

他緊閉雙眼，享受著少女們身體的芳香，陶醉其中，無法自拔。

龍太子沐浴著陽光，仰望藍天，感慨道：「鰲靈，我等雖為水中神族，卻常年居住在暗無天日的龍宮裡，都快發霉了！要不是這一次偷跑出來，怎知人間繁華！這人間的美女千嬌百媚，比東海裡的鹹魚美味多了，可悲可嘆啊，我敖丙命苦啊……」

說罷，龍太子見路過的美女，便撲了過去，一把摟著美女便是一頓親熱，受到侵害的女子嚇得半死，拚命掙脫龍太子。

「殿下，這裡是人間，不是龍宮，調戲良家女子是要觸犯人間律法的，如果讓天庭知道了，連龍王也要受牽連，鰲靈無數次與龍王來人間布雨，對人間的事情多少了解一些。」蟹將鰲靈低聲勸道。

龍太子這才作罷。女子給了龍太子一巴掌，便羞澀又害怕地跑了。但龍太子意猶未盡，回味無窮，不斷地抿嘴。

蟹將鰲靈見龍太子並不甘心，有意迎合龍太子，道：「殿下，現在大白天的不好下手，何不等到晚上？」

龍太子一聽，淫笑道：「正合我意，就晚上。」

二更時分，天漆黑一片，陳塘關的大街小巷，已少有行人，家家戶戶已經關門閉戶，只有打更人在街上行走。大街上很寂靜。很多人家的燭火還亮著，透著窗戶紙能看到人的影子，甚至能聽到他們竊竊私語的聲音。陳塘關鄰近東海，晚上海風呼嘯，能聽見海水漲潮的聲音。

身為採花大盜的龍太子，專門在陳塘關城內大肆網羅美女，打聽誰家的姑娘漂亮。沒一會兒工夫，他終於打聽到了，陳塘關內有一戶姓尹的人家，這家的主人是做海味生意的，在陳塘關算數一數二的富戶，這家有個如花似玉的女兒，年方十六，碧玉年華。

這女子一到夜深人靜之時，就一個人趴在窗戶上懷春，靜靜地望著月亮，吹著夜風，園子裡花草的芳香沁人心脾，不知不覺間便忘了時辰。

東海龍太子趁著月色變化成翩翩少年郎偷偷潛入女子閨房。龍太子走路沒有一點聲音，他站在少女背後，順著女子的體香嗅了過去，從腳丫到髮絲，陶醉其中。待這女子覺察到背後有人，連忙轉了過去，大驚失色，表情充滿恐懼，問道：「你是誰？是怎麼進來的？」

女子欲大叫，龍太子敖丙連忙捂住了她的嘴，伸出舌頭在她那羞澀紅潤的臉上舔了一下。

另一隻手輕輕撫摸這女子的臉龐，調戲道：「美人，春宵一刻值千金啊，妳獨自一人在這空落落的房間豈不寂寞？如此佳人，豈不是暴殄天物？讓我陪陪妳吧！我玉樹臨風，配如此佳人不是正好嗎？免得妳獨自在閨房裡懷春。來吧，從了我吧，我一定讓妳們一家有享不盡的榮華富貴。」

龍太子見女子被說動了，也不再叫喊，便開始對女子強吻。女子剛開始掙扎，但龍太子是情場老手，三兩下就讓這女子春心蕩漾，在女子身上肆無忌憚起來。他一把將女子抱到床上，拉下床簾，便和女子纏綿起來。

龍太子和女子一陣巫山雲雨過後，時辰已到了四更天。龍太子必須在天亮前離開，這件事如果驚動了天庭那是要觸犯天條的。情竇初開的女子嘗到了禁果，對男女之事越發渴望。

當龍太子要離開時，那女子裹著床單就從床上下來，一把從身後抱住他，依依不捨道：「你還再來嗎？你能告訴我，你是誰嗎？」

敖丙回頭朝女子額頭親吻一口，微笑著安撫道：「我現在還不能告訴妳，但是妳跟了我一定不會虧待妳，我會回來的，以後我每天都來，妳閉上眼睛，我讓妳睜開妳再睜開。」

女子聽了龍太子的話，當她睜眼的時候，龍太子已經消失得無影無蹤，此時夜深人靜，她哪裡敢喊出聲來，眼神裡充滿著期待。

一連幾個晚上，龍太子都準點來到這位尹小姐的房間，逍遙快活後，便又返回龍宮，後面的日子蟹將鱉靈也知道他的去處，便不再陪他一起出來。

在一個晚上，龍太子和這位尹小姐玩起了洞房花燭夜的遊戲，兩人對飲，喝起了交杯酒。

龍太子敖丙好久沒有這麼痛快過，面對如此嬌滴滴的美人，他只有興奮。一向不勝酒力的敖丙，一連喝了幾壺酒，喝得醉醺醺的，開始說起胡話來，他面對尹小姐道：「美人，妳知道嗎？我是東海龍王三太子敖丙，我是幻化成人來到凡間的，妳千萬不要說出去啊！要是讓天帝知道我與妳交合，那是觸犯天條的，恐怕我就要被除去神籍。」

尹小姐只當他是在酒後說胡話，她哪裡見過什麼神仙，龍太子之說更是荒誕。

尹小姐奪下龍太子的酒杯，勸道：「你不要再喝了，你都開始說胡話了，你要是再喝下去恐怕就要說自己是天帝了。」

「妳還不相信我？讓我變回真身給妳看，妳莫要害怕啊！」

龍太子搖身一變，一顆龍頭就顯現出來了，尹小姐當時嚇得臉色煞白，拚命往外跑，邊跑邊喊道：「來人呀，有妖怪，有妖怪啊……」

在奔跑的過程當中，尹小姐絆倒又爬起來繼續跑。她哪裡比得上龍太子的法術，龍太子搖身一變又擋在尹小姐的面前，硬拽著尹小姐的手道：「跟我走吧，去龍宮，以後妳就是龍太子妃，妳有享不盡的榮華富貴，何必在凡間受苦，經歷生老病死？」

「你放開，這個妖怪！」尹小姐拚命掙脫龍太子的糾纏。

尹小姐喊得聲嘶力竭，尤其在深夜，這聲音就更大了，基本上吵醒了周圍的鄰居。尹府的家丁紛紛持棍棒衝了出來，尹小姐的父母也急急忙忙穿上睡衣跑出來。

「女兒呀，妳大半夜不睡覺叫嚷什麼呀？妳吵醒了鄰居知道不知道？」尹老爺道。

「爹，娘，是東海龍王三太子潛入女兒閨房，要調戲我，嚇死我了，要不是我拚命叫喊，恐怕要遭遇不測。」尹小姐驚魂未定道。

「女兒呀，妳瞎說什麼呀，哪裡有什麼龍太子啊！爹娘活了這把年紀也沒有見過龍王啊，誰知道龍王長什麼樣子，妳是不是病了，開始說胡話了！」尹小姐娘親擔憂道。

尹小姐堅定道：「真的是龍太子，我沒有騙你們，剛剛他在拽我的時候，我從他的身上拽下來的鱗片，不信你們看。」

尹小姐將一片五彩斑斕的龍鱗呈現在二老和眾人面前，眾人皆瞠目結舌。

尹老爺捋了捋鬍鬚，震撼道：「想不到真有此事。」

尹小姐死死扯著尹老爺和尹老太的衣襟，委屈道：「爹，娘，你們一定要想想辦法除了這個妖怪，要不然他每天晚上到女兒房間來，女兒該怎麼辦！」

尹小姐邊說邊哭。

其中有個家丁站出來道：「老爺，夫人，小姐，這事應該報官。」

尹老爺嘆道：「果真是龍神作祟，人間官府怎麼管得過來？只是苦了我這閨女了。」

「老爺，夫人，你們難道忘了，總兵府的三公子天生神力，最擅此道，上次還幫我們除去了肥遺怪。李將軍身為一方父母官，他不會袖手旁觀的。」家丁道。

尹老爺恍然大悟道：「對呀，我怎麼把他給忘了，待我去一趟總兵府。」

「爹，這三更半夜的，只怕總兵府的人都已經睡了。再說如果真是龍王太子，這時候想必也躲進深海裡了。還是等明天白天再說吧，反正那龍神明天晚上才來。」尹小姐提醒道。

「好，好，明早上我就去總兵府，你們各自回去歇著吧，鎖好門窗，沒事不要出門。」尹老爺叮囑道。

家丁們都各自朝著自己的房間走去，尹夫人牽著尹小姐的手道：「晚上和娘睡，讓你爹一個人睡。」

他們各自回到房間安睡。

次日清晨，尹老爺早早來到總兵府門口，被看門的兵丁攔住了。

尹老爺客氣道：「軍爺，我家出了案子，請總兵大人為我們家申冤啊。」

「總兵大人奉朝廷之命帶總兵府所有兵丁去迎戰叛軍去了，留守府上的只有我們幾個人，現在兵荒馬亂，我們將軍哪有時間管你們的閒事，快走吧。」看門的兵丁態度冷漠道。

「那我不找總兵大人，三公子哪吒在嗎？我有事求他。」尹老爺態度誠懇道。

「三公子嘛，他倒是沒有出去……不過，要見三公子可沒那麼容易……」兵丁伸出手來，看架勢是要錢。

尹老爺也是生意場上過來的，自然知道這江湖規矩，他賠笑道：「好說，只要差爺帶我去見三公子，這包貝幣都是你的。」

尹老爺將一整包裝著銅貝的袋子遞給了兵丁。

兵丁收了錢，這才答應帶尹老爺進府。

兵丁領著尹老爺一直來到總兵府的庭院裡，哪吒正在院子裡練乾坤圈。他的乾坤圈要大就大，要小就小，哪吒輕輕丟擲乾坤圈，院子裡的一塊巨石就碎了；見天上一隻海鷗飛過，哪吒將乾坤圈往天上一拋，砸中海鷗，海鷗掉了下來。

哪吒接住海鷗，樂道：「這下有肉吃了。」

只見他嘴裡吐出三昧真火，瞬間將一隻沒有拔毛和清洗的海鷗烤熟，並大口吃了起來。

這尹老爺剛好撞見，大吃一驚，拍手稱讚道：「三公子真是神人啊，我女兒有救了。」

哪吒一頭霧水。帶尹老爺進來的士兵奏報道：「三公子，這人說有急事找你。」

「何事？」哪吒將乾坤圈套在脖子上問道。

尹老爺跪在哪吒的面前，乞求道：「三公子，聽說你有降妖伏魔的本領，老夫有個女兒，她最近接連被東海龍王三太子騷擾，你可願為我女兒出頭？只要三公子能降伏龍太子，三太子提任何條件，老夫都答應你。」

哪吒大吃一驚，道：「龍太子？他怎麼會看上你女兒？你有何憑據？」

尹老爺將隨身帶在身上的一片龍鱗交到了哪吒面前，哪吒接過龍鱗細心驗看，不禁震驚道：「果然是龍鱗，待我除去這孽障，好為你女兒出口惡氣。」

說罷，哪吒縱身一躍，朝東海飛去，但哪吒畢竟是肉體凡胎，下不了大海，只得降落到海邊的一個暗礁上。哪吒手執火尖槍，面朝茫茫大海喚道：「孽龍，快給我滾出來受死！」

此時的龍三太子敖丙正在龍宮裡醉生夢死。他左擁右抱，兩個衣著暴露的母魚精依偎在敖丙的左右臂膀上；桌案上擺滿了水果、鹿肉等食物。兩名魚精紛紛為龍三太子灌酒，龍太子面紅耳赤，一副醉醺醺的樣子。

一個蝦兵火急火燎地來到龍太子的面前，奏報道：「太子殿下，一個手執長槍，脖子上戴著金圈的微胖小子在外面叫罵！」

「哪裡來的小子，敢如此大膽，來我東海放肆！」龍太子道。

這時候龜丞相急急忙忙趕來，面對龍太子斥責道：「太子殿下，你怎麼把哪吒那個禍害給招來了！他現在正在外面叫囂，讓你出去受死，龍王爺不在，你到底跑出去幹什麼了？」

龍太子敖丙若無其事道：「我就是去陳塘關喝了幾杯花酒，睡了幾個黃花閨女，沒想到他們請來了哪吒。怕什麼，不就是一個乳臭未乾的小子嘛，他竟敢在外面叫囂，看我不出去滅了他！」

龍太子猛飲一杯酒，推開了左右兩邊的魚精，就要出去。

龜丞相攔住了他，並大聲喝斥道：「龍王爺不在，這東海我龜丞相最大，在這件事情上我必須得代表龍王爺教訓你！你呀，真的不知道天高地厚，這哪吒乃女媧娘娘身邊的靈珠子轉世，又拜了太乙真人為師，太乙真人是誰呀，那是元始天尊的弟子。前幾年，太華山的肥遺精跑到陳塘關作祟，如果不是哪吒父親李靖攔著，恐怕那肥遺精非死不可。肥遺精可是修煉了一千五百年的妖怪，他跟哪吒打不過三個回合，你行嗎？你就不要出去了，哪吒畢竟是凡人，沒有我東海的避水金鐘罩，他對我們是無可奈何的，在外面喊累了自然就離開，你貿然出去只會送死。還有你去凡間私會凡人這事如果被天帝知道，你是要被開除神籍的。」

「哎，真是窩囊，我就不相信哪吒真的那麼厲害，我敖丙也是東海未來的龍王，擁有數千年修為，我不相信我會打不過一個娃娃。」

龍太子不服氣地坐了下來。

「這件事情，你不要高估自己的實力，你打得過自然好，打不過恐怕就有去無回了，這小子下狠手！」龜丞相勸道。

哪吒從暗礁上，飛到了海邊的岩石上，盤腿坐下來，口唸咒語，混天綾從他的腰間飛了出去，在海面的上空盤旋一陣，變得又寬又長，開始攪動起海水來，海面上被混天綾攪起一個巨大的漩渦。漩渦越來越大，混天綾就像是一根巨大的擀麵杖，而東海就像是一口盛滿水的巨鍋，海平面被混天綾攪得海水翻騰，東海裡的蝦蟹不斷地湧出海面，在海面上跳躍。

哪吒嘴裡嘀嘀咕咕道：「我讓你躲著不出來，出不出來……」

東海裡的水族被攪得四處逃竄，紛紛迷失了方向，驚恐起來。

「快逃命啊，哪吒那禍精又來了……」東海裡的魚蝦紛紛叫嚷。

海底的淤泥也被混天綾攪動起來，水晶宮潔白的宮殿屋頂被一層厚厚的淤泥所掩蓋，就連蝦兵蟹將以及東海神族所有人的鼻孔、嘴巴也全被海底的淤泥堵塞，水族和神族惶恐不安。

龜丞相在龍宮的大殿上，仰天長嘆道：「完了，這回完了，大禍臨頭了，龍王爺還在天庭沒有回來。」

水晶宮所有大殿搖搖欲墜，似乎頃刻間就要轟然倒塌一樣。龜丞相心急如焚，想上天去向龍王和天帝稟報，但怕出了水面便遭了哪吒的毒手。

按捺不住的龍三太子敖丙大叫道：「巡海夜叉李艮何在？」

「李艮在。」巡海夜叉手執鋼叉跑來。

只見那巡海夜叉生得面如藍靛，髮似硃砂，巨口獠牙。

「隨我上岸，去會會哪吒那廝，看來今天本太子不出手是不行的。」龍太子敖丙氣急敗壞道。

龍太子率先派巡海夜叉李艮上去巡視，待觀察清楚後，龍太子再現身。

遵了吩咐，巡海夜叉趁著哪吒不注意，悄悄將頭伸出海面查看，不料被哪吒發現，夜叉剛要溜走，就被哪吒用混天綾捆上了岸。

在岸邊沙灘上，哪吒用火尖槍指著夜叉，道：「你是什麼東西？是不是給孽龍放風的？」

巡海夜叉李艮道：「請神童息怒，我家主人不在宮裡，龍王爺在天上面見天帝，此時他們都不在宮中，神童這般鬧騰也無濟於事，有什麼事等龍王爺回來再說好嗎？」

「哼。」哪吒無動於衷。

見哪吒不為所動，夜叉奉承道：「我知神通廣大法術，在陳塘關除肥遺怪的事情早已傳開，在下只是東海一個小小的水神，想必神童是不會把我放在眼裡的，神童有吩咐，小神一定帶話給龍王爺，就請神童放過小神吧。」

哪吒憤怒道：「你家主子，東海龍王三太子在陳塘關調戲良家婦女，惡貫滿盈，被陳塘關百姓上告到總兵府，我爹不在，這個頭我出了。去吧，讓你們龍太子出來受死！」

巡海夜叉吞吞吐吐，一副十分為難的表情，道：「我家三太子真的不在……」

「你休要唬我！我年紀雖小，你們的把戲是騙不了我的，快去吧……」哪吒態度堅決道。

夜叉道：「神童，你這不是難為我嗎？我都說了，我家主人不在家。」

「不去是吧？」

哪吒怒火中燒，高舉乾坤圈，重重砸在夜叉的頭上，夜叉當即腦漿迸裂而亡。

龍太子見夜叉被哪吒所殺，自知難逃一劫，躲是躲不過去的，必須和哪吒一戰。他從海裡冒出來，站在幾十丈高的水柱上，居高臨下，俯視哪吒，手中握著萬年寒鐵方天戟。

「哪吒小童，本宮與你無冤無仇，你為何咄咄逼人？！」龍太子敖丙憤怒道。

「你跑到人間調戲良家女就是不對，我現在就替陳塘關的百姓除去你這惡龍。」

說罷，哪吒持火尖槍朝龍太子衝了過去，龍太子也不示弱，舉起方天戟也向哪吒衝過去。哪吒的火尖槍會使火，幾公尺遠的火勢撲向龍太子，龍太子動作敏捷，躲開了。哪吒再一次口噴三昧真火，龍太子噴水，水似乎滅不了哪吒的三昧真火，眼看著就要燒到自己，龍太子只有一味逃命。

在逃跑的過程中，龍太子化身為龍，突然天上烏雲密布，電閃雷鳴，巨龍在東海上空嘶叫，海面上翻江倒海，浪潮不斷地拍打著岸邊的岩石。

哪吒唸動咒語，混天綾朝著龍三太子追去。龍太子眼看著混天綾就要纏住自己的尾巴，連忙又幻化成人，用方天戟挑開混天綾。哪吒收回混天綾，用火尖槍和龍太子的方天戟對打，兩件兵器都是上古神兵，在打鬥過程中，摩擦出巨大的火花。但哪吒天生神力，他逐漸占據上風，用火尖槍死死壓住了龍太子的方天戟，龍太子無力掙脫開來。

東海裡的水族們紛紛冒出海面，他們都在觀看這場焦灼的打鬥，實際上他們也都為龍太子的生死擔憂。

終於，龍太子的臂膀被哪吒的火尖槍刺中，他只得按住傷口再一次逃跑。在逃跑過程中，龍太子再次化身成龍，卻因受傷了跑不快。

哪吒用混天綾將龍太子的龍身纏住，龍太子越是掙扎，越纏得緊。

哪吒見龍太子被混天綾所困，手持火尖槍迅速飛到了龍太子的龍背上，用火尖槍刺了龍太子幾下，龍太子的鮮血噴了出來，發出了慘烈的叫聲。

海面上的蝦兵蟹將紛紛冒出海面，異口同聲道：「神童，請你放過三太子吧，你再不住手，三太子性命休矣！」

哪吒完全不顧牠們的勸攔。趁哪吒與三太子纏鬥的時候，龜丞相變化了，上天尋龍王爺去了。

龍太子疼痛難耐，拚命掙扎，要把哪吒從他的背上甩下來，誰知哪吒竟用乾坤圈拚命砸龍太子的龍頭，龍太子終於忍受不了，從天上掉了下來，落到東海的沙灘上。

哪吒仍然不罷休，他見半死不活的龍太子仍然喘氣，便從龍太子的身上拔了幾片龍鱗，龍太子當場斃命。

東海水族們炸了鍋，嚇得紛紛躲進深海裡。

「哪吒闖禍了，我們快走吧。」

東海水族們，怕殃及自身，沒有人敢出頭，龍太子被哪吒打死的消息很快在東海傳開。

哪吒打死龍太子敖丙還不算，連屍體都不放過，他將龍的脊背剖開，將龍太子的一根龍筋抽了出來，這根龍筋透明似水晶，又軟又結實。哪吒將其拴在腰間，得意洋洋道：「把龍筋當腰帶真不錯，我拿回去送給爹當腰帶，他一定很高興。」

天真爛漫的哪吒當真沒有意識到自己已經闖下滔天大禍。

他知道東海龍王一定會來尋仇，也知道龜丞相已經上天去了。

哪吒蹲在距離龍太子屍體不遠的石頭背後，偷偷地看，等東海龍王到來。果不其然，半炷香的工夫，東海龍王和龜丞相乘雲輦下來了。當看到敖丙的屍體，老龍王老淚縱橫，自責道：「龍兒，父王來晚了。」

老龍王抱著龍太子的龍頭泣不成聲，道：「我東海向來與那靈珠子井水不犯河水，他為何手段如此殘忍，打死我兒？天呀，還抽了他的龍筋！」

「三太子偷偷跑到人間調戲良家女子，後來那女子的父親把事情捅到總兵府，靈珠子為了替受害者出頭，才打死太子。」龜丞相向老龍王敘述著前因後果。

老龍王用法力將龍太子敖丙的屍體送回到海裡，此刻的他殺氣騰騰，道：「靈珠子，我一定要讓你血債血償！」

頓時天昏地暗，電閃雷鳴，天上下起了暴雨，海鷗嘶叫不休，牠們大概被老龍王的怒氣與怨氣嚇著了。

老龍王化身成龍，在雷電交加中，飛向天空。東海老龍飽嘗喪子之痛，他的叫聲是那樣的悲痛。

哪吒見東海老龍朝北天門而去，隨即也上了天。這是哪吒第一次上天，天宮的景象甚是壯觀。只見那天宮金光萬道滾紅霓，瑞氣千條噴紫霧，那北天門，碧沉沉，琉璃造就；明晃晃，寶玉妝成。天宮東南西北四門有眾天兵天將把守，相對於天庭正門南天門，北天門的守衛要寬鬆一些。眼看著東海老龍就要飛到北天門了，哪吒並不想打草驚蛇，與天宮作對。

就在距離北天門不遠的地方，哪吒變成了女媧娘娘的樣子攔住了東海龍王。哪吒是女媧娘娘的童子靈珠子轉世，投胎以來，無數次夢見女媧娘娘，陳塘關也隨處可見女媧娘娘廟，所以哪吒對女媧娘娘的樣貌尤其熟悉。

「東海龍王行色匆匆，這是何往啊？」哪吒用女媧娘娘的口吻問道。

東海龍王站在雲端面對女媧娘娘作揖道：「東海龍王敖光拜見女媧娘娘，娘娘的童子靈珠子在下界打死了我的兒子敖丙，我現在去凌霄殿見天帝，讓天帝主持公道。」

哪吒假裝吃驚道：「哦，竟有這事？靈珠子一向是守規矩的，眼睛裡從來不容沙子，是有正義感的，這點本尊是了解的，他不會無緣無故打死你的兒子。想必是三太子在下界為惡被他抓住了吧！」

東海龍王痛哭流涕道：「我兒不過就是在陳塘關調戲了良家女子，並未傷其性命，也沒有做傷天害理的事情，就算有罪，也罪不至死啊，那靈珠子竟然扒了我兒龍鱗，抽了我兒龍筋，活活打死啊，我堂堂東海龍王，怎麼能嚥下這口氣。請女媧娘娘一定為我主持公道，在天帝面前我為據理力爭啊！」

哪吒假裝很同情的樣子，以女媧娘娘的口吻道：「敖光，本尊很同情你，走吧，我們去見天帝。」

敖光繼續朝北天門而去，哪吒變化的女媧娘娘飛在他的身後，趁老龍王不備，哪吒從龍王身後一掌將老龍王打成重傷。

重傷下的老龍王瞬間從天上掉了下去，穿過厚厚的雲層，掉到了距離東海很遠的山丘草坪上，口吐鮮血。

他面對哪吒變化的女媧娘娘十分不解，氣喘吁吁道：「娘娘為何將我打成重傷？難道您有意袒護靈珠子不成？您可是創世之神，天上人間萬民敬仰，您如此這般有欠妥當啊！」

「哈哈哈哈，你最終還是落到了我的身上，我怎麼能讓你去見天帝呢？」哪吒變回了本相。

「你……你是靈珠子……你好大的膽子，竟敢冒充女媧娘娘？」東海龍王氣急敗壞。

哪吒蹲在東海龍王面前，用手扯了扯老龍王的長鬚，又摸了摸他的龍頭。老龍王惱羞成怒道：「豎子無理！我堂堂東海大龍神，豈容你這般戲弄於我？」

哪吒冷嘲熱諷道：「上古龍神，也不過如此嘛，你除了比你那個廢物兒子龍太子老了一點，長得也差不多！」

「我要替我兒報仇！」東海龍王化身成龍，便朝東海方向飛去。

哪吒乘勝追擊，老龍王折回來，巨大的龍尾一擺，把哪吒甩了老遠。哪吒氣急，用乾坤圈去砸龍王，龍王一雙巨大的龍爪把哪吒的乾坤圈彈了回來；哪吒又口噴三昧真火燒龍王，龍王噴水，滅了神火。

「神火燒死了你兒子，燒不死老子，我不相信我治不了你！」哪吒嘴裡嘀咕道。

哪吒持火尖槍飛到了老龍王的脊背上，像對付龍太子那樣用乾坤圈砸老龍王的龍頭，老龍王被砸得鮮血直流；哪吒又扒老龍王的龍鱗，每扒一片，老龍王都發出悽慘的叫聲。哪吒一直扒了四五十片龍鱗，老龍王遍體鱗傷，當場從天上掉了下去。

東海龍王敖光自知不敵，今日恐怕要落得兒子敖丙一樣的下場，留得青山在不怕沒柴燒，識時務者為俊傑，老龍王知道保住了性命才有機會報仇。

「神童，老朽命不久矣，你已經將我兒打死，你就饒了我吧，我答應你不再找你的麻煩。」老龍王苦苦哀求道。

哪吒從天而降，將火尖槍深深地插入地上，在老龍王身前身後走來走去，他好像在盤算什麼。

「不行，要我放過你也可以，但是你必須要變成蛇，讓我把玩，等我玩夠了，就放了你！」哪吒頑皮道。

第四章　陳塘關風雲起

東海龍王大吃一驚道：「什麼？我堂堂東海龍王，四海之首，上古龍神，你讓我變成蛇？」

東海龍王受到了奇恥大辱，東海龍王被一個七歲的娃娃欺負，這件事情如果傳揚出去，以後想必沒法在三界混，誰都可以不把他放在眼裡。

哪吒高舉乾坤圈，面對重傷在地的老龍王，威逼道：「你到底變不變？你如果不變，我今天就把你打死在這裡，反正也沒人知道是我做的！」

識時務者為俊傑，東海龍王知道自己在劫難逃，如果不順了這小魔頭，恐怕是活不了了。

「好，我變……」東海龍王忍辱負重道。

說完，東海龍王就化作一條小蛇，哪吒將他裝在自己的袖筒裡，拿起火尖槍，就往陳塘關的方向飛去。

此時，李靖大軍已經凱旋，正從陳塘關的東門而入，哪吒和母親殷氏在城門口迎接，陳塘關的百姓夾道相迎，載歌載舞，慶祝李靖歸來。

見李靖、金吒、木吒騎高頭大馬迎面而來，哪吒高興地跑了過去，朝父兄喊道：「爹，大哥，二哥，恭喜你們大獲全勝！」

殷氏笑著走過去。

李靖父子連忙從馬上下來，金吒一把抱起了哪吒又放下來，木吒面對哪吒道：「大哥、二哥不在，你的武藝是不是又長進了？」

「你們不在，沒人陪我玩。」哪吒埋怨道。

李靖卸下安全帽，將玲瓏寶塔交給了身後的士兵，拉住殷氏的手道：「夫人，我出征在外，家裡的事情辛苦你了。」

「只要你們父子平安歸來，我就算再辛苦也是值得的。」殷氏道。

魔家四將被李靖夫妻的恩愛所感動。

李靖板著臉，瞪著哪吒道：「最近為父沒有在家，你是不是又出去闖禍了？」

哪吒若無其事地笑道：「爹，我沒有闖禍。爹你辛苦了，這根腰帶送給你吧，你戴上他，殺敵肯定所向披靡！」

哪吒將龍筋遞給了李靖，李靖握在手裡細心驗看，道：「這東西真不錯，還挺好看，也結實，你是在哪裡弄到的？是不是偷的？」

「不是，爹，你就放心用吧。」哪吒得意道。

這時，東海龍王變成的小蛇從哪吒的袖筒裡鑽了出來，正好被金吒率先看到，大叫道：「蛇！哪吒，你身上哪來的蛇？」

在場歡迎李靖的百姓們，一見到蛇，都嚇得慌忙逃走。

小蛇瞬間化成巨龍，盤旋在上空，頓時電閃雷鳴，狂風大作，龍王在上空盤旋了幾圈，發出悽慘的叫聲，道：「李靖，你不是想知道你手裡拿的是什麼嗎？這是我兒東海龍太子敖丙的龍筋，是你兒哪吒殺了我兒，扒了我兒龍鱗，抽了我兒龍筋，活活將我兒打死，還出手打死我東海巡海夜叉神李艮，現在二人屍首被我收在龍宮之中，殺人償命，我要替我兒報仇！」

說完，龍王就入了東海。

龍王走後，風平浪靜，圍觀的百姓議論紛紛。大庭廣眾下，李靖震怒，狠狠地打了哪吒一個巴掌，道：「你個混帳東西，我出去才個把月日子，就竟翻了天。你打死了東海龍王太子，你闖下了多大的禍！你就是個禍根，你知道嗎？你這樣會連累全城百姓的，人命在你眼裡如此不堪，那好，我現在就結果了你，免得你以後再害人。」

說罷，李靖用手上的龍筋死死勒住哪吒的脖子，道：「你個不肖子，你不是不怕死嗎，你不是不知道人命的可貴嗎，那我現在就殺了你！」

李靖用龍筋使勁勒哪吒的脖子，哪吒終究年歲小，眼看著呼吸困難，已經翻白眼了，殷氏連忙跪在李靖面前道：「夫君，你就饒了他吧，他畢竟是我們的兒子啊！」

一旁的金吒和木吒也為父親的行為捏了一把汗。

殷氏連忙面對眾將士乞求道：「求你們了，快幫我拉開將軍。」

金吒、木吒、魔家四將一起上，這才將李靖拽開。

李靖氣急敗壞，道：「孽子！夫人，哪吒殺的是東海龍王的兒子，東海龍王定然不會善罷甘休。如果是以命抵命，我李靖願意代哪吒去償命，但是我擔心陳塘關的父老鄉親們也難免要受牽連。」

百姓們一聽這話，都慌了，都知道這件事情的嚴重性，一個個怨聲載道。

人群中一個中年人道：「將軍，你兒子闖的禍，殺了龍太子，現在龍王要報仇，你不能連累我們老百姓啊！」

哪吒站出來，雙手叉腰，面對人群道：「我哪吒一人做事一人當，是我殺了龍王太子，龍王來尋仇，我自會有所交代，不會連累大家。」

哪吒回頭看了看父母，又望了望兩位哥哥以及總兵府所有將士，便朝人群中跑去。

「兒子……」

殷氏邊追邊叫。

＊＊＊

東海龍王敖光回到東海水晶宮，此時的東海，已經失去了光輝，魚類死了一大片，漂浮在海面上；海草、珊瑚、貝類生物也難逃一劫，失去了生命；海底的淤泥已經相當程度上汙染了龍宮，到處都是殘垣斷壁。東海龍王大為震驚，面對龍太子的屍體，他泣不成聲，黯然神傷。

龜丞相來到了龍王身邊道：「龍王爺，東海這般光景都是被哪吒那廝攪的，他用混天綾將東海攪得不得安寧，很多魚蝦消受不了，已經死了大片，只可惜太子殿下不聽勸，現在也遭了毒手。」

龍王震怒，怨氣沖天，為了發洩他的憤怒，他在海底發功，打爛了海底的石頭，弄得海水漲潮，北海、西海、南海皆有動靜。

北海龍王敖順、南海龍王敖欽、西海龍王敖閏接到東海龍王敖光的傳令，急急忙忙穿洋過海，來到東海龍宮。

三海龍王幾乎是同時趕來，他們異口同聲道：「大哥，你喚我兄弟三人何事？」

南海龍王敖欽道：「大哥，為何東海龍宮一片混亂，好像發生過大戰？」

「是呀，大哥，怎麼我們從水路而來，到處都是東海的死魚？」西海龍王敖閏道。

東海龍王老淚縱橫，哭訴道：「我兒敖丙被陳塘關總兵李靖之子哪吒打死，扒了我兒龍鱗，抽了我兒龍筋，還將寡人打成重傷。這口氣寡人嚥不下，喚三位賢弟來，就是希望三位賢弟助我一臂之力。」

「這還得了！」三位龍王異口同聲道。

南海龍王敖欽道：「大哥，你的傷勢沒事吧？」

「不礙的，本王痛失愛子，這口氣怎麼能嚥下去！」東海龍王敖光仇恨道。

「大哥，你放心，我們兄弟三人就算和那小子拚個魚死網破，也要為你討回公道！」西海龍王敖閏憤怒道。

＊＊＊

陳塘關已經有三個月沒有下過雨了，這一次卻下起了瓢潑大雨，城池邊的河水暴漲，很多房屋被淹沒，很多街巷已經可以行船了。雨還在下，陳塘關哀號遍野，老百姓都在埋怨李靖一家，他們認為這是龍王降罪，是哪吒惹的禍。

李靖知道哪吒闖下滔天大禍，命他哪裡也不能去。李靖把哪吒綁在總兵府大院的柱子上，哪吒已經被李靖打得皮開肉綻，在眾人勸說下李靖才作罷。

但殷氏心疼得不得了，哪吒捱打，她一直守在邊上，半步不肯離開。金吒和木吒急得直跺腳，總兵府的其他將士沒有一個人為哪吒說話，他們知道這次哪吒闖的禍是無法原諒的。

李靖心知肚明，龍王肯定是要來索命的，不是說打完哪吒就可以了事。李靖扔下皮鞭，心力交瘁道：「夫人，這次龍王肯定是要讓我們交出哪吒的，哪吒畢竟是我們的親生兒子，就讓我這個父親代他去死吧！」

「不，夫君，陳塘關百姓需要你，如果龍王真的要哪吒死，那就由我這個當娘的代我兒去死！」殷氏道。在場的將士們無不為李靖夫婦的深情所感動，一個個都低頭抹淚。

四海龍王發四海龍兵二十萬，兵鋒直至陳塘關。海龍兵黑壓壓一片，一眼望不到頭，盤踞在陳塘關的上空。四海龍王發出了調水令，海水有如排山倒海之勢，眼看著就要倒灌陳塘關，陳塘關的百姓如熱鍋上的螞蟻，倉皇而逃，他們像無頭蒼蠅一樣，四處亂撞，沒有目標地逃跑。

百姓們都顧著逃命，雖然他們對李靖父子有怨言，但此刻也是自身難保，顧不得找李靖父子。

四海龍王威風凜凜，以東海龍王敖光為首，乘水勢而來，他們手執寶劍，劍鋒直指李靖的總兵府。見哪吒被綁在柱子上，血跡斑斑。

雖然猜得到哪吒那是被李靖打得皮開肉綻，東海龍王也絲毫不心軟。東海龍王居高臨下，大喊道：「李靖，你兒哪吒殘殺我東海龍王三太子，今日我兄弟四人是來向你索命的，今天你必須交出哪吒，不然本王就水淹陳塘關，讓這一城百姓為我兒償命！」

城中百姓紛紛站在水中望著龍王。他們是沒有能力反抗龍王的，只能坐以待斃，眼神裡充滿了絕望。

李靖抬頭大喊道：「龍王爺，是我李靖教子無方，殺人償命天經地義，只是哪吒畢竟是我的兒子，我不能親手把他交給你，李靖願意為三太子償命，但是李靖有個條件，請求龍王放過我兒哪吒還有這一城百姓，這樣，李靖雖死無憾！」

「以命抵命，你李靖願意代你兒子去死，也算替我兒報了仇，本王是不會為難這陳塘關百姓的。」東海龍王果斷道。

一聽這話，殷氏和金吒、木吒，還有魔家四將他們都急了。尤其是殷氏，一邊是她的兒子，一邊是她的丈夫，她失去誰都不行。

李靖正要拔劍自刎，金吒和木吒連忙上前制止，殷氏嚇得腿發軟，當即跪了下去，她抱著李靖的褲腿，道：「夫君，如果真的要以命抵命的話，就由我代替哪吒去死，只要你把幾個孩子培養成人我就死而無憾了。」

殷氏站起來，也要從李靖手中奪劍。

哪吒被父母的愛深深感動了，他用力掙開了繩索，來到父母身邊。面對飽含深情的父母，哪吒流著淚道：「爹，娘，是孩兒不孝，孩兒從生下來就給爹娘惹禍，都是我不好。如今大禍臨頭，孩兒為了救這一城百姓，還有爹娘，只能犧牲。如果孩兒不死，龍王是不會善罷甘休的。」

眾人被哪吒的話聽傻了，想不到一個七歲的孩子能說出這樣大義凜然的話。

哪吒面對龍王，喊道：「龍王，我哪吒雖然才七歲，但也知道人間有句俗話叫好漢做事好漢當，我哪吒殺了你的兒子，怎麼能連累父母，父母給了我生命，我來不及報答，怎麼還能讓他們為我償命。龍王，你是上古龍神，在三界內的名聲也是響噹噹的，我希望你言而有信，只要我哪吒死了，絕不傷害陳塘關的百姓；只要我哪吒與父母兄弟撇開關係，這人命官司從此與我爹娘再無關係！」

「好，只要你一死，我兄弟四人必須言而有信，馬上鳴金收兵，絕不傷害陳塘關的一個百姓。」東海龍王斬釘截鐵道。

哪吒回頭面對父母，父母淚流滿面，被哪吒的話所感動。

哪吒環視了總兵府的一切，最後再望一望這些熟悉的親人，眼淚汪汪道：「我哪吒現在剔骨還父，削肉還母，從此與李靖夫婦再無瓜葛！」

說罷，哪吒變出一把刀子，趁李靖夫妻尚未回過神來，他就將自己身上的肉一刀刀割下來，血淋淋的；接著再自斷雙臂，毀肉身。頃刻間，哪吒暴斃。

這一切，李靖夫妻，還有哪吒兄長，以及全府上下目睹，慘不忍睹，他們痛心不已。

李靖夫妻連忙跑了過去，地上全都是哪吒的屍體，橫七豎八，鮮血已經染紅了流淌在庭院裡的積水。

殷氏崩潰，痛哭失聲道：「兒呀……」

李靖淚流滿面，痛心不已。

哪吒的魂魄和他的法器火尖槍、乾坤圈、混天綾一起飛走了。

見哪吒暴斃，東海龍王被哪吒的大仁大義大孝所感動，率海龍兵回到東海。頓時，海水退了，海面上風平浪靜；陳塘關的河水也退了，百姓懸著的心這才落下去。

但總兵府傳來陣陣哭泣聲，老百姓都知道這是殷夫人的哭聲，百姓們路過總兵府都表示十分同情，也被哪吒的大孝所感動。

從那以後，殷氏每天痴痴傻傻、失魂落魄，她接受不了哪吒就這樣死去的事實。她終日以淚洗面，整個人都憔悴了。思唸成疾，殷氏精神失常，大白天抱著枕頭，當成是哪吒，抱在懷裡。金吒和木吒為母親感到憂慮，李靖更是憂心，當他看到殷氏神志不清地抱著枕頭出來，李靖就會上前爭奪，將枕頭重重摔到地上，喝斥道：「夫人，妳到底想幹什麼！哪吒他已經死了，妳還是要節哀順變啊！」

殷氏聽不進去，彎腰將枕頭撿起來，抱著枕頭走進了屋子。

這些都被金吒和木吒看在眼裡。李靖面對兩個兒子道：「看來你們的娘是走不出來了。」

李靖嘆了一口氣。

金吒安慰道：「爹，您要理解娘，娘懷胎三年六個月才生下哪吒，養了七八年的兒子，說沒就沒了。

哪吒毀去肉身，死狀悽慘，娘肯定是過不了這道檻的！」

「是呀，爹，您也要理解娘。」木吒道。

李靖無可奈何，帶著兵器出了門，和幾個副將出去巡視去了。

＊＊＊

哪吒毀去肉身後，成了孤魂野鬼，在三界的縫隙遊蕩，隨風而飄，隨緣而飄，他自己也不知道要飄到哪裡去。他能看到人，但是人卻看不到他，就算他現在在父母的面前，喊破喉嚨，李靖夫婦也聽不見。

哪吒終於無處可去，就在夜深人靜的時候，入了母親殷氏的夢。

在一個黑暗的空間裡，哪吒走投無路，他拚命地喊著：「娘……」

殷氏聽到後，尋著哪吒的聲音而去，見哪吒孤零零地在找路。殷氏愛子心切，欲上前擁抱哪吒，怎料哪吒化作一股輕煙不見了。

殷氏心急如焚地喊道：「哪吒……你在哪兒？快出來，娘想你。」

哪吒再一次現身，哭訴道：「娘，孩兒現在是孤魂野鬼，沒有肉身，您是抓不住我的。娘，孩兒無法還陽，也無法投胎，如果一直飄在三界的夾縫裡，最終哪吒只有灰飛煙滅。娘，您要感化陳塘關的百姓，發動大家為我修建哪吒廟，為我塑像，供奉香火，這樣哪吒就能依託神像存在，也就不會魂飛魄散……」

「這有何難，明天娘就取錢僱工人為你修廟。」殷氏痛哭流涕道。

哪吒道：「娘，不行，修廟只有百姓募捐，如果沒有百姓護佑，這哪吒廟建了也沒用。我對陳塘關百姓有恩，我相信他們不會袖手旁觀的。」

說罷，哪吒消失了，黑暗裡一點光線也沒有，辨不清是何地。

「哪吒……別走……」

殷氏叫著叫著就醒了，也吵醒了枕邊的李靖。

李靖坐了起來，面對殷氏愁道：「夫人，妳又在說胡話了，告訴妳哪吒已經死了，妳什麼時候才能消停，才能忘記這個兒子！」

殷氏坐起來，面對李靖，激動地抓起李靖的手道：「夫君，剛才哪吒託夢給我，讓我發動全城百姓為他募捐，修建哪吒廟，這樣他就可以永遠留在我們身邊。」

「哎，我都懶得聽妳說。」李靖繼續躺下睡覺，背對著殷氏。

次日，天未大亮，殷氏就早早起床，帶著鑼，來到陳塘關最為繁華的街道，她敲起鑼來，乒乒乓乓，這時候很多百姓都才剛起床，有些沒有睡醒的，也被殷氏的鑼聲敲醒了。眾人不知是何緣故，知道殷夫人是剛剛死了兒子，還未緩過來，都圍了上去。

殷氏當眾給百姓們跪了下來，哭訴道：「鄉親們，我兒哪吒現在成了孤魂野鬼，沒有安身之處，昨晚他託夢給我，希望鄉親們募捐，給他建一座哪吒廟，這樣他就有安身之地了。」

「夫人，妳的兒子哪吒已經死了，人死不能復生，我們也很同情你們一家的遭遇，也很理解妳這個當母親的，但是修廟安魂一說，確實有些難以置信，再說不過是一個夢而已，何必勞民傷財修廟呢？」

人群中一個過路的中年男子操著手道。

殷氏傷心欲絕道：「鄉親們，你們捫心自問，我兒出世以來為陳塘關做了多少好事？當年肥遺精在此作怪，是我兒子哪吒救你們於危難；這次雖然是我兒子打死了龍太子，迫使龍王水淹陳塘關，但是事出有因，後來聽我府上人說，我兒子哪吒是替尹府一家出頭。我兒哪吒敢愛敢恨，敢作敢當，年方七歲，是真正的男子漢。這次龍王要水淹陳塘關，是他以自盡為代價，才化解了龍王的仇恨，讓陳塘關免遭生靈塗炭，這些你們都忘記了嗎？況且建一座廟也花不了多少錢，陳塘關的百姓一家出一點，我兒就有安身之地，這點要求大家都不滿足我這個當娘的嗎？」

殷氏的一番肺腑之言，剛好被路過的尹老爺聽到，他也深感內疚，畢竟哪吒是為了救他的女兒。

尹老爺從人群中走了出來，將殷氏扶了起來，面對眾人道：「鄉親們，李夫人說得對，李家三公子哪吒的確是為了救我們一家才殺死龍太子的，為此我尹某深感內疚。當時孽龍來陳塘關作祟，化身成人，潛入我府上，調戲我女兒，尹某這才求李家三公子幫忙，聽聞三公子被龍王逼死，尹某痛心不已，如今我無以為報，請鄉親們看在這麼多年，總兵李將軍為了我們陳塘關的百姓做了不少好事的分上，也看在李三公子一片孝心的分上，幫幫她，不過是修座廟，要不了幾個錢，我尹某率先出錢……」

尹老爺將一袋銅貝交到殷氏手裡，深感愧疚道：「李夫人，對不起，因為小女的事情害了三公子，這是我的一點心意，以後但凡有用得著尹某人的地方，請夫人儘管開口，尹某萬死不辭，三公子是我們一家的恩人。」

殷氏感嘆道：「這都是天意啊……」

由尹老爺開了頭，又一個肥胖的中年男人朝殷氏走過來，道：「大家都出點力吧，咱陳塘關這麼多人，一人從牙縫裡擠點出來，還是可以幫到我們的恩公的，希望哪吒三公子在天有靈能保佑我們陳塘關的老百姓就太好了。」

這個中年男人將一片金葉子遞給了殷氏。

緊接著，大夥兒一擁而上，將這鬧市圍得水洩不通。他們各自取出自己的貝幣遞給殷氏，殷氏拿不了，就用衣服給包了起來。

殷氏面對大家感激涕零道：「謝謝鄉親們，錢已經夠了，不需要了，謝謝你們。」

殷氏給鄉親們深深鞠了一躬。

就在這時，金吒和木吒匆匆忙忙跑來，兄弟倆分別拽著母親的手，急道：「娘，您快走吧，爹聽說您在大街上募捐，為三弟修廟，他氣得吹鬍子瞪眼，他已經過來了……」

還沒有等殷氏反應過來，李靖已經尋來了，他氣勢洶洶地拽著殷氏的手道：「夫人，妳身為陳塘關總兵李靖的夫人，就不要在大街上丟人現眼了，妳醒醒吧，哪吒已經死了，再也不會回來了。」

殷氏拚命掙脫，李靖就是不放手，在拉扯中，殷氏募捐來的貝幣和金葉子撒了一地。殷氏傷心難過，再一次推開李靖，俯身撿這些散落的貝幣。

可是李靖不肯罷休，他將這些圍觀的人轟走，又將地上的貝幣踢得到處都是，硬是拽著殷氏離開，嘴裡嘀咕道：「我看妳是瘋了，憑一個夢，妳就要為哪吒修廟，要是讓朝廷知道了，我定會落下一個貪汙腐化之罪，好好回家反省吧，就不要在這裡給我丟人了。」

李靖幾乎是連拽帶拖，硬拉走了殷氏。

金吒和木吒很無奈，只好跟了上去。這些都被圍觀的百姓看在眼裡。

「可憐天下父母心啊，三公子確實是我們的恩人，大傢伙來，把這些貝幣都撿起來，我們為哪吒公子選個地方修廟。」尹老爺道。

陳塘關的百姓沒有一個人把這些錢私藏的，他們撿這些錢準備為哪吒修廟。

第五章　蓮身再塑重生

殷氏費了好大工夫才為兒子募到修廟的錢，卻被李靖給攪黃了。

思子心切的殷氏終日愁眉淚眼，整個人都消瘦了。建不成哪吒廟，她總覺得對不起兒子，於是她繡了一個跟哪吒形象差不多的布偶，一針一線都是她對哪吒滿滿的愛。

殷氏總是等李靖出門以後，開始為哪吒繡布偶，她把自己關在屋子裡，一待就是一整天。為了繡布偶，讓哪吒魂有所依，殷氏的十根手指經常被扎得血淋淋的，舊傷未痊癒，又添新傷。殷氏因為想哪吒，邊繡邊想，想著想著，又把手給扎了。

殷氏喃喃自語道：「哪吒，你是個好孩子，是爹娘對不起你，你自從來到人間，為百姓做過多少好事，外人不能理解你也罷了，你爹也不能理解你。哪吒，娘知道你命苦，你為了救爹娘還有陳塘關的百姓，才以死謝罪。娘無能，娘答應給你修廟的，娘辦不到，娘只有做布偶，千針萬線，希望這個布偶能讓你的魂魄有歸屬。娘能做的就這麼多了，希望你早日投胎，千萬不要再到我們家了。」

殷氏抱著哪吒形象的布偶，黯然神傷，淚流滿面。

「娘，您快開門呀。」金吒一個勁兒敲門，並喊道。

「金吒，娘想一個人靜一靜，有什麼事兒一會兒再說。」殷氏無精打采道。

「娘，快開門，是三弟的事情，你快出來。」木吒在外面喊道。

殷氏連忙放下布偶，站起來，跑過去開門。

見金吒和木吒二人，迫不及待道：「哪吒怎麼了？」

「娘，大喜事啊。」兄弟二人異口同聲道。

「什麼大喜事？」

「娘，您跟我們走吧！」金吒道。

「不說清楚我就不去。」

「哎呀，走吧，娘，您去了就能見到三弟了。」木吒道。

「在哪兒？快帶我去！」

兄弟倆拉著殷氏往總兵府外面跑去，他們直奔陳塘關北邊郊外的女媧娘娘廟方向而去。出了陳塘關，越走越偏僻，叢林密布，只有山間小路，天已經逐漸暗下來。

殷氏面對金吒和木吒兄弟二人，一臉困惑道：「金吒，木吒，你們要帶娘去哪兒呢？不是說你們看到哪吒了嗎？這條路娘記得應該是去女媧娘娘廟的路吧？」

「哎呀，娘，您不要著急嘛，您馬上就能見到三弟了。」木吒道。

殷氏看了看金吒，金吒點了點頭。

很快穿過叢林，在一個不高的山丘上，殷氏見到了哪吒廟，哪吒廟緊挨著女媧娘娘廟。整個哪吒廟屋頂用琉璃打造，廟梁木材用的是金絲楠木，廟有五六丈高，廟門口的匾額上用甲骨文刻著「哪吒廟」幾個大字。殷氏見到後，大吃一驚，激動不已。金吒和木吒看在眼裡，殷氏迫不及待地跑進去，在廟宇裡面，她見到了一尊高兩丈的哪吒塑像，這尊哪吒像做得栩栩如生，光著腳丫，脖子上掛著乾坤圈，一隻手拿著火尖槍，混天綾纏在臂膀上，雙目炯炯有神，一臉稚氣，活潑可愛。

哪吒神像前的香爐裡插滿了還在燃燒的香蠟，整個廟被濃濃的香燭味瀰漫，堪稱香火鼎盛。

殷氏觸景生情，彷彿看到了兒子哪吒就站在自己的面前，她再一次淚流滿面，泣不成聲。

殷氏回頭問金吒和木吒兄弟道：「這是怎麼回事？」

金吒激動道：「娘，我和木吒也是今天才知道的，半月前陳塘關的百姓知道娘想為三弟建廟，他們是自發為三弟修的這座哪吒廟，您看啊，三弟的塑像全部是用青銅打造，這得花不少黃金和貝幣啊，咱陳塘關的百姓對咱三弟還是感恩的。」

殷氏面對哪吒，欣慰道：「兒子，看到了嗎？娘辦不成的事，陳塘關的百姓們辦到了，好人是有好報的！你為他們做了那麼多，現在他們終於肯為你出力了，你也應該瞑目了。兒子，如果還有什麼需要，晚上再託夢給娘啊。」

其實，此刻哪吒的魂魄已經附在塑像上了，只是殷氏和金吒兄弟看不到罷了。

附在塑像上的哪吒看到憔悴的母親，心裡很不是滋味。

「娘，孩兒已經魂有所依了，您不用再為孩兒擔心，娘，大哥，二哥，哪吒真的好想你們呀，只可惜我能看見你們，聽見你們說話，你們卻看不見我，聽不到我說話……」哪吒哭道。

殷氏看不到哪吒，也聽不到哪吒說話，哪吒將生前穿戴的紅肚兜丟了下去，隨風飄到了殷氏的面前，掉到地上。

殷氏見到後，大為吃驚，道：「哪吒顯靈了，我們說的話，他都聽到了，這件紅肚兜就是哪吒生前穿的，是我縫的，我都記得，金吒，木吒，你們快看，這是你們弟弟穿的吧？」

殷氏將紅肚兜呈到金吒兄弟二人面前，兄弟二人深感吃驚，異口同聲道：「太邪了吧！」

殷氏卻欣喜不已，面對哪吒銅像道：「兒子，娘知道你能聽到，你能找到歸屬，不在三界夾縫中漂泊，娘就放心了。兒子，實在不行，你就去找太乙真人，他是你的師父，也是元始天尊的弟子，大羅金仙，法力無邊，他一定能想到救你的辦法。聽娘的話，娘和你哥哥先回去了，有什麼話就託夢給娘，娘一定想辦法。」

殷氏朝哪吒塑像雙手合掌拜了拜，金吒和木吒照做。金吒、木吒扶著殷氏就要走出去，殷氏時不時回頭望一望哪吒的神像，她雙手捧著哪吒的肚兜。

這時，一個手提果籃的老人家，衣衫襤褸，白髮蒼蒼，滿臉皺紋，拄著枴杖，步履蹣跚，彎著腰，朝著哪吒神像前走去，她的果籃裡還放著香燭。

她走到香爐面前，面對哪吒塑像，小心翼翼放下果籃，從籃子裡取出香燭，在香爐裡點上，插在香爐裡，並在哪吒神像前跪拜，聲音低沉道：「別人都說你很靈驗，我老伴病重，眼看著就不行了，我的幾個兒子兒媳他們只顧著自個，忙著分家產，不管他爹的死活。求求你，顯顯靈，救救我老伴，哪怕是再給他五年壽命，讓他頤養天年，他這輩子過得太苦了，沒有享過一天福，還遇上這兩個不爭氣的兒子。求求你哪吒神仙，聽說你神通廣大，連龍王都怕你，你一定要救救我老伴，讓閻王爺多給我老伴幾年陽壽，這些果品是供奉你的，請一定要答應老身啊。」

殷氏看到後，很是同情這位老人家，她把紅肚兜交到金吒手裡，忙上前扶起老人，面對哪吒像道：「兒子，一定要保佑這位大母，老人家太不容易了。」

老人家見殷氏叫哪吒兒子，不禁吃驚道：「妳是李將軍的夫人？」

「正是。」殷氏道。

老人家激動道：「夫人，見到妳老身三生有幸啊！李府三公子為了保一方生靈，自刎謝罪，老身佩服啊！令公子小小年紀，一身正氣，敢做敢當，了不起啊！可惜夫人妳白髮人送黑髮人，夫人節哀啊。」

殷氏道：「您老這麼大歲數了，還來拜我兒，我相信我兒在天有靈一定會保佑他大父的，您的年紀也大了，這山裡霧氣重，還是早些回去吧。」

殷氏朝木吒喊道：「木吒，快過來扶一下大母，把大母送回家。」

木吒跑過來，小心翼翼扶著大母往外面走。

木吒剛送大母到廟門口，只見李靖帶著一群人氣勢洶洶走過來，他行色匆匆，臉色鐵青，剛到門口，就撞到殷氏母子。

李靖後頭對眾官兵道：「你們快把哪吒廟給我拆了！」

官兵們一擁而上，開始打砸廟裡面的東西。

殷氏聽罷，臉色煞白，急道：「住手！」

殷氏衝上去將官兵們都攔住了，官兵們只好作罷。

殷氏不解地瞪著李靖道：「夫君，你到底想幹什麼？哪吒是你的親生兒子，你不讓我募捐修哪吒廟罷了，這些都是陳塘關百姓的一片心意啊，是百姓們自發修建的，你可不能砸啊，這些都是百姓們的血汗錢啊！」

李靖一籌莫展道：「夫人，妳知道如果讓朝廷中的小人知道了，我李靖發動陳塘關百姓募捐，為我死去的兒子修建廟宇，妳說我怎麼跟朝廷解釋？他們肯定會認為我是強行攤派，那時候我就是十張嘴也說不清楚，來呀，給我砸了！」

李靖帶來的官兵，用各自手中的兵器進入到廟宇中，將裡面的陳設砸了個稀巴爛，就連哪吒的青銅像，也被三五名士兵，一起推倒在地。

哪吒的魂魄已經和銅像融為一體，就在銅像被推倒那一刻，哪吒被重重地摔在地上，發出了痛苦的叫聲，但是李靖等人根本就聽不到。

見哪吒廟被砸，哪吒像被推倒，殷氏再一次崩潰了，她衝到李靖面前，拚命拍打李靖的胸脯，痛心疾首道：「夫君，你太狠了，你簡直就不配當一個稱職的父親，哪吒失去了肉身，沒有去處，你現在砸了哪吒廟，他會灰飛煙滅的！」

木吒扶著的老人還沒有走遠，她站在不遠處，面對李靖道：「李將軍，你這樣做確實過分了些，我可是聽說你家三公子之前還救過你的命，投胎到你們家，你可是一點好臉色沒給呀！老身知道將軍為官清廉，從不落人口舌，但是哪吒畢竟是你的兒子，甭說朝廷沒有找到你，就算真有一天，有小人誣告你藉此受賄，我們陳塘關的鄉親們也不會讓你蒙冤的，你這樣做又是何必呢？」

李靖對老人的一番話經過一番深思熟慮，自己也感到欠妥當，但是哪吒的廟也已經砸了，李靖執拗的性格，他寧可改錯也不認錯。

他回頭看了看殷氏，又看了看金吒和木吒，道：「反正我砸了，以後我沒有這個兒子，哪吒雖然是為了救陳塘關百姓，自刎謝罪，但是畢竟禍還是他惹出來的，所以我這個當爹的沒法原諒他！」

說罷，就帶著這群親兵離開。

老人看著木吒道：「公子，令尊實在是不近人情啊！」

說完，便離開。

剛剛被搗毀的哪吒廟裡面一片狼藉，金吒握著哪吒的紅肚兜，又看著殷氏道：「娘，怎麼辦？還是算了吧，哪吒在那邊只有自求多福了。」

哪吒的魂魄基本已經和銅像長在一起，受人間煙火，成為半鬼半神之身，才避免了魂飛魄散、灰飛煙滅的厄運。但經過李靖這麼一破壞，哪吒快要灰飛煙滅，他從銅像裡面出來，疼得在地上打滾，道：「李靖，我一定要殺了你！你不配當我爹！」

就在哪吒痛苦難耐，只有一半鬼命的時候，太乙真人出現了。

太乙真人見哪吒的元神即將散盡，立刻從腰間取下豹皮囊，並默念口訣，將哪吒的魂魄裝進了豹皮囊，道：「哪吒，此乃劫數，為師帶你回乾元山金光洞，再想法子救你！」

太乙真人不便在凡人面前展露真身，但是見殷氏母子傷心難過，又不忍，他只好現身相見。

殷氏和金吒大吃一驚，異口同聲道：「太乙真人。」

「真人，上次一別，有八年未見了，想不到還能見到你，真人你一定要救救哪吒，你法力無邊，一定有辦法的！」殷氏激動道。

金吒一臉期盼地看著太乙真人。

太乙真人捋了捋鬍鬚，笑道：「貧道正是為此事而來，此乃劫數。放心吧，夫人，哪吒廟雖然毀了，但是我一定會救哪吒的，我與他的師徒之緣還未盡呢！」

殷氏困惑道：「真人，哪吒現在哪裡？能否讓我們母子再見一面？」

「哪吒魂魄受損，若貧道再晚一步，他可能真的灰飛煙滅了。現在他被我收進了豹皮囊裡，這豹皮囊乃是崑崙山上修煉萬年的雪豹皮囊所織，哪吒在裡面不礙事的，我帶他走了，你們就放心回去吧，不要和別人說見過我！」

太乙真人面對殷氏和金吒摸了摸腰間的豹皮囊，便幻化離去，消失得無影無蹤。

金吒來到殷氏身邊，拍了拍殷氏肩膀，安慰道：「娘，這下您應該放心了吧！」

殷氏這才和金吒出了廟門，沿小路往回走。

太乙真人帶著哪吒的魂魄回到了乾元山金光洞。乾元山金光洞位於一處懸崖峭壁之上，山上沒有一條路可以到達金光洞。從洞口往下看，是白茫茫一片雲海，流雲在山間穿梭，像海浪一樣來回翻滾；從洞口往遠處看，山巒層層疊疊，視野很開闊。金光洞門口開滿了各式各樣的鮮花，它被一團五彩祥雲籠罩著，一對青鸞火鳳，一紅一青，在金光洞的上空盤旋，發出悅耳的聲音。

金光洞門口左側的石壁上，用甲骨文鐫刻著「太乙洞」三個蒼勁古樸的大字。進入洞中不遠處有煉丹池，旁邊就是丹爐。池中生長著金蓮藕，這荷花終年不謝，與凡間不同，而且越發鮮豔。荷花品種很多，有白色花瓣，也有粉色花瓣，藕呈金色，常年放金光，照得洞內通明，池水也被染成了金黃色，因此此洞叫金光洞。

金光洞的池水深不可測，有陰河，河裡有生長著萬萬年的銀白蝦，人吃了，可以長生不老。洞內彎彎曲曲，石頭造型各異，洞內深不可測，洞穴甚多，成百上千，凡人進入，就出不來。

太乙真人把哪吒的魂魄帶入金光洞中，將其從豹皮囊中放出來。

「哪吒，你可還記得我？」太乙真人表情凝重道。

「師父，太乙真人，救救徒兒吧！」哪吒乞求道。

太乙真人嘆道：「哎，你現在只剩下半條鬼命了，要是為師再不出手相救，恐怕三界內沒有你的容身之處。你是天上靈珠子下凡，帶著使命助周伐商，大業未成，陽壽未盡，你自盡以全孝義，閻王不敢收你，天界回不去，你只能在三界遊蕩，這也是天意，也是你的劫數，但對於你未嘗不是一件好事！」

哪吒一頭霧水道：「師父，徒兒不明白你的意思！現在徒兒已經失去了肉身，就快要灰飛煙滅了，你還說這是好事？」

太乙真人捋了捋鬍鬚，大笑道：「徒兒，你在下界的所作所為為師都知道，你除肥遺怪，懲罰龍太子，這些都沒有錯，但是千不該萬不該，你不該殺死龍太子啊，更不該變成女媧大神的模樣毆打敖光，東海龍王乃是歷經萬劫的上古龍神，就連天帝也要給他面子，你毆打他還不算，還逼迫他變成蛇，如此奇恥大辱，他怎能善罷甘休，徒兒，你太魯莽了。」

「師父，徒兒知錯了，求師父救救徒兒吧！」哪吒哀求道。

太乙真人欣慰道：「知錯能改善莫大焉，誰沒有年輕過，你歷經了這番生死考驗，嘗盡了人間的酸甜苦辣，相信你以後會更加沉穩，那為師就讓你脫胎換骨。」

說罷，太乙真人將右手伸得一丈長，用手在煉丹池裡刨金蓮藕，他刨了幾根又長又肥的金蓮藕上岸，金蓮藕放在地上金光閃閃，蓮藕上面還在滴水，全是淤泥，太乙真人用拂塵一掃，頃刻間，金蓮藕乾淨異常。

太乙真人把金蓮藕擺成了人字形。

哪吒詫異道：「師父，你在幹什麼？」

「這金蓮藕是我乾元山金光洞的寶貝，三界內只有師父這裡才有這東西，現在師父用它來讓你復活。」太乙真人得意道。

太乙真人朝金蓮藕吹了一口仙氣，那蓮藕就變成了哪吒生前的模樣，高矮胖瘦都差不多。

哪吒魂魄一看，大吃一驚道：「師父，這不就是我嗎？」

「這副蓮藕身比你那不經用的肉身強多了，待為師把你的魂魄安頓好，再服一丸為師從道德天尊那求來的還魂丹，你就可以重生了。」太乙真人道。

哪吒激動不已道：「師父，快點吧，哪吒這些日子受夠了，蹲在暗無天日的角落。」

太乙真人用法術將哪吒的魂魄注入到蓮藕身上，再從袖筒裡取出從道德天尊那裡討到的還魂丹餵給哪吒。

太乙真人對著蓮藕身吹了一口仙氣，哪吒復活了。

他緩緩睜開眼睛，迅速站了起來，面對太乙真人，扶著太乙真人的臂膀，高興得手舞足蹈。

哪吒激動道：「師父，這次多虧了你，如果不是你，可能我再也無法重生，師父你就是我的再生父母。師父在上，請受徒兒一拜！」

哪吒雙手抱拳，豪氣干雲，雙腿跪在了太乙真人面前。

太乙真人欣慰道：「哪吒，你我師徒注定有這麼一段緣分，師父救徒兒是理所當然的，只要你以後改掉自己衝動的毛病，降妖除魔，助周伐商，就算是對為師最好的報答了。」

太乙真人把哪吒拉了起來。

哪吒感覺現在的蓮藕身，要比之前的肉身輕便多了，活動起來也特別舒暢，各個環節也特別靈活。

哪吒失去肉身的這段時間，只能遊蕩在黑暗的三界夾縫裡，現在復活了，他可算有機會活動活動了。

他跑出了金光洞，站在金光洞外，他被乾元山的風景深深吸引了。太乙真人也走出了洞府。

「師父，乾元山太美了，不愧是洞天福地，仙人住的地方，與陳塘關簡直就是天壤之別。師父，我從來沒有見過這麼美的地方，快看，還有雲海，這花也開得豔，和天界的天庭差不多。」哪吒激動道。

哪吒興許是太高興了，圍著百花翻了幾個跟頭，身手矯健。

太乙真人捋了捋鬍鬚，欣慰地笑道：「你見過天庭？」

哪吒摸了摸後腦勺，靦腆地笑道：「上次對付東海龍王，提前在北天門攔住了他，天庭的美景我是見識過的，哪裡比得上師父這山中美景，師父這裡比天庭還美！」

太乙真人一聽，便舉起拂塵要打哪吒，道：「你一說倒是提醒為師了，你果然好大的膽子，女媧娘娘是什麼人？是你能冒充的嗎？看為師不教訓你……」

哪吒圍著蓮池跑，太乙真人圍著蓮池追。

眼看著就要追上了，哪吒停了下來，調皮道：「師父，徒兒再也不敢冒犯大神了！」

哪吒剛說完，就累得突然坐了下來，太乙真人恍然大悟道：「徒兒，你剛復活，你的元氣尚未恢復，需要運氣調理七七四十九天，四十九天後，為師再傳些新的法術給你，你即將面臨新的使命！」

「使命？」哪吒詫異道。

「周和商的戰爭已經開始了，下界已經屍橫遍野，血流成河，你身負天命，不可再任意妄為了。」太乙真人語重心長道。

「徒兒知道了。」

「走，跟師父回到洞裡去，師父陪你運功調理，四十九天後，師父再傳給你廣大法力，讓你在這王朝更迭之時建功立業。你師祖元始天尊已經命你師叔姜子牙下界助周伐商，並承擔封神大任，徒兒此次下界若能建功立業，將來為師可上奏天尊還你金身正果。」太乙真人一邊拽著哪吒進洞，一邊與他說道。

哪吒聽得滿臉欣喜。

太乙真人在蓮池邊打坐，為哪吒推功運氣。哪吒與太乙真人掌心對掌心，太乙真人緊閉雙目為哪吒運氣，哪吒自行運功，就這樣面對面地打坐調理，四十九日後，哪吒基本恢復，與自盡前的狀態無異。

太乙真人及時撤了掌，一臉疲倦道：「徒兒，你現在沒有問題了，可以下山去了，你要盡力輔佐你師叔姜子牙，現在西岐和朝歌的戰爭愈演愈烈，你要下山去完成上天交給你的使命！」

「徒兒明白，師父不跟我一起下山嗎？」哪吒問道。

太乙真人面帶虛容道：「徒兒，為師為你運功期間，有傷元氣，需要運功調理些時日，況且人間的事情我們神仙是不便插手的，你雖然失去了肉身，但你依然來自凡間，是陳塘關總兵李靖的兒子，這層關係到任何時候都改變不了！」

「我不，他不是我爹，我沒有這樣的爹，從我生下來，他就沒有愛過我，在他眼裡我就是怪胎，就是闖禍精，在他眼裡我不配做他的兒子，當然他也不配做我的爹！」哪吒憎恨道。

太乙真人嘆了一口氣道：「徒兒，莫要使小性子，血濃於水，父子之間哪有什麼深仇大恨。聽師父的話，忘了這一切，重新開始，眼下最要緊的就是滅商興周，以後你就是天上地下最大的英雄！」

哪吒不甘道：「師父，你不知道，李靖他竟然親自帶人搗毀我的廟，差點就讓我魂飛魄散，這樣的爹能要嗎？再說，修廟是陳塘關百姓自願為我修的，他憑什麼要砸我的廟？如果不是師父，可能我真的回不來了！」

「徒兒，你娘在你死後，心神不寧，憔悴不堪，痴痴傻傻，做了很多常人不能理解的事，你託夢給你娘，讓她募捐給你修廟，但是你父親並不知情，他會認為是你娘在痴心妄想，你爹怕你娘長此以往，精神失常，久病不癒，她是希望你娘過回正常人的生活。再加上用老百姓的錢為你修廟，雖說是百姓自願，但是朝廷不那麼認為，如果有小人揭發你爹，說他以權謀私為你募捐修廟，那這條罪名就會為你爹娘帶來麻煩。你爹這麼多年來一直為國為民，從不拿百姓一針一線，這些難道你不知道嗎？所以，哪吒，不要怨你的父母，他們能為你做的都做了！」太乙真人苦口婆心勸道。

哪吒覺得太乙真人說的話頗有幾分道理，頓時心裡的恨都去了十之八九。

哪吒站了起來，運了一口氣，順便活動四肢，打了兩拳，精神抖擻道：「師父，我覺得我身輕如燕，健步如飛！」

哪吒在洞內飛簷走壁，上竄下跳，就像隻猴子，又像是脫韁野馬。

心情大好的哪吒衝出了金光洞，在洞外活動筋骨，來回翻跟頭，青鸞火鳳在他的頭頂上盤旋，哪吒抬頭望道：「這對鳥真漂亮，看我不抓住你。」

說罷，哪吒縱身一躍，跳上石頭臺階，又跳上雲端，去追趕那青鸞火鳳。青鸞火鳳圍著乾元山飛，就在金光洞附近盤旋，哪吒鉚足了勁，一連追了幾個時辰，就是追不上，哪吒只好回到金光洞洞口，望著天上的青鸞火鳳，喃喃自語道：「這是什麼鳥？飛這麼快，我都趕不上！」

太乙真人持拂塵從洞裡出來，聽到哪吒的嘀咕聲，哈哈大笑。

「師父，你笑什麼？」哪吒問道。

太乙真人笑道：「哪吒，你追不上他們就對了，他們是青鸞火鳳，他們是一對，沒有一刻分離過；他們一個吐風，一個噴火，能抵擋任何外來攻擊；他們日行萬里，轉瞬之間便可到達三山五嶽，四海八荒，他們的速度你自然是趕不上的。為師常年在乾元山修煉，多虧了這對青鸞火鳳陪我解悶！如今你要追他們，豈不是鬧笑話！」

哪吒不服氣道：「我不管，師父，我今天必須要追上他們，我不信追不上他們，哼！」

哪吒再一次飛上天去追青鸞火鳳，太乙真人搖了搖頭，一臉欣慰地笑。

哪吒在天上追了幾圈，青鸞火鳳一個吐風，一個噴火，煙燻火燎，哪吒好不難受，巨大的風力讓他喘不過氣來。

太乙真人見哪吒手無寸鐵，吃盡了苦頭，喊道：「哪吒，快下來吧，你是鬥不過他們的，他們是上古神鳥，已經在這乾元山修煉了數萬年，吸收天地日月之精華，早就成了一對不死不滅的神鳥，他們的風火能夠降妖伏魔。」

風火齊發，哪吒憑藉蓮藕身軀苦苦抵擋，眼看著就要招抵不上，這青鸞火鳳突然收手，從天上雙雙落到了金光洞洞口的一處樹枝上。

哪吒也從天上飛了下來，來到太乙真人的面前，面對太乙真人，又看了看青鸞火鳳，一臉詫異道：「師父，這神鳥剛剛還對我窮追猛打，怎麼突然停止了對我的攻擊，落到樹上不停地嘶叫？」

太乙真人大笑道：「徒兒，恭喜你呀！」

「恭喜我什麼？」

「這修煉了數萬年的青鸞火鳳他們終於找到主人了，你有牠們的幫助，以後助周伐商、降妖除魔就是如虎添翼。上古大神，滿天星宿，有哪個不想收服青鸞火鳳為己用，就連你的師叔道行天尊，還有南極長生大帝，也多次到過我的乾元山，他們個個都想降服青鸞火鳳，卻都未能如願，徒兒你有福氣啊，看來這青鸞火鳳是認你做主人了！」太乙真人甚為吃驚道。

「是嗎？」哪吒看著青鸞火鳳，有些懷疑道。

這時，青鸞火鳳從樹枝上落到了哪吒的腳下，化作一對熊熊燃燒的風火輪，一風一火，形如太極，周轉不已，二輪運轉時風火齊至，其威力追風逐火，異常灼熱。

哪吒面對風火輪，目瞪口呆。

「徒兒，還愣著幹什麼？還不快上去試試。」太乙真人急道。

哪吒站上了風火輪，這風火輪瞬間便載著哪吒飛出了重重大山，消失在天際。

「往右……往左……」哪吒不斷地提醒著風火輪，風火輪都依照哪吒的指示做了。

哪吒駕馭著風火輪，回到了金光洞，太乙真人還站在洞口等著。

哪吒從風火輪上下來，這風火輪自動隱藏起來了，哪吒驚喜道：「師父，這青鸞火鳳速度太快了，轉瞬間可以去到四海八荒，簡直和做夢一樣，你看牠們還能自動隱藏，牠們知道我的心思，我駕馭牠們可以隨心所欲！」

「好好好。」太乙真人欣慰道。

哪吒問道：「師父，我的乾坤圈、混天綾、火尖槍在你那兒嗎？」

「為師收著呢，現在為師將另外幾件法器一併交給你！」

說罷，太乙真人大袖一揮，混天綾、乾坤圈、火尖槍、九龍神火罩、陰陽劍全都出現在地上。

太乙真人道：「除了你原先的這幾件法器，師父還將這九龍神火罩和陰陽劍一併送你，之所以叫九龍神火罩，是因為此罩可以喚醒九天火龍，噴出的三昧真火，威力巨大。這對陰陽劍，共兩把，一陰一陽，陰劍制寒，陽劍制熱，這寒熱劍伏魔降妖威力也不小，這幾件法器足夠你在伐商大業上建功立業了，都拿去吧！」

哪吒將他們拾起來，一一試練，威力無窮，每件法器的施展都把乾元山搞得地動山搖，山裡的鳥類被巨大的震感驚飛了。

太乙真人面對生龍活虎的哪吒，道：「哪吒，你現在是蓮花化身，以後你不再有任何疾病，也不需要睡覺，不用吃飯也不會餓，百毒不侵，刀槍傷不了你，所以你儘管失去了肉身，但未嘗不是一件好事，肉體凡胎不利於你降妖伏魔，以後沒有任何妖魔能傷害你！你且去吧！」

哪吒依依不捨拜別太乙真人，道：「師父，你要保重啊，徒兒下山去了，徒兒一定謹記師父所託！」

說罷，哪吒轉身離去，踏上風火輪，背著陰陽雙劍，脖子上掛著乾坤圈，手持火尖槍，朝著天邊飛去了。

第六章　斬妖石磯娘娘

哪吒答應過自己的師父太乙真人，要去西岐和師叔姜子牙會合，一起幫助西伯侯姬昌父子攻滅商朝。但是復活後的第一件事情並不是立刻前往西岐，他首先想到的是他的母親殷氏，哪吒知道他的去世對他母親的打擊是沉重的，如果不回家報個平安，他擔心母親真的會一病不起。已經死過一次的哪吒，心智要比以前成熟多了，他開始學會了換位思考。

雖然，殷氏是看著太乙真人把哪吒的魂魄收走的，但是哪吒是死是活她並不知道。從哪吒廟回來的這段日子，殷氏總是茶飯不思，常常六神無主，李靖父子也是明白的，屢屢相勸，也是無濟於事。

這一次，哪吒是帶著仇恨回來的，他來時天上打雷閃電，狂風大作，天昏地暗，哪吒從天而降，落到陳塘關總兵府的屋頂上。

總兵府的府兵們都被這巨大的雷聲驚著了，他們不明緣由，紛紛從各個角落朝天上望去，見到了屋頂上的哪吒。

「是三公子，他回來了！」府兵們激動不已道。

府兵們很多都是看著哪吒長大的，哪吒在陳塘關深受百姓愛戴，對府上的將士平日裡格外照顧，因此，府兵們對哪吒是有感情的，他們見到哪吒還活著，當然十分高興。

此時的哪吒裝束與自殺前截然不同，他也不再穿紅肚兜，光著屁股和腳丫，他已經是七尺男兒，腰間是粉色的荷花瓣的裙子，面容桃粉俊美，荷葉披肩。哪吒杵著火尖槍，面帶殺氣，一副凶神惡煞的樣子。

「李靖，快點滾出來，我要殺了你……」哪吒殺氣騰騰地喊道。

總兵府的大廳裡，人聲鼎沸，高朋滿座，今兒好像是殷氏的壽辰，李靖發了請柬，宴請了親朋好友一起為殷氏祝壽。

賓客們分坐兩邊，每位客人的面前都擺滿了果品、肉食，約有五十多位客人，並且每位客人背後都有專門斟酒的侍女和下人。整個大廳爆滿，大廳裡鶯歌燕舞，音樂奏起，五名舞女為眾賓客跳舞助興。

殷氏坐在李靖的身邊，愁眉苦臉。李靖輕輕推了殷氏一下，低聲道：「夫人，今天是妳的壽宴，妳也要表示一下啊，不要冷落了大家啊！」

殷氏這才勉強地舉起酒樽，李靖笑道：「今天是賤內的壽辰，李靖和賤內一起敬大家一樽酒，感謝大家賞臉為我夫人祝壽！」

眾人舉樽，面對李靖夫婦，異口同聲道：「將軍哪裡的話，能受邀為夫人祝壽是我等的榮幸！」

李靖夫婦笑著長袖掩面，飲了一樽酒。

眾人也一飲而盡。

宴會期間，府內嘈雜，外面發生了什麼誰也不知道，哪吒在外面喊破了喉嚨裡面也聽不見。

府門外把守的一個府兵衝了進來，慌裡慌張地來到李靖夫婦面前，道：「將軍，三公子回來了……」

李靖大吃一驚問道：「你說誰？」

「三公子哪吒回來了……」

殷氏喜極而泣，連忙從座位上起身，邊跑邊喊道：「哪吒……」

李靖也難以置信，追了出去，賓客們也深感詫異，面面相覷，也都跟出去瞧熱鬧。直到李靖夫婦出了大廳的門，風才停止。

殷氏看到哪吒活著出現在屋頂上，她喜極而泣，喊道：「哪吒，你回來了？多謝真人救了我兒性命。」

殷氏當即跪在了地上，朝乾元山的方向拜謝。

哪吒看到日漸憔悴的母親，心如刀絞，道：「娘，孩兒好想您！」

李靖將殷氏扶了起來。

殷氏欣慰道：「哪吒，你回來就好，你能活著回來，爹娘也就放心了。」

「三弟……」金吒和木吒一同喊道。

「大哥，二哥，哪吒不在的日子，謝謝你們照顧娘。」哪吒喊道。

「應該的。」木吒道。

「孩子，你既然回來了，你下來吧，站在屋頂上幹什麼？」殷氏激動道。

眾人見哪吒回來，皆感意外和吃驚，只有李靖面無表情，不知他此刻是何心情。

哪吒從屋頂上飛了下來，面對殷氏跪道：「孩兒拜見母親。」

哪吒放下火尖槍，給殷氏重重地叩了幾個響頭。

殷氏心疼哪吒，連忙扶他起來，見哪吒裝束已經截然不同，殷氏心疼地摸了摸哪吒的臉，還有手臂，困惑道：「兒子，你沒有了肉身，你這是？」

哪吒道：「娘，是師父太乙真人用他洞中的金蓮藕還有道德天尊的還魂丹才救了我。我現在是蓮花化身，我的頭，我的手，我的身體和腿腳全部都是金蓮花做的，這金蓮藕是仙家寶貝，孩兒獲得此寶，以後便刀槍不入，百毒不侵了！」

眾人皆驚，對於哪吒所說之事聞所未聞，他們都深感好奇，將哪吒團團圍住，爭先搶看。

金吒和木吒圍著哪吒轉，金吒摸了摸哪吒的身體，驚訝道：「想不到竟然是蓮花化身，跟真人一樣。」

木吒也湊上去摸了摸，道：「這世上的事太奇妙了……」

眾人皆議論紛紛，頻頻稱奇。

「兒子，你怎麼不拜見你爹呢？」殷氏面對哪吒驚詫地問道。

「爹，他配當我爹嗎？」哪吒瞅了李靖一眼，冷笑道。

李靖瞪了哪吒一眼，面帶怒色道：「孽子，你想怎麼樣？」

哪吒拿起火尖槍，直指李靖胸脯，怒道：「李靖，你何曾盡過一天做父親的責任？我生下來，你就用刀劈我，要置我於死地，你每天公務繁忙，何曾教導過我？為了救陳塘關百姓，保你性命，我自盡以全大孝，我孤魂野鬼，遊走在三界的縫隙裡，沒有安身之處，我託夢給我娘讓她為我募捐建廟，你說她是瘋子。這還不算，百姓們為我建好了廟，他們的一片心意讓我好不容易有了安身之處，你卻帶人砸了它，我差點就灰飛煙滅，這些事是一個父親能做的嗎？我今天就殺了你！我哪吒沒有你這樣的爹，我也不姓李！」

哪吒舉槍準備捅死李靖，李靖閉上了眼睛，甘願赴死的樣子，一言不發，鎮定自若。金吒、木吒，以及在場的眾人捏了一把汗。

殷氏在這千鈞一髮之際擋在了李靖面前，驚魂未定地哭道：「兒子，你不能殺你爹，你要是這一槍下去，要遭到天譴的，子殺父天理不容！何況，當時龍王相逼，以陳塘關百姓威脅你爹，是你爹要犧牲自己還龍太子的命，這些你都忘記了？孩子，如果你爹的心裡真的沒有你，他怎麼會犧牲自己去救你，你好好想想，千萬不要幹傻事啊！」

金吒急道：「是呀，三弟，當時的情形，我和你二哥都看在眼裡，爹娘都是愛你的，你千萬不要傷害爹啊！」

「三弟，莫要衝動啊……」木吒心急如焚道。

魔禮青從人群中出來，面對哪吒道：「小姪子，你爹的為人我們是很清楚的，他忠肝義膽，這也是這麼多年來，我們魔家兄弟四人願意跟著他的原因，你千萬不要做傻事啊。」

眾人紛紛為李靖求情，哪吒見大家一片赤誠，這才將火尖槍收了起來。

面對李靖，哪吒憤憤不平道：「李靖，你能給我一個合理的理由嗎？為什麼要搗毀哪吒廟？你如果解釋得清楚，我今天就不殺你！」

「鬼魂之說，純屬荒唐，當時你死了，你娘鬱鬱寡歡，我怕她活在幻想裡無法自拔，細細想來這哪吒廟就是她的一個夢，我要讓她清醒過來。此外還有一個原因，我李靖一生不拿百姓一針一線，這哪吒廟亦是如此，除了怕朝廷追究外，更不能花百姓的血汗為自己的兒子建廟，不知道這個理由是否充分？」李靖義正詞嚴道。

「所以，你就不顧自己的兒子？就這麼自私？」哪吒一陣苦笑，搖了搖頭道。

「也罷，既是天意，就讓它過去吧，以後你我父子一筆勾銷。」哪吒說完，轉身要走。

殷氏急道：「哪吒，你要去哪兒？」

哪吒恍然大悟，再次跪在殷氏面前拜了拜道：「娘，兒子忘了今天是您的壽辰，兒子祝您安康吉祥，兒子還有天命在身，以後就不能常伴娘左右，娘，您自己保重。」

哪吒一跺腳，踩著風火輪便上了天，飛到半空中，他回頭喊道：「大哥，二哥，替我照顧好娘，等我完成天命再回來盡孝！」

說罷，哪吒踩著風火輪，轉瞬間即消失得無影無蹤。

伐紂大業，前路茫茫，生死未卜，哪吒是明白的，他滿含幾乎與母親訣別的眼淚，腳踏風火輪飛向西岐。忽至一處，妖氣沖天，透過雲層也不辨是何地。哪吒下降了高度，視線也明朗起來，只見下界一片空曠，是一片綠油油的草原，依稀看見有人在牧馬放羊，牧民稀稀落落地散布在草原各處。遠處有一個村莊，村莊裡的煙囪正冒著煙，大概是村子裡的人正在做飯。那沖天的妖氣正是從那裡冒出來的。哪吒想都沒想，就往村子的方向飛去，為了不打草驚蛇，他在村子不遠處便收起了風火輪，幻化成一個老者的模樣，杵著手杖，偷偷潛入村裡，尋著妖氣而去。可是剛進入村子，這股妖氣又莫名其妙地消失了，哪吒也深感詫異。

哪吒繼續往村裡走，路過一戶人家的時候，從裡面傳出了哭聲。

哪吒上前敲門，一個頭髮斑白的老婦開了門，她面帶沮喪，眼睛紅紅的，像是剛哭過，面對哪吒問道：「你找誰？」

哪吒杵著手杖道：「老鄉，我是趕路的，天色已晚，想借府上住宿一晚，可否行個方便？」

老婦嘆了一口氣，有些為難道：「我最近喪子，怕遠道而來的貴客晦氣，如果貴客不怕晦氣就請進吧！」

老婦幫哪吒開了門，讓了路，哪吒隨著老婦走了進去。屋子裡面放了口棺材，設了個靈堂，靈位用甲骨文寫著：愛子李小溪之靈位。

哪吒走進去朝死者作揖，又開始在屋子裡張望，這家人果然是家徒四壁，寒酸之至，牆壁用碎石堆成，隨時有坍塌的危險；屋頂是用枯草遮蓋，大風一颳完全有掀起屋頂的可能。屋裡的擺設就剩下些罈罈罐罐，兩張破床，和一個土灶。

哪吒看後，心裡一陣悲涼，感慨萬分道：「這家裡平日就只有妳和令郎兩個人嗎？」

「哎，先夫死得早，我和兒子相依為命，因為家貧，兒子三十了還沒有娶親，現在這一去，只剩我老太婆一個人了。」老婦傷感道。

哪吒道：「難道家裡沒有其他親人嗎？」

老婦冷冷一笑，道：「人窮了，親人誰還願意與我們來往，兒子死了，我也活不下去了，指不定哪天也跟著去了。」

哪吒詫異道：「令郎才三十出頭，這麼年輕，怎麼就突然去世了呢？」

老婦嘆道：「年前，我們這裡來了妖怪，專挑年輕力壯的男子下手，我們村的青壯力人人自危，死得都不明不白。這次輪到咱家了，我兒子死得好慘，死的時候屍體已經成了乾屍，眼珠子都鼓了出來，太可怕了……」

老婦說著就嚎啕大哭起來，掩蓋不住心裡的傷痛。

哪吒道：「請節哀順變，妳知道這幫妖怪長什麼樣嗎？他們從哪兒來？」

老婦搖了搖頭，道：「不知道，反正這妖孽隔三岔五就來一次，我記得上次來是五天前，下一次就不知道是什麼時候了！反正他們每次來的時候，天上就會出現一道綠光和一道彩光！」

哪吒怒道：「好可恨的妖怪，我幫你們捉住這妖怪如何？」

老婦難以置信地看著哪吒，輕視道：「就你？一把老骨頭了，看起來比我的歲數還大，你能降妖？我看你是想當妖怪的下飯菜！」

哪吒大笑，搖身一變，變回了本相，手杖也變回了火尖槍。

老婦臉色煞白，尖叫起來，嚇得倒退了幾步，道：「妖怪……妖怪來了……」

老婦差點被嚇得摔倒，哪吒上前扶了她一把，道：「老人家，不要怕，我不是妖怪，我乃是乾元山金光洞太乙真人門下弟子哪吒，此番前往西岐，助西伯侯姬昌父子攻取朝歌，路經此地，見妖氣衝天，這才停下腳步，到此降妖的。妳快些將妖怪的情況原原本本告訴我，我定幫鄉親們除了此妖才離開，從此鄉親們可以安身。」

驚魂未定的老婦拍了拍胸膛，深深呼了一口氣，道：「好……嚇死我了……我以為是妖怪來了。」

老婦的這一聲驚叫，驚動了周圍的鄰居，很快鄉親們都衝了進來，男女老少，他們有的人拿鋤頭，有的人拿木棒，見到哪吒就一擁而上。

哪吒不忍對鄉親們動手，便用混天綾把鄉親們都捆了起來，令他們動彈不得。

老婦連忙站出來，解釋道：「大家稍安勿躁，這位小兄弟不是妖怪，否則他就不會只是把你們捆綁起來這麼簡單。他是太乙仙人的徒弟，他是來幫助我們除妖的，你們快快放下武器，莫要冤枉好人呀！」

鄉親們面面相覷，都拿不定主意。

老婦來到人前，面對為首的老者道：「族長，我說的話你們難道還不相信嗎？如果這小仙人是妖怪，剛才大家也領教了，他要取你們的性命不是易如反掌！」

老族長猶豫片刻，道：「大家都放下武器吧，不要錯怪恩人呀！」

老族長發了話，鄉親們猶豫了一下，都放下了手中的工具。

哪吒這才施法收回了混天綾。

老族長來到哪吒面前，拱手乞求道：「小仙人，倘若你真的能誅殺此妖，就是我們李家莊的恩人呀，恩人到時候要多少謝禮，我們李家村的人都給你湊齊了。」

哪吒道：「族長，不必多禮，我也姓李，再說替天行道是我們的職責，我要是收了你們的禮，回去師父肯定會責罰我的。還請族長把妖怪的情況都給我原原本本地說一遍，我好思考對付他的辦法！」

族長環視四周，道：「此處狹窄，說話不方便，請小仙人到我家中，我一五一十地全都告訴你。」

哪吒跟著老族長出了門，往老族長家的方向去了，鄉親們愛看熱鬧，也都跟了去。

「這下我們有救了！」鄉親們七嘴八舌地說道。

哪吒在村莊裡族長家中小住了兩日，直到第三日那妖怪才再次來到村莊。這兩日哪吒從老族長那裡打聽到一些關於妖怪的事情，也捉摸出對付妖怪的辦法。妖怪來的時候，天色已經有些晚了，只見一陣陰風颳來，天邊出現一道綠光和一道彩光，哪吒感受到妖氣撲面而來。村莊裡的男女老少都躲進了屋子，將門關得死死的，不敢出來，只是從門縫裡偷偷地看，有的則從窗戶上看，有些人甚至也在懷疑哪吒的本事，擔心哪吒要被妖怪吃掉。

聽聞這妖怪專找青年男丁下手，哪吒搖身一變，變成了一個清雅脫俗的粉面郎君，書生模樣，一副文質彬彬的樣子。他行走在大路上，兩道光朝他飛了過來，落到地上，變成了兩個童子，這兩童子從外表看，只有十歲男童的身高，其中一個童子的手裡端著一個瓶子，瓶肚大，瓶頸細，像個玉製的花瓶。

兩位童子，各自都有髮髻，一個穿著綠衣服，一個穿著五顏六色的衣服，他們的衣服上有一朵朵祥雲圖案。

兩童子見哪吒，一副凶神惡煞的樣子，其中綠衣童子道：「怎麼見到我們來了你不跑？他們都說我們是妖怪，你難道不怕我們嗎？」

哪吒大笑道：「我為什麼要跑，既然你們是妖怪，我只是個凡人，我就算跑又能跑到哪裡去，還不是一樣逃不出你們的手掌心！」

「你說的倒是實話，既然這樣，那就納命來吧！」綵衣童子道。

說罷，綵衣童子準備用寶瓶攝取哪吒的魂魄。

哪吒當即道：「慢！反正我都落到你們手裡了，也活不成了，就讓我死個明白，就算做了鬼也不能是糊塗鬼吧！」

「哪那麼多廢話？」綵衣童子不耐煩了，再次將瓶口對準哪吒。綠衣童子擋了一下，道：「既然他想知道就告訴他吧，告訴他，他一樣也逃不了，反正時辰早著呢，陪他玩玩唄。」

綵衣童子勉強同意。綠衣童子道：「告訴你也無妨，我叫碧雲童子，他叫彩雲童子，我們是骷髏山白骨洞石磯娘娘的弟子。娘娘最近正在修煉一門功法，需要九千九百九十九個青壯男丁的魂魄供娘娘吸食，現在還差一百個男子的魂魄，娘娘就大功告成，所以，你的命就是其中的一個，現在這方圓百里的青壯男丁魂魄差不多都被我們攝走了，只有這個村裡還有一些人，只能怨你倒楣了。」

哪吒吃驚道：「怪不得這村裡的男丁都死得這麼奇怪，死得那麼痛苦，原來你們是硬將他們的魂魄從身體裡帶走。這樣做也太殘忍了，你們不怕遭到天譴嗎？」

兩名妖童哈哈大笑，彩雲童子道：「天譴？我師尊石磯娘娘法力無邊，她就是天，何來的天譴？」

哪吒道：「你們動手吧。」

彩雲童子將瓶口對準哪吒，默念咒語，可哪吒站在那裡紋絲不動。

「怎麼回事？」彩雲童子疑慮重重道。

「是不是這寶瓶壞了？」碧雲童子問道。

彩雲童子道：「這寶瓶是師父的寶貝，是妖界至寶，怎麼可能會有問題？」

碧雲童子奪了過來，道：「我不信，給我，讓我試試！」

碧雲童子唸了半天咒語，哪吒仍然紋絲不動。

哪吒大笑道：「你們這兩個小妖，今天就是你們的死期！」

哪吒變回了本相。

碧雲童子和彩雲童子當即嚇得倒退了幾步，目瞪口呆，瞠目結舌。

兩名妖童吞吞吐吐道：「你……是誰？」

哪吒大笑道：「兩個小妖童，你爺爺我就是大名鼎鼎的哪吒，你們難道沒有聽過小爺的威名？」

「哪吒？就是打死東海龍太子，最後削肉還母剔骨還父那個？你不是死了嗎？」碧雲童子微微發抖道。

「這小爺我們惹不起，兄弟我們還是快跑吧！」彩雲童子膽顫心驚道。

兩名妖童轉身就向天上飛去，哪吒放出混天綾，混天綾將他們緊緊捆住，施展不了妖術，當即就從天上摔了下來。

「饒命啊……」

兩名妖童異口同聲地跪在哪吒面前。

見妖童被抓，村裡的人陸陸續續從屋裡走出來，他們來到哪吒面前，其中就有老族長。老族長面對哪吒道：「小仙人，你們剛才的話我們都聽見了，小仙人你務必斬草除根呀，光抓住這兩個小妖是沒用的，我怕他們的師父老妖過來報復，果真如此，我們全村上下就有滅族的風險！」

「是呀，族長說得對，小仙人務必幫我們除了這妖怪啊。」

村裡的人七嘴八舌地說個不停。

哪吒安撫道：「大家放心吧，這件事情讓我碰上了是你們的幸運，活該他們倒楣，我一定誅殺此妖，讓你們安生！」

「謝謝小仙人。」老族長跪了下來，鄉親們也都跟著下跪。

受寵若驚的哪吒將老族長扶了起來。

哪吒面對兩名妖童，問道：「你們帶我去見石磯，可免一死，要不然，我讓你們當場斃命。」

哪吒提起火尖槍，直指兩名妖童，兩名妖童自知不敵哪吒，心裡正盤算藉助師父石磯之手除去哪吒。

「我們願意。」兩名妖童異口同聲道。

就這樣，哪吒拜別了李家莊的鄉親，腳踏風火輪，用混天綾捆著兩名妖童往骷髏山的方向飛去。

＊＊＊

骷髏山，寸草不生，山勢高聳險峻，滿山遍野都是人的骷髏頭，天上飄著鵝毛大雪，白茫茫一片。骷髏山雖然被大雪覆蓋，還是掩蓋不住血腥味，整座山籠罩著一股恐怖的氣息，靠近骷髏山便覺得殺氣騰騰。

哪吒用混天綾捆綁著兩名妖童已到達骷髏山白骨洞門前，白骨洞的大門全是用人骨鑲嵌而成，邪惡異常。

「小仙人饒命，此處就是石磯娘娘的洞府。」彩雲童子連忙跪拜道。

「是呀，我們只是奉命行事，求小仙人饒了我們性命啊！」碧雲童子跪求道。

哪吒道：「我之所以不在李家莊處決你們，就是讓你們為我帶路，現在既然已經找到妖孽洞府，我難道還會輕易放過你們嗎？放你們進洞府給妖孽報信，充當妖孽幫手？」

說罷，哪吒便用火尖槍對準兩名妖童穿心而過。

兩名妖童來不及叫喊，便當場斃命，倒在雪地裡。哪吒噴出三昧真火，將兩名妖童的屍體焚毀殆盡。

哪吒收了兩名妖童留下的寶瓶，搖身一變，幻化成了彩雲童子的樣子，拿著寶瓶進入妖怪的洞府。

洞內到處都是人的屍骨，還有血池，血腥味更加濃烈。內部屬溶洞地貌，有很多分岔口和暗河，進入很容易迷路。洞內的每一個出口都有妖兵把守，這些妖兵有些是虎精，有些是豹妖，他們都以為是彩雲童子進來，紛紛向哪吒打招呼，哪吒也有模有樣地做出了回應。

「娘娘在哪兒？」哪吒問一個妖兵道。

妖兵看向一個路口，道：「娘娘在玄英洞中修煉。」

哪吒是第一次進入石磯的妖洞，哪裡知道玄英洞在哪裡，當他看到妖兵看的那個方向，料想這老魔頭應該就是在裡面了。

哪吒大搖大擺地朝玄英洞的方向而去，哪吒拐了幾個彎，見裡面有紅光傳出，那光呈血紅色，洞內還發出奇奇怪怪的聲音，就像是碎石碰撞的聲音。

哪吒持寶瓶小心翼翼走進去，只見一個相貌猙獰的女妖正在血池旁邊打坐，血池裡漂浮著人的頭顱和白骨。她的相貌奇醜，膚色土黃，一副凶神惡煞的樣子，雙手捏蘭花指，口吐妖丹，並不斷地從妖丹吸取能量。

哪吒進洞的步伐驚動了石磯，石妖緩緩將妖丹吸入口中，並吞了下去。

石磯面對哪吒，厲色道：「童兒，魂魄帶回來了嗎？」

「帶回來了。」哪吒鎮定道。

「今天收了幾個人的魂魄啊？抓緊點，為師即將大功告成，你們出去一趟還是多抓點魂魄回來，這樣師父一次性多食幾個魂魄，很快就可以稱霸妖界了。」石磯道。

哪吒道：「師父，附近部落的青壯力都被抓得差不多了，師父還是少殺點人吧，師父吃人魂魄為了修煉，他們就永不超生了！」

石磯警覺道：「不對，你不是彩雲，彩雲不會對我說這樣的話！碧雲呢？你到底是誰？」

哪吒大笑，變回了本相。

石磯大驚道：「你是何方妖孽？竟敢來我白骨洞作祟！」

「我乃乾元山金光洞太乙真人門下弟子哪吒，聽聞妳塗炭生靈，吃人魂魄，小爺我今天是專門來此除妳的！還不快快束手就擒？！」哪吒手持火尖槍威風凜凜道。

石磯冷笑，藐視道：「原來你就是那個拔了龍皮，抽了龍筋，打死東海龍王三太子的魔童啊。你不是自刎謝罪了嗎？跑到我骷髏山來幹什麼？我那兩個小童彩雲和碧雲呢？！」

「若不是那兩個小妖精幫我帶路，我還找不到妳呢，如今我找到妳的藏身之處，他們自然沒什麼用，我把他們兩個都殺了，免得他們再害人！」哪吒揚揚得意道。

石磯大怒，道：「好你個欺人太甚的魔童，你既然都找上門來了，我今天要是不除了你，我的臉往哪兒放？日後怎麼做妖界女王？！」

石磯說罷，現了本相，她的元神由熊熊燃燒的火山石組成，石頭溫度很高，照得洞內通明，彷彿人間地獄一般。

剎那間，萬石齊飛，紅彤彤的火山石如同萬箭齊發一般湧向哪吒，哪吒舞動混天綾，將攻向他的火山石全部擊碎。又用火尖槍噴出火來，與石磯的元神對攻，三昧真火將石磯的元神火山石烤得灼熱。

哪吒將火尖槍插入石磯腹部，以巨大的催動力將石磯的身體和四肢震得四分五裂，碎石滾落一地。

哪吒見石磯已被自己徹底消滅，才剛鬆了一口氣，散落在地上的石塊很快又重新拼湊成石磯的本相，仍然是那個熊熊燃燒的火山石怪物。

洞府裡的妖兵們，聽見玄英洞裡有打鬥的聲音，便一齊擁入。哪吒又丟擲乾坤圈，乾坤圈在洞中石壁上來回反彈，像彈跳珠一樣，將洞內的妖兵全部砸死。當年哪吒用乾坤圈一下就砸爆了巡海夜叉的頭，使其頓時腦漿迸裂，自然這洞中的妖兵也是不堪一擊的。

白骨洞被哪吒一通破壞，加上乾坤圈的巨大毀滅性，很快洞中便發生了地震，石塊開始掉落，巖體開始倒塌，哪吒化作一股氣飛了出去。

洞口塌了，到處都是碎石，哪吒以為大功告成，正要準備離去，碎石再一次聚集在一起，石磯又復活了。

「你是打不死我的！忘了告訴你了，我的元神就是石頭，只要有石頭的地方我就能復活！」石磯得意地大笑道。

哪吒不服氣道：「我哪吒自從生下來就沒有打不死的妖怪，我才不信這個邪！看槍！」

哪吒用火尖槍再次對準石磯的胸口奮力一擊，石磯的身體再次震裂，沒想到眨眼的工夫再次聚集復活。

面對打不死的石妖，哪吒有些心虛了。石磯口中默念咒語，使出搬山大法，頓時數座小山衝向哪吒。

哪吒見從天而降的巨山，沒有招架之力，便向四方躲避。數座小山來勢洶洶，勢必要把哪吒壓在山下，碾成肉泥。山崩地裂，山搖地動，哪吒逃無可逃，只好踩著風火輪往天上飛去。

石磯眼見自己的妖法得逞，便大笑道：「哪吒，你自恃法力高強，神通廣大，所以才這般蠻橫。我告訴你，我石磯數萬年的修為也並非一無是處。本座既然是石妖，元神無處不在，人間任何有石頭的地方，本座就可隨意驅使，本座啟動搬山大法，就是山神也奈何不了我，我看你如何抵擋？！」

這些雖然都是小山，但是在哪吒渺小的身板面前，也算是龐然大物了。並且這些山都是火山，山體火山石尚在燃燒，哪吒回頭看著這些山，毛骨悚然。

風火輪的速度，在三界中沒有任何妖怪能追得上，自然石磯所摧動的這些小山也一樣。哪吒也不能光是被火山追趕，他也是要還擊的，他停止了飛行，踩著風火輪，用火尖槍向撲面而來的小山捅去，但山終究太大，火尖槍太小，最多就是捅碎山體的一些岩石。哪吒用火尖槍推著小山往前走，突然另外一座巨山又從哪吒的身後而來，兩座巨山向中間夾擊，哪吒被夾在裡面，逐漸處於下風。哪吒見火尖槍支撐不了如此重力，於是收了火尖槍，降落到地面上。石磯趁機發動妖力，兩座巨大的火山從天而降，將哪吒壓在了山下，並且火山尚在燃燒。

石磯大笑道：「想不到不可一世的哪吒今天死在我的手裡，被我這火山石燒死的人，就算你師尊太乙真人親自來也救不了！」

就在石磯揚揚得意的時候，哪吒化作一股青煙從山底逃了出來。

石磯大吃一驚，道：「你……你肉體凡胎怎麼會活著逃出來？」

「妖怪，我可能要讓你失望了，自從我殺了東海龍王三太子之後，我就早已脫離凡胎，不食五穀，沒有了人的七情六慾。我的真身是金蓮藕，此乃仙界寶物，可隨機應變。所以，我跟你一樣，也輕易是死不了的，我勸你還是不要高興太早了。」哪吒道。

氣急敗壞的石磯再次發動妖力，萬石齊飛，衝向哪吒，哪吒舞動混天綾，瞬間將飛來的亂石擊落在地。

石磯又以太阿劍與哪吒拚殺，哪吒則將火尖槍插在地上，拔出太乙真人賜給他的陰陽劍迎戰石磯。太阿劍本有攝魂的法力，此劍專門對付有法力的凡人，可是石磯與哪吒拚殺了幾個回合，石磯的寶劍並沒有發揮作用。哪吒左手持陰劍，右手持陽劍，對付輪番向他攻擊的石磯。石磯的真身是火山石，而陰劍寒氣太重，石磯屢屢被劍氣所傷。

受傷後的石磯發出一陣陣呻吟，按著傷口，不解道：「我這太阿劍專門對付你這樣有法術的凡人，怎麼今天對你沒有作用？！」

哪吒大笑，道：「妳這妖怪是真的記性不好，我剛剛還跟妳說了，我是蓮花化身，早已不是肉體凡胎，又如何是凡人呢？我現在呀，非人非神，所以妳的太阿劍依然傷不到我！」

石磯惱羞成怒道：「豈有此理，我不相信我一個萬年石妖對付不了你一個小小的魔童！」

說罷，石磯又請出八卦雲光帕，此帕圖案由太極八卦組成，每一卦旁邊都有祥雲，並發出耀眼的光芒。石磯將此帕拋入空中，並默念咒語，瞬間五名黃巾力士從天而降。

只見那黃巾力士面如紅玉，鬚似皂絨，有一丈多高，縱橫有千斤氣力，黃巾側畔，金環日耀噴霞光，繡襖中間，鐵甲霜鋪吞月影。五名黃巾力士各持巨斧。

哪吒大吃一驚，問道：「這是黃巾力士，我聽師尊說過，據說只有神仙才能請出黃巾力士，你乃妖王，怎會請動他們？」

石磯冷笑道：「魔童，既然知道我的來歷甚好，我勸你還是乖乖離去，從此我們井水不犯河水！你我之間的恩怨一筆勾銷，我也不計較你打死我兩個徒兒的事情。如果你苦苦相逼，今天本座不會手下留情！」

「既然讓我碰到了，我就不能不為民除害！」哪吒斬釘截鐵道。

「那好，都給我上，給本座殺了他！」石磯憤怒道。

石磯話音剛落，五名黃巾力士手持巨斧朝哪吒砍了去。哪吒只顧躲閃，他聽太乙真人說過，這黃巾力士是打不死的，而且他們向來為天神驅使，心想這石磯來歷不小。

哪吒用火尖槍刺向黃巾力士，那力士如銅皮鐵骨一般，沒有一點傷痕；哪吒又噴出火來，縱然是三昧真火，黃巾力士也是毫髮無損。

哪吒腳踩風火輪，手持乾坤圈，在黃巾力士身前身後飛來飛去，與之周旋，並用乾坤圈砸黃巾力士的頭部，但那黃巾力士也是銅頭鐵腦，根本傷不了他們分毫，反倒哪吒被黃巾力士的臂力彈出了幾百公尺遠，好在哪吒已非凡胎，並未受傷。

與黃巾力士苦戰時，他想起了之前太乙真人偶然告訴他關於黃巾力士的祕密，這些黃巾力士是有死門的，他們的死門就在腋下。於是哪吒提起火尖槍分別向五名黃巾力士的腋下刺了一槍，果然他們全都倒地。

石磯深感吃驚道：「這黃巾力士是打不死的，你是怎麼知道他們的死門在腋下？」

「當然是我師尊告訴我的。妖孽妳作惡多端，我哪吒今天要替天行道，不要以為妳的真身是石頭我就殺不了妳，待我取出九龍神火罩！」哪吒道。

「九龍神火罩？這是元始天尊的法寶，怎麼會在你那裡？」石磯當即嚇得臉色煞白道。

石磯明白九龍神火罩一出，神鬼莫敵，它的殺傷力是毀滅性的。

石磯嚇得落荒而逃，剛飛出不遠，哪吒就用混天綾拴住了她的腿腳，混天綾一扯，石磯重重地摔倒在地上。

哪吒請出九龍神火罩罩住了石磯，神火罩是透明的，外殼和水晶一樣透明，就像是寺廟裡的大鐘，將石磯罩在裡面。石磯站了起來，神情慌張，試圖發功震開神火罩，但是沒用，她又嘗試了推、撬，皆以失敗告終。

哪吒道：「石磯，今天就是妳的死期！」

眼看著哪吒就要啟動九龍神火罩，石磯慌忙道：「請慢，神童，我乃是通天教主的弟子，你若殺了我，我師尊一定不會放過你的！」

「我才不管什麼教主，妳既然落到我的手上，就自認倒楣吧，如果妳師父果真厲害，就讓他找我哪吒來報仇！」哪吒不知天高地厚道。

說罷，他拍了拍手，默念口訣，啟動了神火罩，九條火龍在神火罩中盤旋，齊頭並進向石磯噴火，那九條火龍噴出來的三昧真火，比平常的三昧真火更加厲害，石磯在裡面發出撕心裂肺的慘叫，痛苦不已。

「神童，饒命啊……」

「石妖，這九龍神火罩是乾元山的鎮山之寶，妳死定了。」哪吒得意道。

在九條火龍的焚燒之下，石磯褪去了人形，化成了石頭，這石頭被越燒越黑，越燒越小，一會兒工夫，石磯化成了灰燼。

哪吒收了神火罩，面對地上被燒黑的石頭，道：「你的元神盡喪，永不超生了。」

哪吒腳踏飛火輪，繼續往天邊飛去。

第七章　相助黃飛虎

哪吒腳踏風火輪，手持火尖槍，在天上雲間穿行，飛行速度極快，但是貪玩的哪吒，在飛行中時不時看看下界的美景，高山、河流、湖泊盡收眼底，飛過草原，還能看見牧民在放羊。哪吒飛至一處，只聞下界殺聲震天，擊鼓衝鋒。

「這下界怎麼傳來殺伐之聲，這是何處？」哪吒喃喃自語道，並用手撥開雲層。

哪吒往下界飛去，營帳外的士兵見哪吒奇裝異服，從天而降，腳踩火輪，一個個驚慌不已。探馬進到營帳中，商朝汜水關大將余化，正在大塊吃肉大口喝酒，見探馬道：「敵情如何了？黃飛虎是否被生擒？」

探馬驚慌道：「將軍，營帳外有個人從天而降，穿著甚是奇怪，腳踏火輪，手裡拿著長槍，一副凶神惡煞的樣子，也不知道是何人。將軍還是出去看一下吧，他馬上就闖進來了。」

此刻余化的坐騎火眼金睛獸正臥在他的一側，余化道：「跟我出去看看。」

火眼金睛獸和余化一道出了營帳。此獸日行千里，雙眼似火，在夜間行走，可當照明使用。

哪吒立於風火輪上，大罵道：「爾等快叫你們的將軍出來，不然我一把火燒了你們的營帳。」

余化手持方天戟從營帳中出來，仰望天空中的哪吒道：「你是哪路神仙？我與你無冤無仇，為何要燒我的營帳？」

哪吒哈哈大笑，道：「你我往日無怨近日無仇，此路是我開，此樹是我栽，你們要往哪裡去？必須留下買路財！」

余化冷笑道：「我乃汜水關總兵韓榮前部將軍余化，奉命緝拿反臣黃飛虎到朝歌治罪，你好大膽子，竟敢公然與朝廷作對？！」

哪吒道：「我手中火尖槍，腳下風火輪，任何一件法寶啟動，爾等性命休矣。除非，你們留下十塊金磚，我就放你們過去。」

余化大怒，道：「我堂堂朝廷大將，豈能任你欺辱！」

余化騎上火眼金睛獸，持方天戟便朝哪吒衝了過去。哪吒從天而降，落在了地上，面對衝過來的余化，面不改色，站在那裡一動不動。哪吒的以靜制動嚇退了余化，他不知道哪吒在耍什麼花樣。騎在火眼金睛獸身上的余化停了下來，心虛道：「你怎麼不出招？你的火輪呢？你在天上跟我周旋不是占上風嗎？」

哪吒一陣大笑，藐視道：「就憑你？你也配？我怕用風火輪傷著你！」

余化感覺受到了羞辱，衝過去，用方天戟對著哪吒刺過去，哪吒側過身子躲開了。余化又接著與哪吒相拚，哪吒只是用火尖槍輕輕一擋，余化的方天戟就斷了，余化當即瞠目結舌。哪吒朝余化噴了一口火，余化的眉毛被哪吒的三昧真火燒著，從火眼金睛獸上摔了下去。

余化部下見余化大敗，沒有一個人敢上前接應，都被哪吒給鎮住了。余化丟盔棄甲，和士兵們落荒而逃，不敢再回帳篷，朝著同一個方向跑去。

哪吒踏上風火輪繼續追趕。見哪吒窮追不捨，余化從身上取出招魂幡來，並唸動咒語，準備把哪吒收入其中。

哪吒笑道：「你這也太小兒科了吧！此物為招魂旛，不足為奇！你用它來對付我，沒用的！」

哪吒見數道黑氣迎面而來，欲襲擊自己，用手一接，將這些黑氣都裝進了師父太乙真人送給他的豹皮囊中。

「有什麼招儘管都使出來吧！」

余化見招魂旛的法術已破，便將火眼金睛獸趕走，獨自與哪吒一戰。方天戟已被折斷，剩下的半截又豈是哪吒對手。

余化的攻勢很猛，哪吒右手持火尖槍擋了余化方天戟的攻勢，左手持金磚，拋入空中，叫了聲：「疾！」

只見五彩瑞臨天地暗，乾元山上寶生光，那磚落下來，打在余化的頭上，余化當即七竅流血，再度逃走。

哪吒再度踏上風火輪，擲下乾坤圈，將四處逃竄的士兵打得五臟六腑爆裂而亡。哪吒飛在半空中，見一將軍騎著五彩神牛，疾行，一隊人馬倉皇出逃，他們的旗子上寫著一個「黃」字。哪吒厲聲大呼道：「請問誰是黃飛虎將軍？」

黃飛虎聽到天上有人叫自己的姓名，抬頭仰望道：「登輪者何人？莫非是余化那廝派來取我性命的？」

哪吒道：「黃將軍，莫擔心，那余化被我打得丟盔棄甲，差點就送了命，現在恐怕是去找韓榮去了。將軍和諸位弟兄不必再跑，可停下來歇息片刻。」

黃飛虎詫異道：「你究竟是何人？為何要救我？」

「黃將軍，我乃是乾元山金光洞太乙真人的弟子，我叫李哪吒，知將軍有難，特來相助！」哪吒道。

黃飛虎將信將疑，道：「真人與我素不相識，小仙人與我更是萍水相逢，下官實在想不出小仙人搭救下官的理由！」

哪吒搖了搖頭，笑道：「黃將軍，我沒有害你性命吧？我也沒有幫助余化對付你吧？你還在懷疑我什麼？如果我要害你，恐怕你們都不是我的對手。我幫你，是因為殷商氣數將盡，我順應天意，紂王殘暴，害死了將軍的妹妹和夫人，將軍與紂王仇深似海，我也曾從師父處聽聞將軍威名，這才出手相救。」

黃飛虎這才打消了顧慮。哪吒道：「既然如此，我就幫將軍拿下汜水關，送你們過去。」

黃飛虎連忙從五彩神牛上下來，面對哪吒稽首道：「果真如此，小仙人就是我黃飛虎的恩人，黃飛虎給小仙人拜拜也是應該的！」

眾人見黃飛虎對哪吒叩頭，也紛紛面對哪吒跪了下來。

哪吒受寵若驚道：「黃將軍，快快請起，你與家父同朝為官，看歲數也差不多，我怎敢受你的跪拜？！」

「哦，敢問令尊是？」黃飛虎好奇道。

「將軍日後便知，將軍歇息片刻，我這就去為你們取下汜水關！」

說罷，哪吒朝天邊飛去。

黃飛虎見哪吒飛走，看了看無精打采的將士們，欣喜若狂道：「弟兄們，這小仙人定是上天派來搭救我們的，我們有希望了，出發，我們去為小仙人擂鼓助威！」

黃家軍一片歡騰，紛紛撿起自己的兵器，浩浩蕩蕩地開向汜水關。

此時的商朝將領韓榮誤以為余化能戰勝黃飛虎，他對余化的本領是毫不懷疑的。因此，余化出征在外，他卻在府中飲酒作樂，與眾將軍開懷暢飲。突然有府兵來報道：「啟稟將軍，余化求見將軍！」

韓榮舉樽，尚未飲下，思量道：「余化不是去攻打黃飛虎的殘部了嗎？這麼快就回來了，果然是虎將，快讓他進來。」

「唯。」

府兵跑了出去。

少時，余化狼狽不堪地走了進來，面對韓榮，髮型很亂，臉上、手上傷痕累累，嘴角有血，臉上青一塊紫一塊，將軍服也被扯破了。

韓榮府上的將官們皆目瞪口呆，韓榮也愣了一下，大吃一驚道：「余化，你是被人打劫了？怎麼感覺你像是從難民堆裡爬出來的。黃飛虎捉住了？」

余化不甘道：「黃飛虎已經是煮熟的鴨子，卻飛了，我們的人已經把黃飛虎逼上了絕路。但是後來天上飛來一個少年，腳踏火輪，手持火槍，脖子上還戴著一個不知道什麼圈，反正威力無窮，我等都不是他的對手，所以，末將才落得這般模樣！」

韓榮一陣冷笑，大怒，將酒樽重重地摔到了地上，道：「余化，你把我當三歲小孩嗎？火輪？火槍？你余化什麼時候打過敗仗？你說這話誰相信？你怎麼不說你遇到的是妖怪？！」

「將軍，末將以為他就是妖怪！」余化堅定道。

「行了，不要再丟人現眼了！給我下去！」韓榮憤怒道。

余化垂頭喪氣地退了出去。韓榮憂心忡忡道：「好不容易才將反臣黃飛虎逼上絕路，此戰我軍傷亡慘重，我費盡心機，現在黃飛虎跑了，我怎麼向天子交代！天子多疑，定會以為我與那黃飛虎勾結，降罪於我，爾等也難逃罪責！」

眾將士一聽，猛然驚醒，連忙放了酒樽，為首的將領道：「料他黃飛虎也休想出得了汜水關，他走不出朝歌，韓總兵火速派遣人馬，馳援關隘，黃飛虎就算是隻飛虎，他也絕對飛不出去！」

眾將士正在與總兵韓榮商量對策，一名府兵再次衝了進來，慌慌張張道：「將軍，有一個腳蹬火輪、手拿火槍的人，正在府外大罵將軍，揚言要取韓總兵首級！」

余化聽聞，上前道：「韓將軍，正是此人。」

韓榮大怒，道：「竟敢上門叫陣，我非得親自出馬不可，看我不親手宰了他！」

眾將士一起出了帥府，三軍蜂擁而來，韓榮見哪吒立於空中，不寒而慄，問道：「來者何人？是妖是神？」

哪吒見韓榮戴髮冠，金鎖甲，大紅袍，玉束帶，點鋼槍，銀合馬。

哪吒道：「我不是神，也不是妖，我是乾元山金光洞太乙真人的弟子哪吒，特來此搭救黃家父子。殷商氣數將盡，你們口中的天子惡貫滿盈，你們當真要為了他送死嗎？」

韓榮趾高氣揚道：「大言不慚，你放跑了黃飛虎，我們沒有來找你算帳，你竟敢找上門來？」

哪吒道：「既然你們如此頑固不化，我今天就替天行道，除了你們！」

韓榮大怒，縱馬舉槍朝哪吒衝殺過來。韓榮的兵器哪裡比得上火尖槍的分量，他步步殺機，招招致命，但幾個回合下來，都沒有傷到哪吒分毫，哪吒只是一味地避讓，像是在玩弄韓榮一般。韓榮氣竭力衰，韓榮部將一擁而上，將哪吒團團圍住。

他們的兵器在哪吒的火尖槍面前，那就是一堆破銅爛鐵，敵軍將士一起向哪吒拚殺，哪吒只是輕輕一下就把圍堵將士的刀槍全部打落，哪吒的槍尖從他們的喉嚨劃過，他們鮮血直流，紛紛倒地。哪吒收放自如，快如閃電。

眾將士見敵不過哪吒，紛紛卸了盔甲，扔了兵器，各自逃命去了，只有韓榮還在與哪吒苦戰。韓榮身上幾處負傷，戀戰之時，黃家軍殺來，黃明、周紀、龍環、吳謙、飛豹、飛彪等一起殺來，眾人異口同聲道：「一起殺，殺了韓榮為弟兄們報仇雪恨！」

余化也騎上火眼金睛獸，持方天戟殺了出來，敵我兩家陷入混戰之中。

哪吒從脖子上取下乾坤圈，朝韓榮拋了出去。那乾坤圈正好擊中韓榮的護心鏡，將韓榮的護心鏡擊得粉碎，韓榮口吐鮮血，落馬而逃。

余化於凶險之間，大叫道：「哪吒，你休要傷我主將！」

余化以方天戟與哪吒對戰，哪吒用火尖槍緊緊鎖住了余化的方天戟，又以乾坤圈狠狠地擊打余化的手臂，余化筋斷骨折，痛不欲生，險些落下火眼金睛獸，只得慌忙逃走。

哪吒就此取了汜水關，黃明等人把關內的守軍打得落花流水，守軍紛紛扔下兵器投降。黃飛虎騎著五彩神牛，和黃家軍安然無恙地出了汜水關。

到了西岐地界，哪吒將黃飛虎等人送至金雞嶺。黃飛虎下了神牛，面對哪吒作揖道：「承蒙小仙人相救，我等才能脫險，平安到達西岐。救命之恩，無以為報，日後小仙人但凡有所求，飛虎一定效犬馬之勞！」

哪吒道：「將軍保重，山高水長，後會有期，哪吒日後也會去見姜師叔，只是還有些別的事情，告辭！」

哪吒腳踏飛火輪，背上背著火尖槍，飛向乾元山方向。

第八章　輔佐封神大業

哪吒拜別了黃飛虎，蹬風火輪又回到了乾元山，向太乙真人匯報了這件事情，而後，太乙真人又讓哪吒前往西岐相助姜子牙。

哪吒蹬風火輪，轉眼即到西岐。哪吒從空中俯瞰西岐，西岐很大，大街小巷百十餘條，車水馬龍，人聲鼎沸。哪吒辨不清哪裡才是相府，於是就落了風火輪，降在了石橋上。

見一過來的婦人，哪吒上面問道：「大娘，此處可是西岐？」

「正是。」婦人在哪吒身上打量一番，對哪吒的裝束有些好奇。

哪吒道：「請問最近西岐可有戰事發生？」

「有，西伯侯姬昌正在對朝歌用兵，雙方死傷慘重啊，我們百姓恐怕要遭殃了，西岐這點人馬怎麼會是朝廷的對手？」婦人擔憂道。

哪吒道：「大娘，妳知道相府在哪兒嗎？」

「你往那兒看，從那條巷子進去，門口有棵老柳樹，那裡就是相府。」婦人為哪吒指道。

「謝了啊，大娘。」

哪吒一轉身，消失得無影無蹤。

婦人揉了揉眼睛道：「莫不是今兒見鬼了！」

婦人立刻打了個寒顫，便提著菜籃子，跑了。

哪吒在相府現身，此時姜子牙正趴在桌案上研究作戰地圖。哪吒突然出現在他面前，姜子牙驚了一下，以為是敵軍刺客，忙問道：「你是何人？竟敢闖我相府？」

哪吒見到姜子牙，好像是故人相逢，沒有絲毫的陌生感，面對姜子牙激動地下拜道：「晚輩拜見師叔，我是乾元山金光洞太乙真人的弟子哪吒，奉師父之命，特來西岐襄助師叔助周伐商，侍奉師叔左右，供師叔差遣！」

姜子牙大喜，連忙扶起哪吒道：「原來是靈珠子，你來得正好，眼下正是用人之際，有你在，從今往後我就安心多了。」

武成王黃飛虎正好在此時進來，見哪吒到此，喜出望外，上前作揖道：「多謝小仙人救命之恩。」

姜子牙深感詫異，問道：「你們……這是？」

黃飛虎連忙解釋道：「丞相，此番能順利來到西岐，多虧了這位小仙人，要不是他出手相救，我黃飛虎父子恐怕早已死在余化手裡。想不到丞相竟然是這位小仙人的師叔！」

姜子牙笑道：「哪吒是太乙真人的弟子，而我和太乙真人都是元始天尊的弟子，太乙真人是我的師兄，我當然就是哪吒的師叔。哪吒這次救你，也是你與他的緣分。」

哪吒道：「說明黃將軍命不該絕，必有後福啊。」

黃飛虎笑了笑，再次向哪吒作揖，哪吒同樣作揖還禮。

哪吒看了看姜子牙，又看了看黃飛虎，問道：「余化和韓榮已經被我打敗，現在是何人在帶兵攻打西岐？」

黃飛虎一籌莫展，道：「青龍關業桂芳，來勢洶洶，連擒二將，姜丞相只好掛了免戰牌！」

哪吒道：「小小張桂芳不足掛齒，師叔，這廝就交給我吧。」

姜子牙遂傳令，取了免戰牌，張桂芳的探馬迅速到張桂芳的營帳稟報道：「將軍，姜子牙已經摘了免戰牌，看來西岐軍中有能人了，將軍是否應戰？」

此刻，張桂芳正在營帳裡全神貫注地讀兵書，聽聞探馬來報，放下書簡，張桂芳道：「姜子牙終於不當孬種了？好，叫上眾將官，隨我出去看看。」

哪吒蹬上風火輪，出了城門，來到敵軍陣前。

張桂芳及其眾將官在此觀戰，先行官風林請戰。只見這風林青靛臉，硃砂髮，凶神惡煞，用狼牙棒作武器，來到哪吒面前。

見哪吒腳踏風火輪，半懸空中，問道：「你是何人？」

哪吒態度傲慢道：「我是姜丞相師姪，乾元山太乙真人的弟子哪吒，你可是張桂芳？」

「我乃先行官風林，我看到你的年歲不過十來歲，怎敢上前叫陣？看我不活剝了你！」風林囂張道。

風林舉狼牙棒，朝哪吒撲了過來。哪吒長槍，又能使火，風林哪裡是對手。火尖槍迎擊，噴出神火，殺了風林一個措手不及，風林當即摔下馬來。

風林惶恐道：「此乃何物？」

哪吒大笑道：「你連我身都近不了，還想與我一戰？此刻你是否還覺得我是小孩？這火尖槍是神兵，豈是你等凡夫俗子能敵的？還不快快束手就擒！」

風林快速上了馬，觀哪吒骨骼驚奇，非肉體凡胎，暗想，再戰恐怕會得不償失，便要策馬回奔。哪吒朝他追趕，這馬哪裡及得上哪吒風火輪的速度，哪吒眼看著要追上風林，便向風林噴火。

觀戰的張桂芳及其部將大吃一驚，惶恐不安。張桂芳面對身旁將官道：「姜子牙有能人相助，恐怕我朝廷大軍要遭殃了！」

「這廝怕不是凡人，非妖即神，我等不是對手！」一將官道。

張桂芳憂心忡忡。

風林見哪吒噴火，便口吐黑煙還擊，黑煙裡現碗口大小的一顆珠子，珠子裂成兩半朝哪吒襲來，哪吒道：「此乃邪術，非正道中人所用！莫非風林將軍的師父是那招搖山靈風魔神的弟子？」

風林只顧逃命，對哪吒的發問置之不理。

哪吒用手一指，其煙自滅，風林見哪吒破了他的法術，懊惱道：「氣死我也，看來今天我軍遇到勁敵了！」

風林不甘就此罷休，如果就這樣回去，恐怕難逃軍法，於是策馬準備殺哪吒一個回馬槍。沒等風林近哪吒身，哪吒就取下乾坤圈，朝風林丟了出去，乾坤圈堅硬無比，就是打在石頭上，也會將石頭擊得粉碎。風林的鎧甲瞬間被乾坤圈的力度擊落，左臂被乾坤圈打得皮開肉綻，骨肉模糊。風林疼痛難忍，右手拿著狼牙棒，按住左臂的傷口往回跑。

風林下了馬，狼狽地跑到張桂芳的面前，道：「張將軍，屬下無能，未能退敵，請將軍賜罪！」

張桂芳把風林扶起來，道：「這事不怪你，我都看在眼裡，對方武藝高強，估計我軍無人能及！」

風林慚愧地退到一邊。

張桂芳見哪吒氣焰囂張，便親自進帳，取出長槍，一副要與哪吒決一死戰的樣子。

眾將官見張桂芳出自出馬，連忙都跪下，勸道：「將軍，你是主帥，切莫自亂陣腳，你要是有什麼閃失，恐怕軍心不穩啊。」

張桂芳道：「你們誰替我出戰哪吒？是你嗎？還是你？」

張桂芳一個個質問將官，將官們自知不敵，紛紛低下頭，不再說話。

張桂芳立著長槍，面對哪吒，問道：「你就是哪吒？」

「正是。」

「你太囂張了！我就是張桂芳，如果我再不出戰，恐怕你就更加肆無忌憚了！」張桂芳道。

張桂芳拔出長槍，策馬奔向哪吒，迎戰哪吒。張桂芳不愧是主帥，這槍法精妙，哪吒幾次出招，都被他擋了回去。張桂芳再出招，竟然一槍刺中哪吒的脖子。

張桂芳自以為得手，欣喜若狂道：「這下你活不了了吧。」

張桂芳拔出槍，正要回還，哪吒的傷口自動癒合。張桂芳臉色煞白道：「怎麼會這樣？」

哪吒大笑道：「不愧為三軍主帥，這槍法使得出神入化，要不是我脫了凡胎，恐怕今天就死在你的手裡了。忘了告訴你，我是蓮花化身，五臟六腑皆無，你是傷害不了我的！」

張桂芳惱羞成怒，隨即衝哪吒使了一個道術，像有一條無形的繩索，拴住哪吒的雙腳，拚命往下扯，就連風火輪也承受不了這股力量。

「哪吒，你還不快快從輪上下來，更待何時？」張桂芳得意道。

哪吒這才不得不去了風火輪，大罵道：「匹夫，就憑你這小小道行豈能對付我？看招！」

哪吒緊握火尖槍，槍快如閃電，如銀龍狂舞，將張桂芳打得落花流水。張桂芳接不上哪吒的快招，身上多處負傷，鎧甲也被撕開幾道口子，七零八落。

哪吒丟擲乾坤圈重重砸在張桂芳的胸口，令其口吐鮮血，觀戰的眾將軍為張桂芳捏了一把汗，紛紛拿起兵器，一擁而上，與哪吒拚命。

哪吒再次丟擲乾坤圈，這些兵將們都被乾坤圈砸得口吐鮮血，落荒而逃。

哪吒大獲全勝，西岐的兵民歡呼雀躍。

張桂芳逃走，哪吒從地上撿起一塊從張桂芳身上扯下來的碎布，蹬上風火輪，就來到相府。

姜子牙此刻正在府上悠閒地讀著竹簡，哪吒風風火火地闖進來，大笑道：「師叔，張桂芳被我一頓痛打，差點就要了他的命！說實話，打妖怪我會下狠手，這打凡人我真的下不去手，兩軍交戰，各為其主，他們也是一條人命啊！畢竟他們是奉命行事！」

姜子牙笑了笑，捋了捋鬍鬚，欣慰道：「好呀，有你在，我放心！」

哪吒困惑道：「師叔，好像你知道我要贏一樣？」

「若非如此，我怎會如此悠閒地在房間裡讀書呢！」姜子牙道。

哪吒道：「師叔，你不知道，那張桂芳不知道是哪裡學來的攝魂術，不過我都已經是死過一次的人了，蓮花化身，無魂無魄，他是對付不了我的。」

「我當然知道你是蓮花化身，否則師叔能放心嗎？你在陳塘關的經歷師叔我都聽你師父說過了，東海龍王、肥遺怪都不是你的對手，紂王的這些蝦兵蟹將更不是你的對手！」姜子牙得意道。

哪吒得意忘形道：「師叔你放心，有我在，商朝很快就要滅亡了！」

姜子牙搖了搖頭，憂慮道：「哪吒，王朝更迭是有定數的，如果氣數未盡，一時半會兒也無法滅亡商朝。眼下紂王仍然是天子，天下諸侯的共主，再說朝歌有才之士眾多，這聞太師還沒有出馬呢！」

哪吒大笑道：「太師？一聽就是個老頭，想來也沒什麼本事，老頭又有何懼？」

姜子牙道：「哪吒，你還年輕呀，這聞太師是先王託孤重臣，在朝中地位極高，就是紂王也要讓他三分。他是金靈聖母最得意的弟子。此人法力高強，有勇有謀，殺伐果斷，最重要的是此人對商朝極為忠心，他可能會成為我們滅商路上最大的障礙！」

「放心吧，師叔，師父說紂王殘暴不仁，離心離德，民心在我們這邊。」哪吒道。

姜子牙思索片刻道：「張桂芳逃走，恐怕朝廷大軍很快就要來到，弄不好聞太師會親自出馬。哪吒，你與武吉一起守城，不必與敵軍決戰，我去一趟崑崙山，等我回來再做決定。但是你不可把我不在城中的消息洩露出去，否則敵軍會趁此時來犯！切記！切記！」

「哪吒領命。」

姜子牙來到庭院，借用土遁之法，幻化而去。

數日後，姜子牙回到西岐，武吉和哪吒出門相迎，姜子牙至廳中坐下，問道：「張桂芳可派人來戰？」

「不曾。」武吉道。

姜子牙道：「難免一戰，我們不如主動出擊，殺他個措手不及！」

哪吒道：「師叔，你準備如何出擊？」

姜子牙對武吉和哪吒伸手示意道：「你們倆過來，我告訴你們怎麼做！」

哪吒和武吉來到姜子牙身邊，附耳過去。

姜子牙對哪吒和武吉嘀咕一番，也不知說些什麼，只聽得哪吒和武吉異口同聲道：「妙！」

張桂芳自從被哪吒打斷手臂，便在營帳中療傷，不敢回去朝歌，只能靜候朝廷的援兵。但此時張桂芳萬萬沒有想到，這姜子牙竟然會劫營。

二更時分，天色已暗，張桂芳所屬部將已經盡數睡下。只聽見一陣炮響，帳外殺聲震天。張桂芳大驚道：「什麼聲音？」

風林衝進來急道：「將軍，是周兵，姜子牙派人來偷襲我方營地了！」

張桂芳大驚失色道：「真是豈有此理！走，今天我就算拚了這條命也不能輸掉這口氣！」

張桂芳慌忙披掛上陣，風林也騎上馬，一起跟了上去。

張桂芳出了營帳，見滿山遍野到處都是人，高舉火把，照得山體通紅，殺聲震天，地動山搖。正見轅門正中，哪吒蹬風火輪，揮動火尖槍，衝殺而來，勢如猛虎。

張桂芳見是哪吒，嚇得屁滾尿流，連忙回跑。風林在張桂芳的左側，見黃飛虎騎著五彩神牛而來，使槍掩殺，大怒道：「好一個亂臣賊子，竟敢星夜偷襲我軍大營，果然是活得不耐煩了！」

風林騎著青鬃馬，左右手兩根狼牙棒，與黃飛虎拚殺，頓時場面一片混亂。

辛甲、辛免往右營衝殺，營內無將抵擋，二人勢如破竹，直殺到後寨，見周紀、南宮適關在囚車之中，忙將把守囚車的商兵全部殺死，將二將救出。二將奪了商兵的兵器，加入到戰鬥中。

周兵周將殺得鬼哭神愁，張桂芳的人馬被裡外夾擊，根本無法脫身。張桂芳和風林見敗局已定，便要逃走。敵軍將士丟盔棄甲，連夜逃至西岐山。二人收拾了殘兵敗將。張桂芳與主將議事。張桂芳憋悶道：

「我張某自領兵以來，從未吃過敗仗，哪像這般，敗得如此徹底！死傷慘重啊！」

風林嘆道：「如今，只有朝廷派兵，否則我等無能為力。那姬發手下能人異士頗多，天不助我們啊！」

張桂芳和諸將商議後，連夜寫了告急文書給朝廷。

商朝與西岐正在大戰，紂王只管派兵鎮壓，至於勝敗，他從來不聞不問，整日在王宮的酒池肉林裡與宮娥嬉戲，左擁右抱，卿卿我我。

紂王將身體泡在酒池裡面，旁邊放著酒樽，還有雞腿，邊喝酒邊啃雞腿，身邊全是赤身裸體的美女，時不時親上一口。

此刻，聞太師氣勢洶洶地闖了進來，他的手裡拿著竹簡。紂王卻喝得醉醺醺的，聞仲站在他的面前，他也懵然不知。聞太師瞪了瞪紂王身邊的宮娥們，吼道：「妳們都給我滾開！」

紂王怒道：「大膽，竟敢在寡人面前放肆！你是何人？」

「老臣聞仲請大王速速回宮主持朝政。」聞仲以君臣之禮拜了拜紂王。

紂王一副爛醉如泥的樣子道：「太師啊，有你在，寡人還有什麼不能放心的，你替寡人處理就是，不要打擾寡人享樂！」

紂王拿起酒壺繼續喝酒，聞太師奪過來，憤怒道：「大王，你再不清醒，這大商六百年江山就要完了！張桂芳大敗，特來請旨請朝廷派兵將。大王，這姬發手下有能人異士，不能掉以輕心啊！」

紂王裝作沒有聽見，繼續撒酒瘋，聞太師將紂王硬生生從酒池裡拽了出來，宮裡的太監和宮女們看得寒毛直豎。

見紂王仍然爛醉如泥，聞仲吩咐左右道：「來人，給我端盤清水來。」

少時，一名宮女將裝滿水的銅盆端上來。

聞仲接過銅盆，將一盆水從紂王的頭上澆了下去。紂王擺了擺頭，瞬間清醒多了。紂王站起來，面對聞仲憤怒道：「聞太師，你想幹什麼？」

「請大王跟我去上朝，文武百官正在大殿裡等著大王議事呢！」聞仲拽著紂王的手腕道。

「太師，你鬆手，你捏疼寡人了！」紂王一副很痛苦的樣子。

突然，妲己到來，她穿著雪白色裘服，露胸裸背，走起路來千嬌百媚，一雙纖纖玉手，嬌嫩無比。

「聞太師，你幹什麼？竟敢對大王動手？！」妲己隔了老遠吼道。

聞仲連忙鬆手，面對妲己和紂王作揖道：「娘娘，臣是先王託孤之臣，臣兼有輔政之責。如今天下大亂，各路諸侯紛紛反叛朝廷，大王在這個時候還沉浸在酒色之中，娘娘是不是應該勸勸大王。」

妲己走到紂王面前，給紂王揉了揉手腕，撒嬌道：「大王，臣妾來遲了，讓大王受苦了！」

妲己轉身喝斥聞仲道：「聞太師，這大王畢竟是大商天子，金貴無比，你怎敢以下犯上？」

聞仲瞪了妲己一眼，不怒自威，道：「妲己，我叫妳一聲娘娘是看在大王的面子上，我是先王重臣，大王的輔政大臣，妳敢教訓我？！走！快跟我去大殿！」

紂王道：「太師，你總得讓寡人更衣吧！」

「臣和百官在大殿等候大王，大王不來，百官就不下朝。」說罷，聞仲臉色鐵青地拂袖而去。

百官已經在大殿裡等了一個晌午，紂王在妲己的陪同下才來到大殿。此時的紂王穿上王服，戴上王冠，和妲己一起坐在了大殿的王椅上。

「臣等拜見大王。」

眾臣一齊跪拜道。

紂王打了個哈欠，一副犯睏的樣子道：「都起來吧。太師，寡人想泡個酒池澡都泡不成，你硬是讓寡人上朝，有事就啟奏吧！」

聞太師憂心忡忡道：「大王，你要眼睜睜看著大商六百年天下葬送在大王的手中嗎？西伯侯反，武成王黃飛虎也反，現在黃飛虎也投靠了西岐。大王派出去的韓榮、余化、張桂芳等將領，被西岐人馬打得丟盔棄甲！剛剛上奏，讓大王增援，都火燒眉毛了，大王難道沒有緊迫感嗎？」

奸臣費仲道：「聞太師，你身為太師，是在詛咒大商，辱罵大王嗎？大王英明神武，西岐又豈是朝廷的對手，你這不是在危言聳聽，禍亂朝綱嗎？」

聞太師氣急敗壞，道：「費仲，我對大商對大王忠心耿耿，無恥小人休要挑撥離間！」

紂王道：「好了好了，寡人從來沒有懷疑過太師，他是兩朝元老，是先王的託孤之臣。如果連他都不相信，那我真的成了孤家寡人了！」

王叔比干出列道：「大王英明。」

比干也瞪了費仲一眼。

紂王道：「太師，說說前方戰事吧！」

「大王，余化已經把黃飛虎逼上了絕路，沒想到他被哪吒救了。後來哪吒和黃飛虎一起投靠了姜子牙，西岐就如虎添翼，張桂芳也被他們打得大敗！」聞仲憤慨道。

妲己好奇道：「這哪吒是誰？」

聞仲道：「這個人我聽說過，是乾元山金光洞太乙真人的弟子，他叫李哪吒，他爹就是陳塘關總兵李靖。這個哪吒神通廣大，小時候就捉過妖，殺龍王三太子，也難怪張桂芳鬥不過他！」

紂王大喜道：「這好辦，把他爹李靖給寡人抓來，哪吒不就束手就擒了嗎？」

聞仲嘆道：「自從哪吒投了西岐，李靖知道朝廷一定會降罪於他，已經棄官，拜了元始天尊的弟子燃燈道人為師。他的長子金吒也拜了文殊廣大天尊為師，次子木吒跟了普賢真人，只怕將來這李氏一家會成為我大商的心腹大患啊！就一個哪吒都夠難對付了！」

紂王道：「那怎麼辦？」

「為今之計，老臣只有親自披掛上陣，為大王分憂了！」聞仲道。

妲己笑道：「好，有太師的神勇和足智多謀，一定能夠旗開得勝。」

妲己此刻正在心裡詛咒聞仲，巴不得他早死。聞仲此去凶多吉少，妲己正是想借用西岐諸將之手除了聞仲。

就在妲己暗自盤算的時候，大殿之外，有四位怪模怪樣的人從天而降，嚇得殿外站崗的侍衛們連連退避。

四人皆奇裝異服。只見一人頭戴一字巾，穿水合服，面如滿月，手持寶劍，坐著狴犴獸；一人如頭陀打扮，穿皂服，面如鍋底，鬍鬚呈硃砂紅，兩道黃色的眉毛，手持法寶天開珠，坐著狻猊獸；一人挽雙孤髻，穿大紅服，面如藍靛，頭髮硃砂紅，上下獠牙，手持混元珠，坐著金錢豹；一人頭戴魚尾金冠，穿著淡黃色的衣服，面如棗色，留著長鬍子，手持劈地珠，坐猙獰獸。

四人從天而降，當落地之時，分別冒綠煙、黃煙、紅煙、黑煙。

侍衛們面對四眾，雖然膽顫心驚，但是職責所在，後退者死，一眾侍衛持青銅劍、戟等兵器上去攔截。

一眾侍衛膽顫心驚，一前一後，一伸一縮，侍衛領頭道：「哪裡來的怪物敢擅闖王宮，也不看看這裡是什麼地方，這是天子所在，豈容你等擅闖！」

四眾卻視若無睹，一副傲慢的樣子，那頭陀打扮的怪物冷笑道：「如果沒有我們相助，你們的大王很快就江山不保了。我們是截教弟子，九龍島四聖，三界中誰人不知誰人不曉，你們竟敢說我們是怪物，還不快滾開！」

「不管你們是誰，沒有旨意擅闖天子宮殿就是死罪！給我上！」領頭的侍衛道。

侍衛們朝四聖衝殺過去。

那頭陀打扮的怪物吹了一口氣，侍衛們就全都倒下了，兵器落了一地，驚動了大殿裡的百官和紂王。

聞太師衝大殿外喊道：「外面怎麼回事？」

這時，四聖已經衝了進來，站在百官和紂王的面前。

妲己裝出一副害怕的樣子，依偎在紂王懷裡，撒嬌道：「大王，這四位是什麼怪物？生得這麼醜！」

紂王嚇得臉色煞白，慌忙喊道：「哪裡來的怪物，來人呀，給孤拿下！」

聞太師見是九龍島四聖，滿心歡喜道：「大王，這幾位是九龍島四聖，我們都是截教弟子，大王不用怕！這位是王魔，這位是楊森，這位高友乾，這位李興霸。」

四眾來到紂王近前，朝紂王跪拜道：「九龍島四聖拜見大王。」

紂王驚魂未定，道：「四位神君請起。」

四眾起身。楊森看了看聞太師，又面對紂王，拱手道：「大王，我聽說朝廷大軍損兵折將，聞太師獨木難支，所以我兄弟四人奉了師命，特來王都相助大商！」

紂王大喜，道：「有四位神君相助，何愁他西岐反賊不束手就擒！」

妲己道：「大王，恭喜大王，又添了虎將。」

妲己狐媚的樣子，讓紂王幾經銷魂。

「大王，九龍島四聖法力無邊，有他們助陣，我此次出征西岐如虎添翼，順利多了。」聞太師胸有成竹道。

費仲道：「恭喜大王，恭喜娘娘，日後大王和娘娘可以高枕無憂了。」

紂王面對費仲不屑一顧，道：「切，少拍馬屁，逆賊不除，我和娘娘如何心安？太師何時啟程啊？」

聞仲回頭看了看九龍島四聖，道：「四位道兄舟車勞頓，是否要在朝歌歇息幾日再走？」

王魔冷笑道：「太師，我們兄弟四人出島，除了奉師命，還有個更重要的原因，就是希望在此次討伐西岐的戰爭中建功立業，也好讓我兄弟四人揚名立萬。我們是修道之人，早已脫離凡胎，何來的舟車勞頓？太師我們立刻出發，星夜兼程馳援張桂芳將軍。我們不能給姜子牙他們喘息的機會呀，我們去的時間越晚，他們就有更多時間準備，於我軍不利啊！」

聞太師道：「大王，王魔說得有道理呀。既然如此，老臣率領四聖和朝歌大軍火速與張桂芳會合，殺姜子牙一個措手不及。」

紂王欣慰道：「難得太師如此忠心，那孤就不留你們了，你們趕緊出發吧！」

「臣告退。」

聞太師面對紂王行了君臣跪拜禮，起身甩動戰袍，率領四聖出了殿門，走路都帶風，霸氣十足。

紂王大笑道：「聞太師出馬，西岐逆賊焉有不敗之理！」

妲己道：「都是大王英明，如果不是大王恩澤天下，大王怎麼會如此深得民心，連九龍島四聖都下山來幫助大王！」

紂王被妲己這一迷惑，更加不認識自己了，甚至有些得意忘形。

王叔比干站了出來，面對紂王，憂心忡忡奏道：「大王，臣看此次西岐亡我大商之心不滅。我大商自太祖起六百年天下，不能就此覆滅。聞仲此去恐怕凶多吉少，西岐近年來政通人和，百姓安居樂業，廣施仁政，民心所向，幫助西岐討伐我大商的能人異士眾多，大王莫要大意啊！應早早備戰，如太師敗又派何人去？」

紂王震怒，拍案而起，道：「王叔，你說什麼？此番言論應當千刀萬剮！你再胡言亂語，休怪寡人無情，對你施以炮烙之刑！哼！」

紂王牽著妲己的手，拂袖而去，妲己回頭看了看比干，眼神裡流露出幾分殺氣。

第九章　共誅四聖妖邪

張桂芳新敗，暫時不敢來犯，西岐諸將又可藉此修養。但那姜子牙身擔伐紂和封神大業，不敢怠慢，趁張桂芳敗逃期間，他又開始抓緊修煉，提升修為以應不時之需。姜子牙是修道之人，他在自己的相府裡布置了煉丹房，除了修煉功法，常在丹房裡煉一些滋補藥丸。

那日，姜子牙的煉丹房屋頂上濃煙滾滾，房門緊閉，煙霧瀰漫在姜子牙的丹房裡，丹房裡的青銅燈樹上油燈燃得正旺。

姜子牙童顏鶴髮，髮髻上插著玉簪，手持拂塵，盤腿坐在蒲團上，閉目打坐。他的雙眼跳個不停，姜子牙掐指一算，猛地睜開眼，喃喃自語道：「聞太師出山，還請了九龍島四聖，看來他們這次是有備而來，免不了生靈塗炭啊。」

姜子牙暗自嘆息，便站起身來，朝丹房外走去。他開了門，見院子裡有一位下人正在清掃落葉，姜子牙上前吩咐道：「你別掃了，快去請武成王黃飛虎、哪吒、武吉、周紀、南宮適諸位將軍到丞相府前廳議事，我在前廳等候，快去！」

「唯。」下人扔了掃把，就跑了。

姜子牙在前廳面對牆上掛的帛地圖，來回徘徊，全神貫注地注視著地圖上的標記，捋了捋鬍鬚，憂心忡忡的樣子。

「丞相，你匆忙叫我等來有何事相商？」武成王黃飛虎率先邁進大廳道。後面跟著黃家諸將，哪吒、武吉等也隨之進入。

哪吒持火尖槍，風風火火道：「師叔，你急急忙忙通知我們議事，料想又可以打架了。我的精力充沛著呢，幾天沒有放鬆筋骨了！」

姜子牙道：「大家都坐吧。」

姜子牙伸手示意，諸將各自入了座，姜子牙也坐了下來。

面對諸將，姜子牙憂心忡忡道：「武成王，哪吒，諸位將軍，這次聞太師請來了九龍島四聖作為先鋒，討伐我們。此戰必是一場苦戰，請將軍們不要掉以輕心啊。今天叫大家來就是共同商量禦敵之策。」

「九龍島四聖算什麼？來一個我殺一個，來兩個我殺一雙！」哪吒一副不可一世的表情道。

姜子牙面對哪吒，鄭重其事道：「哪吒，莫要小瞧了九龍島四聖，他們的法力都不下肥遺精、東海龍王。這四人是截教的外門修士，法力深不可測，且有三樣法寶開天珠、混元珠、劈地珠傍身，實力不容小覷啊。此戰，我的建議是在尚未摸清對方底細的情況下，千萬不可強出頭。如果對方以激將法激怒你們，你們也要穩住啊。」

老成持重的黃飛虎道：「丞相，紂王殺我全家，我與他有不共戴天之仇，但我加入西岐大軍不完全是為了私仇，紂王民心盡失，我也是為了天下大義。即便如此，黃飛虎唯丞相馬首是瞻，丞相讓我們怎麼做，我們都聽丞相的，黃飛虎絕不魯莽行事！」

姜子牙欣慰道：「將軍們都過來。」

姜子牙從椅子上起身，來到大廳中央，諸將圍著姜子牙。

「我算了一下，四聖已經與張桂芳大軍會合，我擔心他們會潛入我西岐大營偷襲，所以大家一定要加強防範。四聖不易對付，萬不得已，我只有去一趟崑崙山請元始天尊的打神鞭。」姜子牙囑咐道。

哪吒道：「師叔，既然這四聖如此神通廣大，那師叔不妨和我們講講這四聖的事情，知己知彼才能百戰不殆嘛！」

姜子牙道：「哪吒說得有道理。王魔擅長使劍，哪吒你與王魔對攻時不妨使用你的火尖槍。王魔法力高強，但性情尤為急躁，你可使法子激怒他。人在憤怒的時候心智就會迷失，你可趁此機會打敗他……」

姜子牙在相府的前廳裡與西岐諸將一起，對九龍島四聖的情況作了分析，還就一些策略戰術進行了討論和傳達。

大家就等著一場苦戰的到來。

聞太師派四聖為先遣部隊。四人騎坐騎往西岐來，轉瞬之間，就來到了張桂芳的轅門外面。轅門內，軍醫正在為張桂芳的傷口換藥，傷口已經在流膿，錐心地痛。

「報告將軍，有四位道長正在轅門外請求面見將軍。」探馬急報道。

張桂芳面對風林顧慮道：「會不會是姜子牙派來取我等性命的？」

風林擺了擺頭，肯定道：「我看不像，姜子牙是個正人君子，他如果要取我等性命，必然不會玩偷襲這一套，肯定是在戰場上與我們一較高低！」

張桂芳疑慮道：「也罷，風林隨我出去一瞧究竟，看看究竟是什麼人！」

換了藥，包紮好了傷口，張桂芳穿上了衣服，帶上了兵器，和風林一同出了轅門。

四聖見二將攜兵器出來，王魔道：「我兄弟四人受聞太師所派，前來相助於你，二位將軍怎得還帶兵器相迎？」

風林垂頭喪氣道：「原來是聞太師派來的。我們眼看著就要把黃飛虎逼上絕路，沒想到半路殺出來一個叫哪吒的小神，這廝神通廣大得很，末將慚愧，我和張將軍均被哪吒那廝所傷！」

王魔大笑，道：「不就是那個殺了東海龍王三太子，挑了龍筋的小童嘛，他的事蹟我等兄弟早有耳聞，二位將軍放心，我兄弟四人一定為二位將軍報仇。」

「二位將軍可否讓我們看一下你們的傷口？」楊森道。

張桂芳將受傷的手臂露了出來，風林也把胸口的傷給四聖看了。

王魔笑道：「這有何難！」

王魔從葫蘆裡取出兩粒丹分別贈予二人服下，立刻見效，傷口痊癒了。張桂芳扯了繃帶，活動筋骨，道：「妙，真的是靈丹妙藥，剛服下，我的傷就全好了。」

風林的傷也好了，二將面對四聖道了謝。

王魔有些迫不及待，問道：「二位將軍，西岐姜子牙此刻身在何處？」

張桂芳道：「此地距離西岐有六十里，只因我等新敗，才退居此地。」

王魔急道：「張將軍，我兄弟四人剛到此地，不可久留，不能給姜子牙喘息的機會，如果讓他知道我兄弟四人來到，定然防備。這廝是元始天尊的弟子，法力高強，運籌帷幄，不容小覷，張將軍趕快出兵西岐。」

張桂芳傷勢已經痊癒，他來到練兵場上，手持長槍，迅速集合兵馬，將士們整整齊齊地排列著，四聖站在一旁觀看。

張桂芳隨即發號施令，喊道：「將士們，朝廷派來了九龍島四聖前來助陣，姜子牙和西岐的覆滅之日就要到來，只要大家一鼓作氣，拿下了姜子牙和姬發，回到朝歌，大王一定會論功行賞。眾將士聽令，隨我出征西岐。」

一通鼓響，三軍吶喊，殺奔西岐。

此刻，姜子牙還在相府之內與諸位將軍商議對策。探馬突然來報：「丞相，張桂芳起兵正在東門安營紮寨。」

姜子牙面對諸將道：「沒想到張桂芳和四聖這麼快就殺來了，大家依計行事，務必小心。」

「遵命。」

諸將異口同聲道，便出了相府前廳。

張桂芳和風林率四聖安營紮寨後，王魔蹺起二郎腿在營帳中坐下，面對張桂芳，目中無人道：「張將軍，你明日出戰，務必喚姜子牙出來。我們躲在軍旗後面，只要他出來，我們再會他。」

「好。」張桂芳遵從道。

楊森從懷裡拿出兩道符，面對張桂芳和風林道：「兩位將軍，請將此符貼在你們的馬鞍上。只因我們騎的是神獸，戰馬見了會骨軟，敵人會從馬背上摔下來，先摔他們一個措手不及。」

張桂芳和風林面面相覷，皆感吃驚道：「此符如此神奇。」

二人接了符咒，便放在了袖筒裡。

次日，張桂芳全身甲冑，上馬來到城下，大罵道：「姜子牙，你個縮頭烏龜，快滾出來！」

城內的姜子牙，隔著幾里路，就聽見了張桂芳的辱罵和叫囂，他知道背後有九龍島四聖在為張桂芳撐腰。

姜子牙召齊將士，開了城門，擺五方隊出城。

姜子牙兵威所向，張桂芳不寒而慄，見姜子牙親自領兵出城，便策馬回奔。就在這千鈞一髮之際，九龍島四聖分別騎著自己的神獸從旗幡後面閃了出來。

四聖相貌猙獰醜陋，姜子牙的部將在戰馬的一陣長嘶後，從馬背上摔了下來，馬彷彿受了驚嚇，在隊伍中間橫衝直撞，踩死了很多士兵。

姜子牙猛然回頭，急道：「這四獸是上古凶獸，馬兒見了受到了驚嚇，將士們速速避開，不要被馬踩傷了，騎馬的將軍們都快快下馬。」

將士們一聽，立刻從馬背上跳了下來，有的士兵直接被馬甩了下來，甩了幾公尺遠。他們撿起自己的兵器，快速歸隊，而受驚的馬朝四面八方跑去。

姜子牙倒也沉得住氣，冷笑道：「好一個九龍島四聖，一出馬就給我軍一個下馬威。四聖凶獸一出，我軍馬兒都受了驚嚇，你們的馬卻沒事，看來必是提前下了符咒了吧！」

王魔大笑道：「姜子牙，我兄弟四人此次下山就是為了建功立業的。你是元始天尊的弟子，我們兄弟殺了你，想必元始老兒就斷了一臂了。」

站在姜子牙身後的哪吒卻氣不過，握著火尖槍就走了出來，站在四聖面前，憤怒道：「你們四個怪物是什麼東西？長得如此瘆人，是投胎的時候你娘沒有把你們生好吧！面目猙獰，青面獠牙，我看著就想吐，還不快滾，休要髒了小爺我的手！」

四聖氣急敗壞，恨不得衝上來活剝了哪吒，楊森正要出戰哪吒，王魔將他攔下了。

「哪吒，四聖法力高強，切莫出頭啊，快回來。」姜子牙在哪吒背後低聲道。

王魔大笑，道：「我看你手持火尖槍，脖子上戴著乾坤圈，手臂上纏著混天綾，想必你就是哪吒吧。」

「既知小爺，還不快快逃命去？！」哪吒傲慢道。

王魔道：「我還知道你，剛出世就追殺肥遺怪。不到十歲，就殺了東海龍王三太子，抽了龍筋，把老龍王也打了個半死。更可恨的是你殺了我截教的石磯娘娘，她可是我們通天教主的愛徒。教主知道這件事情十分震怒，讓我兄弟替石磯娘娘報仇！快將你的九龍神火罩亮出來吧，我倒要看看你是怎麼殺死石磯的！」

哪吒困惑道：「要找我報仇不急，我人就在這裡，跑不了。小爺就是感到疑惑，通天教主是怎麼知道的？」

楊森插話道：「你這小子，真不知天高地厚，通天教主何許人也，就連元始天尊和道德天尊都不放在眼裡，三界之事他什麼不知道，難道石磯的白骨洞裡就沒有人逃出來嗎？」

「哦，我明白了。」

四聖騎著凶獸，居高臨下，而哪吒沒有了馬，便升起了風火輪，持火尖槍朝王魔衝了過去。王魔見哪吒的長槍正要刺到自己，便亮出神鐧擋了一下。哪吒槍法極快，快到連槍的影子也看不到，王魔舉雙鐧與哪吒苦戰，哪吒槍尖的三昧真火幾次差點燒到王魔的眉毛。王魔的雙鐧有千斤分量，哪吒雖然槍法快，但與王魔雙鐧對攻時，總能感到壓力。

就在用火尖槍擋王魔右手鐧的攻擊時，王魔的左手給了哪吒一鐧，重重地打在哪吒的腰部，好在哪吒是蓮花化身，沒有了筋骨，沒有血肉，自然也不會感覺到疼痛。

就在王魔和哪吒苦戰時，楊森騎著狻猊趕來助戰。見哪吒槍法甚是厲害，自己的神劍又短，恐近不了哪吒身，楊森從自己腰間的豹皮囊中，取出開天珠，劈面打來。一道白光，正中哪吒，打翻了哪吒的風火輪，哪吒從空中掉了下來。

王魔見哪吒落到地上，迅速朝哪吒奔去，雙手舉鐧，準備打哪吒的頭顱。

姜子牙見哪吒有難，面對武成王黃飛虎急道：「武成王……」

哪吒對武成王黃飛虎有救命之恩，此時他不會袖手旁觀。他騎著五彩神牛，飛奔而去，用長槍挑了王魔的雙鐧，並將哪吒拉上五彩神牛，迅速回奔。見黃飛虎要逃走，王魔又發了一珠，擊中了黃飛虎。

黃飛虎是肉體凡胎，經不起這一打，就又從馬上掉了下來。

姜子牙的又一位弟子龍鬚虎上前阻止道：「休要傷害黃將軍。」

龍鬚虎雖然是姜子牙的弟子，但卻沒有幾分像人，是七分像虎，三分像龍的靈獸，會說人話。他的體形碩大，出手有石，只有一條腿走路，最擅長用石頭作為武器攻擊敵人。

王魔等四聖一見龍鬚虎，甚為吃驚，道：「這是個什麼東西？」

「姜子牙，你是天界聖人，怎麼還和妖怪有來往？」楊森調侃道。

姜子牙卻不以為然，道：「在我看來，心正者為人為神，心術不正者為妖為魔。龍鬚虎雖然其貌不揚，但有情有義，比你們這些所謂的神好上千百倍。」

龍鬚虎見四眾如此羞辱自己和師父姜子牙，惱羞成怒道：「可惡，爾等竟然罵我是妖怪！罵我就算了，連我師父姜子牙也一起罵了，我豈能容你！」

龍鬚虎衝四眾衝了過去，張開鋒利的爪子，以迅雷不及掩耳之勢，將楊森抓傷。楊森的臂膀鮮血直流，他拚命按住傷口。

高友乾騎著花斑豹，見楊森受傷，龍鬚虎凶惡，忙取來混元珠，對著龍鬚虎彈了過來，打中龍鬚虎的脖子，龍鬚虎當即疼得在地上來回翻騰打滾，武吉連忙將黃飛虎救了回來。

王魔和楊森見龍鬚虎和黃飛虎，還有哪吒他們都受了傷，連忙騎著自己的凶獸前來擒獲姜子牙。姜子牙只能用劍招架，來回衝殺。就在姜子牙與二將拚殺時，李興霸趁姜子牙不備，打出劈地珠，偷襲姜子牙，正中姜子牙胸口，姜子牙疼痛難忍，險些墜馬。

姜子牙在諸將的掩護下，騎馬往北海逃走。

「看我不生擒活剝了姜子牙！」王魔如箭離弦，瘋狂追殺姜子牙，勢必要將姜子牙碎屍萬段。哪吒乃是蓮花化身，雖然四眾擊落了他的風火輪，但是卻傷不到他分毫。

哪吒朝姜子牙喊道：「師叔，你年紀大了，趕緊跑，我為你斷後。」

哪吒擋在了王魔的面前，不怒自威，一隻手立著火尖槍，道：「王魔，有我在，你休想傷我師叔，識相的趕緊滾！」

「你的風火輪都被我打下來了，還敢在這裡大言不慚！」王魔囂張道。

哪吒傲慢道：「我的風火輪本來就是青鸞火鳳所化，即便是神鳥，也敵不過你的珠子。但我哪吒並沒有被你打敗，更沒有被你所傷。我現在是蓮花化身，無血無肉，半人半神，怎麼說也是太乙真人的弟子，那麼容易就被你傷著呢？你太小瞧我了吧！看槍！」

哪吒站在地上，王魔騎著神獸，哪吒用槍連刺王魔幾槍，王魔都敏捷地躲開了。王魔將開天珠以指力彈了出去，這珠子神奇無比，威力巨大，像彈跳珠一樣，來回彈跳，被它擊中的石頭即刻就碎。開天珠像是被王魔使了法術，王魔唸動咒語，那珠子就追著哪吒跑，開天珠打到哪裡，哪裡就被打得粉碎。而哪吒一個勁兒地逃跑，他上竄下跳，躲躲閃閃，終於還是沒有逃過開天珠的攻擊，那珠子打在哪吒的背心，哪吒中招，摔倒在地。

哪吒大怒，站了起來，攪動混天綾。混天綾攪得天翻地覆，鬼哭狼嚎，天昏地暗，樹枝上的鳥兒都被混天綾的巨大風力給攪了下來，牠們嘰嘰喳喳叫個不停，朝四面八方飛去。

王魔的開天珠在哪吒混天綾的攪動之下，也無處遁形，從空中掉了下來，落到了地上。

哪吒嘲笑道：「王魔，你的法器是雌的，我的法器是雄的，你的法器見了我的寶貝就無處遁形了。你剛才不是還很神氣嗎？我哪吒自打出世以來就沒有吃過敗仗，你算個什麼東西？妖仙石磯法力那麼高，還不是被我用九龍神火罩打得神魂俱滅。我勸你還是回到山上去吧，殷商氣數已盡，此乃天意，你助紂為虐，遲早也會不得好死的！你要是被我打死了，我怕通天教主會來找我報仇！」

王魔收了開天珠，又持寶劍朝哪吒衝殺過來，罵道：「你這小童太無禮，我豈能容你汙衊我們截教！」

哪吒再次與王魔展開大戰，王魔與哪吒苦戰了三個回合，不占上風，還險些被哪吒的火尖槍刺穿了喉嚨，王魔不敵，騎著神獸，只好逃走。

「青鸞火鳳，你們的傷好了嗎？好了就快來助我一臂之力！」哪吒朝天邊喊道。

這時，青鸞和火鳳飛了過來，牠們在天上不停地嘶叫，青鸞和火鳳這對情侶，叫聲是那樣曖昧。

青鸞火鳳幻化成風火輪，哪吒踩著風火輪朝王魔追去。

王魔追趕姜子牙去了，此時的姜子牙已經被逼到了絕路上，保護姜子牙的將士們已經被敵人的勢力衝散了，四分五裂。

姜子牙重傷在身，他按著自己的胸口，騎著大馬狂奔。

眼看姜子牙近在咫尺，王魔取出開天珠，朝姜子牙的後背發了一彈，姜子牙被打翻在地，從山坡上滾了下去。

哪吒此時剛好趕到，見姜子牙從山上滾下去，喊道：「師叔……」

哪吒喊了幾聲，見地上還有血跡，頓時大怒，面對王魔道：「你竟然把我師叔打下山去，他可是我師祖元始天尊派到下界助周伐商的，看我今天不宰了你為我師叔報仇！」

「有本事你就來吧，你殺我，我拉了姜子牙墊背，也夠本了。」王魔道。

王魔用寶劍指著哪吒，正準備進攻哪吒，此間，山中有歌聲傳來。

「功名利祿失本心，天道運行且有法，諸魔不安天地命，劫難來時未可知……」

王魔聽歌聲，好像在唱自己，收了兵器，猛一回頭，只見雲端之上，一個坐著青獅的白髮老道，他左手持如意，右手拿拂塵。

王魔喊道：「你是何人？莫要在此裝神弄鬼！」

老道道：「我乃五龍山雲霄洞文殊廣法天尊，元始天尊的弟子。」

哪吒一聽，甚喜，喊道：「師叔，哪吒乃太乙真人弟子，見過師叔。姜師叔已經被王魔打下山崖，生死未卜，師叔定要除去這怪物。」

王魔狠惡惡地瞪了瞪哪吒。

文殊廣法天尊嘆道：「我正是為此事而來。」

王魔不服道：「你想怎麼樣？！」

文殊廣法天尊無奈道：「王道友，你怎麼能幫助紂王對付子牙，他可是身負天命之人。一來，商朝氣數已盡，二來西岐的真主降臨，三來道友身為截教弟子犯了殺戒，四來姜子牙身負天命乃西岐丞相人選，五來姜子牙奉玉虛宮之命封神，你現在為了討好紂王逆天行事，若通天教主知道了，你的下場可不好呀！我勸你還是收手吧，免得落得一個死無葬身之地！」

王魔大笑道：「文殊廣法天尊，你怎麼知道我沒有好下場？難道你有元始天尊在背後撐腰，我就沒有教主嗎？」

哪吒看不慣王魔囂張氣焰，道：「師叔，王魔這廝油鹽不進，是個爛蕃薯，既然他執迷不悟，不如除了他，否則他幫殷商，我們大業難成啊！」

還沒有等到文殊廣法天尊出手，王魔就按捺不住了，持寶劍朝天尊砍來。只見文殊廣法天尊背後一個道童趕來，挽抓髻，穿淡黃色的道袍，大叫道：「王魔休要放肆，我乃廣法天尊弟子金吒是也！」

說罷，金吒持槍直襲王魔，王魔與金吒對戰，兩人在空中來回盤旋，戰鬥十分激烈，不相上下。

哪吒聽聞是金吒，大喜，喊道：「大哥，是你嗎？我是哪吒呀！」

金吒欣喜若狂，忙回奔，降落下去。王魔見金吒分心，趁金吒不備，從金吒的身後刺了金吒一劍，好在並沒有刺中要害，金吒的臂膀被劃了一道口子。

金吒負傷，降落下來，他見哪吒，忙奔向哪吒，摟著哪吒的肩膀，喜極而泣道：「你是哪吒？弟弟！自從你離家出走，我和你二哥木吒好擔心你。後來聽說你投靠了西岐，本想來找你，師父不讓，他讓我在山上好好學本事。今天終於見到你了，你平安無事，為兄也就放心了。」

哪吒撲到金吒身上，兄弟倆相擁而泣。廣法天尊看在眼裡，十分欣慰。

「大哥，娘怎麼樣了？我好想她。」哪吒感傷道。

金吒道：「自從你走後，朝廷便派人來拿爹治罪，說他投靠了西岐，意圖造反。爹一怒之下殺出重圍，帶著娘拜在了燃燈道人門下，我拜在了文殊廣法天尊門下，你二哥木吒最後被九宮山普賢真人所救，如今我們這一大家子總算平安。」

王魔在一旁叫囂道：「大敵當前，還有空在這裡認親，吃我一劍！」

王魔朝兄弟二人刺來，天尊取出遁龍樁，此物像一朵金蓮，金蓮之上有三個金圈，一環接著一環。天尊往上一舉，三個金環便落降下來，王魔來不及逃跑，結果脖子上套了一個圈，腰部套了一個圈，腳上也套了個圈，直立在那裡，像個木樁。

哪吒一旁取笑道：「王魔，這下沒轍了吧？你就好好享受一番臨死前的痛苦吧！」

王魔拚命地掙扎，越掙扎越緊。哪吒上前摸了摸套在王魔身上的金圈，再次取笑道：「也不知道這金圈的滋味比起我的混天綾威力如何！你要是覺得鬆了，我再用混天綾給你鬆鬆筋骨。」

「啊……」王魔面對哪吒像瘋狗一樣亂咬。

「弟弟，你讓開，讓我親手剁了他。」

金吒從腰間取出匕首，高高舉起，正要插穿王魔的頭顱。

王魔大叫，金吒一時失了手，砍下王魔的腦袋，腦袋滾下了山坡。清福神柏鑑站在雲端之上，見王魔被殺，用百靈旛將王魔的魂魄引了去。

眼見王魔被殺，文殊廣法天尊朝崑崙的方向拜了拜，道：「無量天尊，弟子犯了殺戒。」

廣法天尊面對金吒和哪吒道：「徒兒，師姪，你二人快去把子牙師叔找到，將他背上山去。」

哪吒道：「師叔，難道子牙師叔沒有死嗎？」

廣法天尊捋了捋鬍鬚，笑道：「你師叔是身負天命之人，使命尚未完成，又怎麼能輕易死去呢？你們兄弟倆趕快找到他，我把他帶回山裡，自有神丹妙藥醫治。」

金吒和哪吒將姜子牙找到，他已經摔得遍體鱗傷，衣服都被樹枝劃破了。金吒背著，哪吒扶著，將姜子牙帶回了五龍山。

廣法天尊先是以丹藥餵姜子牙，再灌以湯水，不一會兒，姜子牙醒來，首先見到的是廣法天尊，他以微弱的聲音道：「師兄，我怎麼在你這裡？」

廣法天尊道：「一切皆天意，如果不是我們師徒及時趕到，恐怕師弟性命不保！」

姜子牙馬上坐起來，朝天尊拱手道：「多謝師兄了。」

「哎，也不怪你，子牙師弟你由凡人得道，肉體凡胎，法術低微，真不知道師尊為何讓你以身涉險！」廣法天尊搖了搖頭，嘆道。

姜子牙道：「師兄，師父不是說了嘛，正因為我是凡人，所以人間的正義我去主持最為公道，難道派一幫天兵天將去打凡人嗎？天神干涉人間之事是有違天理的！」

「說的也是。」廣法天尊無奈道。

姜子牙看了看身旁的哪吒道：「師姪，辛苦你了。」

「師叔，你沒事我就放心了，不然我沒法和師父交代，更沒法和姬發公子交代。」哪吒激動道。

姜子牙欣慰地點了點頭，又看了看金吒，道：「這位小哥是？」

哪吒欣喜不已道：「師叔，這是我大哥金吒。我還有個二哥，我們兄弟三人從小就長在陳塘關。」

「金吒，你可願隨老夫去西岐，幫助西岐討伐朝歌，將來還你一個金身正果？」姜子牙認真道。

金吒吞吞吐吐，看了看廣法天尊。

廣法天尊心領神會，笑道：「金吒，你長大了，可以獨當一面了，為師把該教給你的本事都教給你了，以後的路就靠你自己了。你的弟弟哪吒現在也跟著你姜師叔，不妨下山去吧！若有危難之時，為師一定鼎力相助。」

「弟子遵命。」金吒面對廣法天尊拜了拜道。

拜別了師父，金吒和哪吒陪同姜子牙一同回到了西岐城。

姜子牙走失，西岐沒有了主心骨，西岐諸將人心惶惶，公子姬發派人四處尋找。就在公子姬發焦頭爛額的時候，姜子牙在金吒和哪吒陪同下回到了相府。此時，姬發等人已經在相府裡等候多時。

聽聞姜子牙回府，姬發連忙出了相府相迎。見到姜子牙的那一刻，姬發激動得熱淚盈眶，緊緊握著姜子牙的手，道：「先生兵敗何處？讓我好牽掛，你總算是平安歸來了。」

姜子牙回頭看著金吒和哪吒道：「若非二位公子，我命休矣！」

姬發睏惑道：「哪吒我認識，這位公子是？」

哪吒急忙道：「主公，這位公子是我大哥金吒，師從五龍山文殊廣法天尊，以後他和我一同輔佐主公！」

姬發深感吃驚，和眾將士面面相覷。

「主公，哪吒說得沒錯，以後我軍又添一員虎將，這金吒也是我崑崙山門徒。」姜子牙得意道。

姬發道：「如此甚好，我代表西岐歡迎你，只是王魔去向何處？」

金吒痛快道：「主公放心吧，王魔已經被我親手斬殺。」

「四聖如今只剩三人，我們要盡快想出迎敵之策。」姜子牙憂心忡忡道。

天色已晚，王魔追姜子牙未歸，楊森、高友乾、李興霸三人在營帳內急得直跺腳。李興霸道：「王魔怎麼還沒有回來？不會出什麼事了吧？」

楊森和高友乾二人面面相覷。

楊森掐指一算，搖了搖頭，長嘆一氣道：「罷了。」

高友乾、李興霸異口同聲道：「王魔他怎麼樣了？」

楊森道：「可惜了千年道行，王魔已經在五龍山被文殊廣法天尊殺了。」

三人痛徹心腑，徹夜難眠，於營帳外的山坡上，給王魔立了個衣冠塚，三聖為他進行了禱告和簡單的祭祀。

三聖懷恨在心，哪裡睡得著，次日三聖便點齊兵馬，向西岐城出發。

楊森在城外大罵道：「姜子牙，你個縮頭烏龜，殺我兄弟，有種你就給我出來！」

姜子牙有傷未癒，行動多有不便，不便動武。

「丞相，讓我去會會他們！」武成王黃飛虎請命道。

姜子牙搖了搖頭。

「丞相，讓我去。」武吉道。

「不可，你們已經與四聖交過手，沒有必勝的把握，不如此戰由金吒和哪吒兄弟去吧，有他二人，此三人必敗！」姜子牙氣喘吁吁道。

「遵命，我們兄弟二人定不辱使命。」金吒和哪吒異口同聲道。

說罷，便朝府外走去，其餘將士，通通上城為兄弟倆助陣。

金吒和哪吒剛出了相府，姜子牙突覺四聖詭計多端，法力無邊，恐金吒和哪吒閱歷尚淺，不足以應付，所以也跟了出去。

金吒和哪吒率領諸將，開了城門，金吒見三聖凶神惡煞，一陣噁心，嘲笑道：「三位怎麼長這副尊容，簡直就是醜八怪啊。王魔已經被我親手砍下腦袋，你們三個不知好歹的，想活命還是快點滾吧！」

楊森問道：「你是誰？一個小娃娃竟然敢在這裡大放厥詞，姜子牙你西岐無人了嗎？竟敢讓兩個娃娃出戰！姜子牙，有種的話就給我滾出來！」

金吒穿著黃金戰甲，手握金槍，道：「我乃五龍山文殊廣法天尊門下弟子金吒，你們三個不知死活的東西，拿命來！」

哪吒也登上了風火輪，掄起火尖槍，和金吒一起衝三聖殺去。五人交兵，怵目驚心，金吒和哪吒圍攻三聖，幾乎招招致命，三聖也以拳腳兵器相加，哪吒和金吒雖然占據上風，但始終無法在招式上壓制三聖。

就在五人苦戰之時，姜子牙從城內騎著馬出來。他手持打神鞭，喃喃自語道：「元始天尊所賜打神鞭，此時派上用場了。」

姜子牙將打神鞭拋入空中，並默念咒語，頓時天上電閃雷鳴，將士們皆甚為吃驚，表情惶恐。打神鞭從空中落下，正中高友乾的天靈蓋，打得他腦漿迸裂，當場斃命。

楊森見高友乾被打死，吃驚而惶恐，憤怒之下，急奔姜子牙而去。

哪吒使出混天綾，將楊森牢牢捆住，楊森從他的坐騎上摔了下來。這時，金吒從天而降，用金槍從楊森的胸口插了進去，楊森斃命，哪吒收了混天綾。

張桂芳、風林見二聖已死，張桂芳縱馬使槍，風林手握狼牙棒，朝金吒和哪吒衝殺過來。李興霸也騎著自己的猙獰獸，手握寶鐧殺來，殺氣騰騰。

哪吒蹬風火輪，金吒只有步戰，眾人廝殺在一起，哪吒見敵軍來勢洶洶，一槍一個，現場血流成河。

突然從西岐城中，衝出一名小將，此人英姿颯爽，手持銀槍，甚為威嚴。銀冠銀甲白馬銀槍，邊衝刺邊喊道：「黃飛虎之子黃天祥來也。」

黃天祥手起槍落，當即把風林從馬上挑了下來，銀槍插進了風林胸膛，風林當場斃命。張桂芳見風林已死，慌忙回撤。張桂芳和李興霸率領將士回到了營地，李興霸面對張桂芳埋怨道：「所謂知己知彼，百戰不殆，張將軍你要是事先多給我們透露一些敵軍的情況，我們兄弟四人現在也不會死得只剩下我一人！」

張桂芳不滿道：「還不是你們貪功冒進，如果不是你們冒失，我們至於這麼損兵折將嗎？」

李興霸氣急敗壞，兩個人此刻在營帳裡開始狗咬狗。

氣不過，都坐了下來，一樽酒一樽酒地灌下肚。

李興霸無奈道：「西岐人多勢眾，前來相助他們的能人異士眾多，張將軍，事到如今你可修書至朝歌，將這裡的情況都告訴聞太師，等朝廷援兵來，方可解今日之恨！」

「也罷，事到如今，只能這樣了。」張桂芳來到桌案前，跪坐下來，提筆開始在竹簡上書寫。

見張桂芳戰敗，姜子牙率領諸將回撤。在回撤時，哪吒來到姜子牙近前，道：「姜師叔，大哥金吒好不容易把風林殺了，九龍島四聖如今只剩下一人，我料他張桂芳不敢再貿然出擊，他們必然修書朝歌，等朝廷派人來，到那時又是一陣苦戰。我們何不乘勝追擊，端了張桂芳的巢穴，然後收編了他們的部隊，這樣一來，便斷了他們的後路。」

金吒在一旁道：「姜師叔，我覺得三弟說得有道理，不能給他們喘息的機會。」

姜子牙聽從了兄弟二人的建議，沒有給張桂芳他們喘息的機會，次日，便點齊兵將出城，西岐大軍到張桂芳營帳不遠處紮營。

三軍吶喊，軍勢滔滔。

「張桂芳滾出來……」西岐將士異口同聲喊道。

營帳之內的張桂芳勃然大怒，道：「氣煞我也，這姜子牙欺人太甚，都打到門上來了，如果我再不應戰，豈不是被他看不起！」

張桂芳拿起兵器，集合兵馬，到了轅門外，面對姜子牙罵道：「反賊，你我皆為大商臣民，不思君恩，不思報國，今日竟然率兵反叛朝廷，我今天就是死也定要與你拚死一戰。」

說罷，張桂芳持槍縱馬便姜子牙衝殺而來。

黃天祥與張桂芳雙槍對壘，大戰三十回合也沒有見個高低。姜子牙有些不耐煩，遂傳令諸將道：「眾將士聽令，一起圍殺張桂芳！」

隨後，西岐將領伯達、伯適、季隨、毛公遂、周公旦、呂公望、南宮適、黃明、周紀等西岐將領幾乎是傾巢而出。

殺聲震天，他們一起衝向張桂芳，將張桂芳圍困。張桂芳面對蜂擁而至的西岐將領全無懼色，奮力抵擋，做最後的困獸之鬥。

李興霸見友軍將領蒙難，不肯袖手旁觀，影響自己的名聲，於是捨命衝出去，欲解救張桂芳。

李興霸騎著猙獰獸，手持方楞鐗衝了過來，勢要與西岐將領決一死戰。

見李興霸來勢洶洶，姜子牙忙道：「金吒，快去擋住李興霸，若遇到危險，我用打神鞭助你！」

哪吒主動請纓道：「師叔，大哥，李興霸不如交給我吧！我現在是蓮花化身，兵器、毒藥都傷不了我，讓我去吧！」

姜子牙猶豫片刻道：「哪吒說得有道理，以哪吒的法力是完全可以制服李興霸的！哪吒你去吧，你師父給你的法寶九龍神火罩也能滅他！」

「遵命。」哪吒登上飛火輪，飛了。

「哪吒小心啊。」金吒站在下面喊道。

哪吒蹬風火輪從天而降，用火尖槍擋住了李興霸的猙獰獸，哪吒道：「長鬚賊，眼下陣勢你難道還看不明白？你覺得今天張桂芳能活著離開嗎？我勸你呀趕快投降，這樣我還能求子牙師父饒恕你，若你再冥頑不靈，就不要怪我不客氣了！」

李興霸冷笑道：「又是你，哪吒，你的英明我早有耳聞，連東海龍王都讓你三分，我倒要看看你有什麼本事！」

李興霸騎著猙獰獸衝向哪吒，猙獰獸也能騰雲，李興霸舉鐧要打哪吒，哪吒衝李興霸噴了一道三昧真火，李興霸的長鬚頓時著火，忙用手滅火。就在他滅火的一瞬間，哪吒用火尖槍刺了過去，李興霸一閃，臂膀劃了一道口子。

李興霸見哪吒招招致命，隨即用盡全身功力打出了劈地珠，那珠子邪得緊，明明打出的是一顆珠子，但發出來卻成了成千上萬顆，不計其數，它們都是一顆顆火珠，像是在焚燒，只要是被劈地珠挨著的，擦著的，就會化為灰燼。

哪吒舞動混天綾，但混天綾挨著劈地珠，瞬間著了火，哪吒連忙收回了混天綾，並滅火。

李興霸大笑道：「哪吒，你以為只有你有三昧真火嗎？這劈地珠的火比三昧真火還要厲害三分，就連生鐵碰了它也要化為鐵水！」

「啊！」

哪吒轉身就逃，暗想自己是蓮花化身，雖說這毒氣、兵器都傷不了自己，但是一旦被比三昧真火還厲害的火燒著，恐怕骨頭架子都沒有了。

千萬顆劈地珠衝向哪吒，哪吒只有邊飛邊用火尖槍將他們擊落，可是擊落了又飛起來，怎麼也打不完，哪吒突然想起九龍神火罩。

李興霸見哪吒取出九龍神火罩，驚恐道：「九龍神火罩？」隨即收了劈地珠，見張桂芳脫身實難，便把猙獰獸的屁股一拍，猙獰獸立刻騰雲而去，李興霸逃了。

哪吒正要去追，姜子牙喊道：「哪吒師姪不用追了，窮寇莫追，先收拾了張桂芳！」哪吒這才折回來。

姜子牙對被圍困的張桂芳喊道：「張桂芳，李興霸已經逃走了，不要奢望有人來救你，你還是束手就擒吧，不要再做困獸之鬥了！」

張桂芳拚死突圍，他集中注意力，將圍困他的西岐士兵一連殺了數十人，槍尖的鮮血還在不斷地往地上滴。

張桂芳苦笑道：「反正今天是活不了了，殺一個夠本，殺兩個穩賺，我生是朝廷的人，豈會投靠爾等反賊！大王，臣生不能報大王，唯有一死以全臣節！」

張桂芳拔出腰間的寶劍，抹了脖子，倒在了血泊之中。

朝廷軍士見張桂芳已死，軍心渙散，一個個丟盔棄甲，四處逃竄。

「敵軍將士們，張桂芳已死，你們願意回家的可以回家，願意留下來的，就在原地等待，我們會安頓大家。」姜子牙喊道。

姜子牙處理好了戰場上的後續事務，便班師回城。

李興霸倉皇而逃，沒有去處，猙獰獸在一個山頭落下來。狼狽不堪的李興霸靠在一塊石頭上，歇了起來，他的眼神裡充滿了迷茫。

李興霸正要起身前往朝歌，突然一個道童經過，見狼狽的李興霸，上前見禮道：「道長有禮。不知道長為何這般模樣？」

李興霸嘆道：「我乃九龍島四聖李興霸，因在西岐襄助張桂芳對付姜子牙失利，此刻正在此處小歇。道童何往？」

道童一聽，臉色大變，趁李興霸不備，用捆仙索綁了李興霸。

李興霸急道：「仙童，你這是幹什麼？你我無冤無仇，為何要綁我？」

道童大笑道：「我乃九宮山白鶴洞普賢真人弟子木吒，我大哥和三弟都在姜子牙手下。我正奉師命下山，碰巧遇到你，真是踏破鐵鞋無覓處，得來全不費工夫。走吧，我帶你回西岐去，看師叔怎麼處置你！」

李興霸憤怒道：「你個混帳東西，快放開我，有本事你解開我，我們大戰一場，這樣我輸得心服口服！」

李興霸邊說邊掙扎。

「你不用掙扎了，這是捆仙索，你越掙扎越緊！你是九龍島四聖之一，法力高深，我能放你嗎？！」

木吒背著渾鐵棍，腰上配著吳鉤劍，牽著李興霸駕雲而去。

眼看著就要到西岐城，李興霸苦苦掙扎，道：「小賊，你快放了我！」

「不急，不急，西岐城馬上就到了，到了我自然放了你，至於子牙師叔放不放你，就是他的事情了！」

木吒道，繼續駕雲趕路。

姜子牙正在相府和諸將議事，這時木吒從天而降，降落到相府門口。相府守衛見木吒牽著李興霸到來，連忙跑進去稟報道：「丞相，府門外有個小道捆著李興霸上門求見丞相。」

姜子牙大吃一驚道：「一個小道竟有如此本事能拿獲李興霸！走，將軍們，隨我出府會會來人。」

眾將皆深感吃驚，也十分困惑，一個個面面相覷。

哪吒和金吒一同出了相府，當他們見到木吒，甚是欣喜。

「來人可是西岐丞相姜子牙？」木吒面對姜子牙拱手問道。

「正是，請問小道是？」姜子牙納悶道。

木吒連忙作揖道：「姜師叔，我乃九宮山白鶴洞普賢真人弟子木吒，奉師命前來西岐輔佐姜師叔，途中遇到此賊，他無意中說出身分，我用捆仙索將他縛來，還請師叔發落，這也是我給姜師叔的見面禮了。」

姜子牙看了看狼狽的李興霸，欣慰道：「很好，捉住了李興霸，九龍島四聖威脅就都解除了！」

「姜子牙，士可殺不可辱，你還是殺了我吧！呸！」李興霸像個無賴，竟然對姜子牙吐口水。

「我讓你罵！你從我手上逃脫，我今天就親手結果了你！師叔，你讓開！」哪吒推開了姜子牙，用乾坤圈砸在李興霸的天靈蓋上，李興霸當即腦漿迸裂而死，倒在了地上。

木吒這才收了捆仙索。

哪吒手段殘忍，凶狠，姜子牙都沒來得及反應，在場的所有人瞠目結舌。

姜子牙無奈地對哪吒道：「哪吒，這李興霸固然可恨，但你也不該用乾坤圈砸他腦袋呀，太殘忍了，腦漿都出來了，你還不如直接砍了他的腦袋。截教死了這麼多人，這通天教主遲早會秋後算帳的，我們不妨給自己留點餘地。」

木吒聽聞姜子牙叫哪吒，頓時眼淚翻滾，來到哪吒面前，問道：「你是我三弟哪吒？」

「你是二哥木吒？」哪吒激動道。

「對，二哥好久沒有見到你了，娘想你都想出病了。後來娘隨爹去了燃燈道人那裡。大哥呢？你見到大哥了嗎？」木吒迫不及待問道。

金吒從人群中走來，面對木吒擁抱道：「二弟，見到你我們太高興了，如今一家平安比什麼都好！」

武成王黃飛虎笑著走出來，面對姜子牙，又看了看李家三兄弟，道：「丞相，恭喜了，有了李家三兄弟的加入，朝歌覆滅之日不遠了！」

姜子牙來到三兄弟面前，笑道：「走，木吒，你一路舟車勞頓，隨我入府，今日我大擺宴席慶祝此次與張桂芳一戰大獲全勝。」

由姜子牙帶路，西岐將士們有說有笑地進了府。

第十章　初會二郎顯聖

聞太師本來對九龍島四聖抱有很大希望，但終究被元始天尊的徒子徒孫們一一剷除，四聖已入了封神臺。前方戰事吃緊，不能沒有主帥，張桂芳和風林已經犧牲，聞太師又派了魔家四將為先鋒，出戰西岐。這魔家四將原先是李靖的部下，自從李家被朝廷通緝，李家蒙難，這魔家四將也投靠了朝廷，這一次他們更是代表商朝揮師西岐。

經過數輪戰鬥，西岐未能取勝，金吒、木吒、哪吒念及魔家四將往日恩情，不願痛下殺手。此刻魔家四將又在城外叫罵不休，言語無禮，姜子牙與諸將在相府議事廳裡卻束手無策，焦頭爛額。

姜子牙感嘆道：「這西岐諸將中，能對付魔家四將的恐怕只有李家兄弟了，哪吒、金吒、木吒你們可願意出戰？」

金吒搖了搖頭，無奈道：「魔家四將是看著我們兄弟三人長大的，他們雖然投靠了朝廷，但也從未出賣我爹，人往高處走，水往低處流，若真取他們四人性命，反正我下不去手！」

姜子牙看了看哪吒和木吒，兄弟倆埋下頭。

姜子牙嘆道：「哎，武成王，就由你率領黃家將出戰魔家四將吧！我親自上城為你們擂鼓助威！」

「遵命。」黃飛虎甩了甩戰袍，正準備出府。

「報！」一個府兵跑了進來。

「什麼事？」姜子牙問道。

「稟丞相，門外有一位公子求見！」府兵道。

姜子牙納悶道：「公子？是何模樣？」

「氣宇軒昂，玉樹臨風，有三隻眼，銀甲銀盔，手裡握著三尖兩刃刀，腰間別著一把斧頭。」府兵描述道。

姜子牙甚喜，道：「是楊戩，真的是雪中送炭啊！快請他進來，這下有人出戰魔家四將了。」

府兵領命跑了出去，眾人翹首以待。

少時，一個身著銀甲銀盔，手持三尖兩刃刀，神采奕奕的粉面郎君走了進來，他的三隻眼睛炯炯有神。

楊戩認得姜子牙，直奔姜子牙面前，半跪拱手作揖道：「楊戩見過子牙師叔。師父命我下山襄助師叔，不知道城外陳兵者為何人？」

姜子牙扶起楊戩道：「師姪，你先起來，外面陳兵者是魔家四將，此四人法力高強，你來了可解我們的燃眉之急啊！」

武成王面對姜子牙問道：「丞相，這位公子是？」

姜子牙笑道：「他是玉泉山金霞洞玉鼎真人門下弟子楊戩，此番前來是奉玉鼎師兄之命。楊戩天生神力，法力高強，有他在魔家四將必敗！」

楊戩面對諸將作揖道：「楊戩見過諸位將軍，以後就與諸位將軍並肩作戰了！」

西岐諸將一一還禮。

哪吒跳出來，面對楊戩調皮道：「我聽師父說起過你，你叫楊戩，是天帝妹子和凡人所生之子，你的事蹟我聽說過，你劈山救母，孝心可嘉啊！」

楊戩有些難為情，面對哪吒問道：「你是何人？為何對我的事情如此了解？」

姜子牙走到楊戩面對，拍了拍他的肩膀，安撫道：「哪吒頑劣，但並無惡意，他是太乙真人的關門弟子，你們兩個要以師兄弟相稱！」

楊戩道：「原來是太乙師伯的弟子，失敬失敬。」

楊戩向哪吒作揖。

哪吒對楊戩似有幾分自來熟，彷彿一見如故，他拍了拍楊戩的肩膀，得意道：「我聽我師父太乙真人說起過你的故事，你是一個英雄，還聽說你法力高強，有機會我們比試比試。魔家四將於我們李家有恩，這一仗只有你代勞了！」

「好說。」楊戩客氣道。

姜子牙朝議事廳外士兵喊道：「來人呀，速速去了免戰牌，諸將隨楊戩出城，一起迎戰魔家四將。」

「唯。」士兵朝府外跑去。

面對姜子牙的免戰牌，魔家四將似乎束手無策。魔家四將在城外嚴陣以待，見士兵摘了免戰牌，魔家四將又疑慮重重，心想姜子牙定是有了應對之人。

突然，西岐城門大開，楊戩持三尖兩刃刀，胯下騎著白馬衝了出來；而哪吒踩著風火輪飛了過來，與楊戩一個在地，一個在天。

魔禮青見哪吒，喊道：「哪吒，這是兩軍交戰，是我們大人的事，你一個小孩就不要摻和了！」

哪吒道：「魔家四叔，你們是看著我長大的，如今兩軍交戰，各為其主，我不忍心傷你們，你們還是自行退去吧，如今紂王無道，你們難道要為了榮華富貴助紂為虐嗎？」

「既然如此，哪吒，我們各為其主，戰場之上生死不論，切莫對我兄弟四人手下留情，我們也不會對你手下留情的！」魔禮青態度堅決道。

魔禮青又看了看騎白馬的、威風八面的三眼將軍，問道：「你又是哪來的小將？」

楊戩不屑一顧道：「我乃是姜丞相師姪楊戩，你們竟然助紂為虐，那就不要怪我們手下不留情了！」

楊戩持三尖兩刃刀向魔禮青砍了去，魔家另外三將紛紛出戰，與楊戩大戰。突然，後方來了一隊運糧草的士兵，領頭的將軍叫馬成龍，胯下有赤兔馬，日行千里，見大路被混戰的將士所阻礙，於是大喝一聲，掄起大刀，騎著白馬，飛奔而來，與魔家四將展開大戰。

哪吒念及往日舊情，一直盤旋在空中，不忍出手。魔禮壽見馬成龍衝出來，兄弟四人陷入被動，於是取出花狐貂拋入空中，這花狐貂幻化成一頭白象，口像血盆，牙齒像鋒利的刀刃，吃人。西岐的很多將士都被這怪物吞噬，戰場上血流成河，將士們發出慘叫。這花狐貂甚是凶殘，一口就將馬成龍咬了半個身子，馬成龍當場斃命。

西岐將士見花狐貂運行速度極快，又凶狠殘忍，一個個驚魂未定，慌忙奔走。

楊戩震怒道：「原來是這怪物！看我不收了你！」

楊戩放下兩刃刀，正準備發功，卻遭到花狐貂的攻擊，來不及躲閃的楊戩，直接被花狐貂給吃了。

哪吒大驚，連忙飛回了相府，面奏姜子牙道：「丞相，楊戩被魔家四將的花狐貂吃了。」

「什麼？花狐貂？！」姜子牙大驚失色，一屁股坐了下來。

這花狐貂是狠角色，姜子牙是見識過的，當哪吒提起花狐貂，姜子牙毛骨悚然。

姜子牙慌忙道：「哪吒，傳令下去，鳴金收兵，不然我西岐諸將今日要被花狐貂吃個乾淨！」

哪吒代替姜子牙去了城上，下了收兵令，諸將士這才退入城去，將城門緊閉。

而魔家四將，初戰告捷，回到營地裡，把酒慶賀。

魔禮紅面對魔禮青道：「大哥，楊戩我聽過，此人是玉鼎真人的弟子，是天帝的外甥，是天帝妹妹和凡人所生，一出世就是個三眼魔童，法力無邊，想不到今天會栽在大哥的花狐貂手上。大哥，你這花狐貂這麼厲害，索性我們把牠放進西岐城中，吃了姜子牙，吞了姬發，可不大事定了嘛，我們還賣什麼命？！」

魔禮海道：「二哥，你這如意算盤打得不錯啊，但我想姜子牙肯定回去後會有所準備，你的計策怕是不行了！」

不過，魔禮青倒認為可行，道：「我倒認為此計可行！」

魔禮壽和魔禮海面面相覷，一臉詫異。

魔禮青取出豹皮囊，花狐貂從裡面跑出來，魔禮青對著花狐貂，用手指摸了摸牠的鼻子，道：「寶貝，只要你能吃了姜子牙和姬發，我算你大功一件，你回來要吃什麼，我都讓你吃！」

花狐貂像一道閃電，一下子就跳出了窗戶，然後飛簷走壁。縱然是漆黑的夜晚，牠也來去自如，長著一雙發亮的眼睛。

楊戩是人和神結合生下來的後代，是花狐貂所消化不了的，正好天氣有些冷，他在花狐貂的肚子裡過冬罷了，聽說魔家四將指使花狐貂潛入西岐城中要咬死姜子牙和姬發，楊戩想這還得了，便用三尖兩刃刀在花狐貂的肚子裡亂捅，花狐貂忍受不了劇痛，從夜空中落了下來。

楊戩發功，撐爆了花狐貂，花狐貂被楊戩撕成了碎塊。

此時已到了子夜時分，楊戩現了形，來到了西岐的相府，楊戩吩咐相府守衛擊響了相府門口的大鼓。

姜子牙還在議事廳與哪吒、金吒、木吒、黃飛虎等人商議如何對付魔家四將時，忽聞鼓聲，便中斷了與眾人的談話。

「報……楊戩將軍回來了。」相府守衛率先來報。

楊戩緊跟其後，大笑道：「丞相，我已經替大家除了這花狐貂，我軍再也不用怕了。」

楊戩活生生站在眾人面前，諸將深感詫異。姜子牙上前摸了摸楊戩的臂膀，道：「師姪，你不是被花狐貂吃了嘛，我們親眼所見，你是如何脫身的？」

哪吒欣喜道：「楊戩，你能回來，我們太高興了！」

楊戩再次發笑，道：「小小畜生豈能吃我？我乃是人和神的後代，又在玉鼎真人門下修煉多年，如果連這小小畜生都對付不了，我豈不是辱沒了家師的名聲！」

姜子牙欣慰道：「你回來就好，回來我們都放心了，只是你剛才說你除了花狐貂是怎麼回事？」

「這幾日天氣有些寒冷，我既然被花狐貂吃了，牠的肚子裡甚是暖和，我本想在裡面多住幾日，哪知今晚魔家四將商量，要放出花狐貂潛入西岐城中，把師叔還有姬發主公通通吃掉，我哪能讓他們得逞，就在花狐貂前往西岐城的路上，我在牠肚子裡發功，將這怪物震得粉碎，所以我說西岐將士們不用再擔心了。」楊戩揚揚得意道。

金吒在一旁聽了，忍不住厲聲道：「好個魔家四叔，手段也真是殘忍，這如意算盤也打得太好了吧！」

姜子牙面對楊戩道：「此戰，你楊戩當居頭功啊！」

楊戩道：「師叔，諸位將軍稍後，楊戩再回去會會這魔家四將！」

「你已經殺死了他們的花狐貂，如今怎麼回去？」姜子牙納悶道。

楊戩得意道：「師叔，楊戩有七十二變，能變花鳥蟲魚，這變個花狐貂算什麼大事！」

說罷，楊戩搖身一變，變成了花狐貂，在屋子裡上竄下跳，一朝被蛇咬十年怕井繩，眾人都以為是花狐貂又來了，一個個嚇得紛紛躲閃，直到楊戩現了本相。

姜子牙叫絕道：「妙！妙！太妙了！楊戩你去吧，千萬小心！」

楊戩正在走，被金吒叫住了，道：「楊戩，魔家四叔曾有恩於我們家，雖然一時誤入歧途，但也情有可原，請你莫要傷他們性命，請帶回城中交給姜丞相處置！」

楊戩點頭道：「請放心，既然說了，我就不會傷害他們！」

哪吒道：「楊戩，你自己也要小心，我那魔家四叔也不是浪得虛名，他們雖然武功平常，但是他們手中的四件法器都是厲害之物，除了花狐貂，玉琵琶、混元傘的威力你還沒有領教過呢！當心點！」

「放心吧。」楊戩搖身一變消失得無影無蹤。

哪吒羨慕道：「我要是能像楊戩那樣，變蒼蠅、蚊子什麼都可以，那就好了。」

眾人聽後，鬨然大笑。

楊戩變成花狐貂的樣子，落在了魔家四將的帳前，魔禮壽得意道：「寶貝回來了。」用手接住了花狐貂，仔細觀察花狐貂的牙齒，並不見牠牙齒上有半點血跡，有些疑慮，拍打著花狐貂的腦袋道：「不是讓你去吃姜子牙和姬發嘛，你到底吃了沒有？！」

魔禮壽已經喝得醉醺醺的，魔禮青道：「牠肯定是吃了，可能是撐著了，不管牠，快來喝酒。」

魔禮壽把花狐貂放在一邊就喝酒去了，魔家四將喝得爛醉如泥，倒頭睡了。

到了四更天，魔家四將已經完全熟睡，還在打呼嚕，周圍鴉雀無聲，安靜得可怕，就連哨兵都挨不住，睡著了。

楊戩便從豹皮囊中鑽了出來，現了本相。見魔家四將的四件法器就掛在牆上，楊戩用手去取，楊戩拿混元傘的時候，其他三件法器掉到了地上，擲地有聲，楊戩只得到了混元傘。

魔禮紅從夢中醒來，看到三件法器掉到了地上，便半閉著眼睛將他們都掛好，絲毫沒有覺察到混元傘不見了，便又倒下睡覺。

楊戩攜帶混元傘回到了姜子牙府上，眾人並未散去，他們都在等楊戩的消息。

見楊戩回來，姜子牙和諸將高興地來到大門口迎接，楊戩雙手捧著混元傘獻給姜子牙道：「師叔，我只盜得這件傘。」

姜子牙正要去接，哪吒搶過來一看，道：「果然是混元傘，沒有這混元傘，魔禮紅要吃虧了！」

次日清晨，魔家四將從睡夢中醒來，各取法器。魔禮紅大驚叫道：「我的混元傘不見了。」

魔禮青道：「我軍大營，軍紀嚴明，戒備森嚴，連只蒼蠅都飛不進來，如何會失了混元傘？！」

四將疑慮重重，魔禮紅道：「我屢立奇功，全憑這混元傘的威力，如今不見了，我怎麼能禦敵呢？如同老虎沒了牙齒！」

四將悶悶不樂。

就在四將焦頭爛額的時候，一個士兵突然進帳，來報道：「將軍，有人在轅門外向我軍挑戰，請將軍示下！」

四將一聽，也顧不得思前想後，連忙整頓兵馬，出營會戰，見一將騎著玉麒麟而來。

魔禮青見小將，喊道：「來者何人？」

黃天化道：「我乃武成王黃飛虎之子黃天化，奉丞相將令特來擒你們！」

魔禮青惱羞成怒，提槍便衝向黃天化，氣勢洶洶，勢不可擋。黃天化騎著玉麒麟，使著雙錘，與黃天化展開大戰。

黃天化與魔禮青大戰不及二十回合，魔禮青拿出白玉金剛鐲，一道白光，打落下來，正中黃天化的後背。

跌下馬的黃天化，髮冠脫落，頭髮已亂，魔禮青正要取他首級，突然被哪吒火尖槍擋了回去，魔禮青未能得手。

哪吒蹬風火輪而來，喊道：「魔家大伯，請留住黃天化性命！」

魔禮青道：「哪吒，你小小年紀，不應該蹚這趟渾水，回山裡修行去吧，這打仗可不是鬧著玩的！」

哪吒堅決道：「魔家四位長輩，如果你們執意攻打西岐，就不要怪姪兒手下不留情了！」

哪吒提槍衝上去，與魔禮青雙槍並舉，戰了幾個回合，哪吒槍法如神，加之火尖槍乃神器，魔禮青始終在下風。

魔禮青戰不過哪吒，便又以白玉金剛鐲對付哪吒，哪吒以乾坤圈相迎，兩圈相碰，白玉金剛鐲被擊得粉碎。

魔禮青和魔禮紅異口同聲道：「好你個哪吒，竟敢毀我寶貝！」

魔禮青、魔禮紅、魔禮壽和魔禮海，各執法器，準備一起對付哪吒，哪吒念及親情，又擔心魚死網破，於是便背上黃天化，蹬上風火輪，往西岐城去了。

魔家四將，賠了夫人又折兵，當然不高興。

魔禮青進了帳，一屁股坐了下來，一拳重重地砸在桌案上，憤怒道：「這個哪吒，不好好待在他師父那裡，偏偏要下山來輔佐姜子牙，擋住我們兄弟升官發財的路。念及親情，我始終沒有對他下死手！先是丟了花狐貂，現在也毀了金剛鐲，可恨！」

魔禮紅嘆道：「哎，大哥，你們難道都沒有看出來，其實哪吒這孩子有情有義嗎？他也沒有對我等痛下殺手啊！他手裡有火尖槍，有乾坤圈，有混天綾，可能還有法寶沒有使出來呢，任何一件法寶都可能要我們的命！你們可曾還記得東海龍王？我們四人的法力比較東海龍王如何？他不是都被哪吒變成蛇了嗎？！」

「二哥說得有道理啊，我也看出來了，哪吒沒有對我們用全力，金吒和木吒還沒有出面。」魔禮壽感慨道。

魔禮青斬釘截鐵道：「你們不要為了這點小恩小惠就心慈手軟，我們出來是建功立業的，難道一輩子跟李靖在陳塘關混？他現在自己也混不下去了，都投靠燃燈道人學法去了！」

魔禮海看著三人，咬緊牙關道：「對，成大事者就不能婦人之仁，下次見了哪吒我照樣不會手下留情。」

哪吒馱著黃天化回到了西岐相府，黃飛虎及其諸將正在議事廳裡和姜子牙議事，哪吒喊道：「丞相，武成王，你們快出來呀，天化出事了！」

黃飛虎一聽，臉色煞白，拔腿就跑了出來。

哪吒把黃天化背到了大廳的太師椅上放下來。黃天化雙目緊閉，靠在太師椅上紋絲不動，黃飛虎走過去，推了推黃天化，此刻黃天化身體已經拔涼拔涼。

黃飛虎激動地喊道：「天化，你快醒醒！」

見黃天化已經涼透了，黃飛虎面對哪吒激動道：「他是怎麼死的？天化的武藝高強，魔家四將的武功應該不會這麼輕易傷到他，哪吒，告訴我到底怎麼回事？」

哪吒道：「天化與魔禮青大戰，魔禮青的武藝不及天化，落了下風。誰知魔禮青還有一件法寶白玉金剛鐲，趁天化不備，從天化身後重傷他，天化當場口吐鮮血，從玉麒麟上摔了下來。若不是我拚命抵擋，奪下天化，恐怕天化的腦袋都被魔禮青砍下來了！我把天化背回來，看看姜師叔有沒有好辦法救活他！」

黃飛虎痛徹心腑，他強忍住悲痛，眼淚在他的眼睛裡打滾，他拍著自己的胸脯喊道：「天化，我的兒啊！」

眾人對黃飛虎深感同情，而姜子牙也束手無策。

就在這個時候，一個道童從天而降，來到姜子牙面前，作揖道：「姜師叔，我是紫陽洞道德真君的弟子，師父算出天化師兄有難，特來背師兄回山。」

姜子牙面對黃飛虎，大喜道：「武成王，道德真君是我的師兄，也是天化的師父，他法力高強，妙手回春，定有醫治天化的方法，讓天化起死回生，你就不要傷心了。」
黃飛虎平復了一下悲傷情緒，面對道童作揖道：「仙童，有勞了，見到真君替我謝謝他，他是我父子的恩人。」
道童回了禮，便背起黃天化，來到相府門口，腳一跺，便登上了雲端，幻化而去。
黃天化一死，哪吒、金吒、木吒和楊戩，他們都不能再容忍魔家四將，黃飛虎對他們更是仇深似海。
黃飛虎面對李家三兄弟道：「李家三兄弟，魔家四將於你們有恩我管不著，但是他們今天打死了我兒黃天化，這口氣我嚥不下去。」
黃飛虎轉身面對姜子牙道：「丞相，我要替我兒報仇，請允許我出戰魔家四將。」
黃飛虎態度決絕，眼神裡充滿了仇恨，姜子牙深感同情道：「武成王，喪子之痛，我完全可以理解。魔家四將既然已經打死了黃天化，想必他們此刻已經做好了應對的準備，就是防止我們的人前往偷襲，說不定已經在附近埋伏下來。現在你眼睛裡都是憤怒，憤怒會讓人喪失理智的！楊戩不是會變化之術嘛，只要他變成花狐貂潛入進去，先探聽虛實，做好內應，我們再出手也不遲啊！」
楊戩上前道：「是呀，武成王，丞相說得對，敵暗我明，你過去就等於自投羅網，我還是變成花狐貂的樣子潛入過去，看看他們在幹什麼。」
哪吒道：「楊戩，魔家這四位長輩武功平平，平日裡就靠著他們的四件法器耀武揚威，如今混元傘已經被楊戩盜得，花狐貂已毀，如果再把青鋒寶劍、碧玉琵琶盜了，那他們就是沒有爪牙的老虎。」

黃飛虎道：「此計甚妙，那魔家四將還不任我們宰割！」

姜子牙點了點頭，道：「楊戩，你多加小心。」

楊戩搖身一變，消失得無影無蹤。

魔禮青正在校場上操練兵馬，將士們擲地有聲。魔禮壽愁眉苦臉地走向魔禮青，魔禮青見魔禮壽，忙靠著一塊石頭坐了下來。

魔禮壽見魔禮青道：「大哥，花狐貂不知去哪兒了，到處都找不到。」

魔禮青道：「花狐貂是靈獸，是不是你罵牠，牠生氣離家出走了？」

「我沒有罵牠呀，再說我是主人，罵牠幾句怎麼了，等這畜生回來看我不收拾牠。」魔禮壽抱怨道。

這時，楊戩變化的花狐貂聽到了他們的談話，便走到了魔禮壽面前。魔禮壽見花狐貂便要用腳去踹牠，剛起腳，又不忍踩，把牠抱起來，用手輕輕拍打他的腦袋，道：「你這畜生跑哪裡去了？讓我一陣好找，今天又去哪裡吃人了？我不是讓你潛入西岐城吃姜子牙嗎？你怎麼不去？！」

魔禮壽邊問邊拍打花狐貂，楊戩忍受不了，從魔禮壽的懷裡跳了出來。

魔禮壽吼道：「你不許亂跑啊，我們殺了武成王黃飛虎的兒子黃天化，黃飛虎可能隨時都會來我們這裡偷襲，到時候你跑了，我們上哪裡去找？！」

楊戩就圍著他們打轉。

這時候，魔禮紅也來了，面對魔禮青，他心急如焚道：「大哥，我的混元傘找不到了，我和魔禮海在軍營裡到處都找遍了，士兵也都一一排查，就是找不到。如果沒有了混元傘，姜子牙打過來，我們該如何應付？」

面對一籌莫展的魔禮紅，魔禮青思慮片刻道：「你是聰明一世糊塗一時啊，這混元傘是你的貼身法器，是識得主人的，你找到它還不容易嘛？你先算算它在哪裡，然後唸動咒語，它不就回來了嗎？」

魔禮紅恍然大悟，拍了拍自己的額頭，道：「我真笨，我怎麼沒有想到！」

魔禮紅雙目緊閉，掐指一算，立刻算出來，大喜道：「大哥，我的混元傘竟然在姜子牙的府上，待我召回它！」

魔禮紅唸動咒語，混元傘掙脫了束縛它的鐵鏈，衝破姜子牙相府的窗戶紙，飛到了魔禮紅手中。

魔禮壽問道：「算得出來這混元傘是怎麼到姜子牙手上的嗎？」

魔禮紅道：「我與混元傘早已經人傘合一，自然能尋到它的蹤跡，但是誰偷走的，這個我倒算不出來！」

魔禮青自滿道：「好在我們幾兄弟都已經練到人傘合一，人劍合一的境界，是沒有人能偷走我們的法寶的！」

楊戩所變的花狐貂在一旁聽得真真的，本來想等到晚上他們都睡著了再偷他們的法器，但現在看來是不行了，聽他們這麼一說，即便是偷走魔家四將的法器，他們也可以找回來，只有拚死一戰。

魔禮壽道：「大哥，二哥，黃飛虎的兒子黃天化死在我們兄弟手裡，黃飛虎一定不會善罷甘休。硬碰硬，黃飛虎肯定不會是我兄弟四人的對手，但是他們要是偷襲，或者李家三兄弟幫忙，那我們可就要小心了。我有一計，我們想辦法放出風去，就說大哥被黃天化所傷，我軍大營已經亂作一鍋粥，我們先埋伏好，在營帳四周埋下燃油，等姜子牙的人到來，我們再一起射出火箭，定叫他姜子牙來得去不得！」

「妙，我認為此計可行。」魔禮青道。

楊戩變得花狐貂趁他們不注意，溜了，他回到了西岐城姜子牙府。

姜子牙正在府上的院子裡研究八卦陣，死盯著八卦陣看，也不知道他在想什麼，一隻手捋著鬍鬚，哪吒在旁邊觀看。

楊戩突然出現在姜子牙面前，哪吒倒是被嚇了一跳，調侃道：「你這變化之術太神奇了，真的是來無影去無蹤，可惜我不會啊。」

「哪吒，我今天不跟你貧嘴，我找姜師叔有緊急軍情！」楊戩急道。

姜子牙面對楊戩道：「楊戩，你去魔家四將軍營打探得怎麼樣了？」

「丞相，我變成花狐貂的樣子才聽到了他們的談話。魔禮壽建議魔禮青裝病，散布消息稱魔禮青被黃天化所傷，誘騙我軍深入。他們在營帳四周埋下了燃油，只要我軍進入他們就射出火箭點燃燃油，讓我軍葬身火海！」楊戩道。

姜子牙面對哪吒和楊戩問道：「那我們是去還是不去呢？人家都算準我們要去偷襲！」

楊戩斬釘截鐵道：「去，為何不去。師叔，我變成花狐貂的樣子已經打聽到他們的糧草所在了，所謂兵馬未動糧草先行，我們只要一把火燒了他們的糧食，他們沒有吃的，自然就退兵了！」

武成王黃飛虎聽到了他們的談話，走了過來，道：「我們來一個聲東擊西，我們假裝去襲營，到時候戰事一起，他們所有兵力都來對付我們，而我們趁此時機燒他們的糧草！」

姜子牙思慮再三，仍然有些猶豫，道：「我總覺得哪裡不對，應該好好籌謀籌謀，我總覺得這裡面還有我們看不到的！」

楊戩恍然大悟道：「對了，我忘記告訴你們了，我這次去敵營，本來是去偷去他們的法器的，但是被我們用鐵鏈綁在府上的混元傘都被魔禮紅收回去了！魔家四將真的神通廣大，他們已經練到和自己的法器心意相通的地步，不僅算出法器在哪裡，而且唸動咒語就能讓法器回到自己手上，那我去偷還有什麼意義呢？看來我們和魔家四將注定是生死一戰！」

姜子牙大吃一驚，道：「哦，他們果真如此厲害？！」

「丞相，既然魔家四將已經布下詭計，那我們就將計就計，殺他們一個出其不意！」黃飛虎急不可耐道。

「是呀，師叔，不可再猶豫了！」楊戩催促道。

「讓我好好想想！」姜子牙背著手走進了屋子。

眾人也跟了過去。姜子牙坐在太師椅上，眉頭緊鎖，時不時又站起來，在屋子裡徘徊。

「姜師叔，我知道你在擔心什麼，你在想這會不會是魔家四將的圈套，等著我們上鉤。不妨事，這一次我們是假裝中計，是去偷襲的，明知道魔家四將已經在營帳四周埋下燃油，伏下重兵，我們既然選擇自投羅網又怎麼會派真的將士去犧牲呢……」楊戩道。

姜子牙茅塞頓開，道：「你說下去……」

「楊戩會七十二般變化，花鳥蟲魚，豺狼虎豹，什麼都能變。魔家四將既然已經埋伏好，等我們上鉤，那麼我就變一個分身，然後再撒豆成兵，變作千軍萬馬，另外再變一個武成王，還有姜師叔，以及哪吒、金吒、木吒、龍鬚虎等將軍的樣子。魔家四將見我們都到齊了，定然調集重兵全力圍攻我們，燒殺我們，此時他們的糧草大營必然守衛空虛。他們也萬萬想不到，我們會去燒他們的糧草，這就是聲東擊西。如果沒有糧食，他們的將士是支撐不了幾天的，只能乖乖回到朝歌。」楊戩胸有成竹道。

黃飛虎道：「妙啊，此計太妙了，如此一來，我們沒有損失一兵一卒，即便發現這是個圈套，他們也拿我們沒辦法！只是這燒他們糧草的事情派誰去好呢？」

木吒道：「姜丞相，讓我去吧。」

姜子牙有些顧慮，猶豫不決。

哪吒主動請纓道：「師叔，讓我去吧，我是蓮花化身，煙燻火燎對我沒用，我百毒不侵，刀槍不入，無魂無魄，混元傘、玉琵琶都是傷不了我的！我燒了他們的糧草就返回西岐城，這件事情就讓我和楊戩去辦吧，你們在府上等我們的消息！」

夜已經深了，魔家四將的營帳外戒備鬆懈，巡夜的士兵也三五成群地圍在一起喝酒閒聊，看門的士兵犯睏，打盹兒。這些都是魔家四將有意安排的。

楊戩變了近千名士兵，還變了黃飛虎、姜子牙以及龍鬚虎、金吒、木吒、哪吒等人的樣子，由楊戩的分身帶路，齊頭並進地朝著魔家四將的大營而去。

楊戩的分身對看門的士兵使了法術，讓他們昏死過去，楊戩分身以及所變化諸人一路暢通無阻，直通魔家四將營帳。楊戩分身掀開營帳，見裡面沒人，突然，外圍傳來喊殺聲，魔家四將現身出來，他們各自拿著法器，距離楊戩分身差不多有數百丈遠，站在烽火臺上，居高臨下。

魔禮青大笑道：「楊戩、姜子牙、黃飛虎、李家三兄弟，魔家四位叔叔對不起你們了，我們各為其主。來人呀，給我放箭！」

早已埋伏在四周的敵軍將士，萬箭齊發。火箭像下雨一樣，落在了他們的面前，頓時現場成了一片火海。火勢熊熊，很快就將營帳四周都燒起來了。魔禮海連忙彈奏碧玉琵琶，魔音環繞。

但是西岐軍士並沒有潰敗逃跑的意思，也沒有被烈火焚燒的痛苦感，沒有廝殺聲，沒有救命聲。楊戩、姜子牙、黃飛虎以及西岐士兵頃刻間消失得無影無蹤，地上只有被燒焦的豆子。

楊戩隔空傳音，大笑道：「魔家兄弟，此乃幻術，你看到的楊戩只是我的分身；姜丞相、武成王、龍鬚虎、李家三兄弟，都是我用幻術變出來的；你們的花狐貂也已經被我殺死了，你們看到的花狐貂是我楊戩變的。我偷聽到你們的談話，我們就將計就計，其實我們此行真正的目的是燒你們的糧草大營，你們快看，那邊的大火把天空都照亮了，還不快去救火？！」

三五個商軍跑來急報道：「四位將軍，我們的糧草被燒光了，你們快去看看吧！」

魔禮青震怒道：「是誰？！哪個挨千刀的？！」

魔家四將紛紛從烽火臺上跳了下來，魔禮青揑著一個士兵的衣領道：「快告訴我，誰幹的？！」

「我們不認識，只記得是個蹬火輪的，拿著一桿金槍，穿著像荷花一樣的衣服，放了火就飛了，飛得很快，我們發現時大火已經將整個糧倉都燒起來了！」士兵激動不已道。

魔禮青一刀劈了那士兵，道：「護糧不力，該殺！」

魔家四將慌慌張張趕到糧草大營，這裡已經被燒成灰燼，地上滿是被燒焦的小麥和米粒。

魔禮青拔出寶劍，指天立誓道：「姜子牙，我一定要宰了你！」

魔禮紅憤怒道：「我們兄弟四人今晚就不要睡了，好好想想明日如何進攻西岐！西岐就算是銅牆鐵壁我們也要打下來，不然我們沒法面對聞太師，在大王面前也沒有了立足之地！」

魔禮海道：「大哥，二哥說得對，我們現在就回去好好籌劃一下！」

說罷，四兄弟氣勢洶洶地朝著自己的營帳走去。

楊戩和哪吒完成使命，回到西岐城，來到相府姜子牙處覆命。姜子牙沒有睡，一直在房間掌燈看書簡。

其他將軍犯睏，都回去睡了。

楊戩和哪吒敲響了姜子牙的房門，姜子牙放下書簡，親自開門，看到哪吒和楊戩平安回來，鬆了一口氣，道：「你們平安回來就好，不等你們回來，我怎麼能安心睡覺？」

楊戩笑道：「師叔，魔家四將知道他們燒的是我們的化身，是幻術，氣得吹鼻子瞪眼。那叫一個過癮！」

姜子牙又看了看哪吒，哪吒得意道：「姜師叔，我腳踏風火輪，一揮火尖槍，用三昧真火將四位叔叔的糧草燒了個徹底！」

姜子牙卻高興不起來，憂心忡忡道：「如今他們沒有了糧草，斷了糧，肯定又不好意思向聞仲要，恐怕他們明天要拚死攻城。如果我所料沒錯，明天會是一場生死之戰！我現在最擔心的是你們李家三兄弟為了舊情手下留情，尤其是金吒和木吒！」

姜子牙面對哪吒憂心忡忡。

哪吒鐵了心道：「師叔，魔家四叔助紂為虐，我只能割袍斷義，與他們恩斷義絕，明天戰場上相遇，我絕對不會手下留情！」

姜子牙道：「但願吧。天色已晚，哪吒你是蓮花化身不用睡覺，但是我要休息了，你們都回去吧。」楊戩和哪吒這才雙雙告退。

魔家四將這次吃了虧，氣憤難消，黎明時分，就開始整頓兵馬。天大亮，魔家四將率領朝廷的大軍，兵臨西岐城下，與西岐大軍對峙。從城上望過去，黑壓壓一片，不知有多少人，一眼望不到頭。

魔禮青騎著紅鬃烈馬，劍指姜子牙道：「姜子牙，你燒我糧草，害得我軍將士餓著肚皮作戰，我實難與你罷休，姜子牙拿命來！」

魔禮青持青雲劍衝了過去，黃飛虎騎著五彩神牛，手拿金槍擋住了魔禮青，道：「魔禮青，你們傷我兒黃天化，我兒現在還生死不明，我要讓你償命！」

黃飛虎與魔禮青展開了大戰，黃飛虎的幾次進攻，都被魔禮青化解。魔禮青的青雲劍劍氣能劈石斷金，無堅不摧，雖然隔著黃飛虎一丈遠，也能傷他於無形。

黃飛虎被魔禮青的劍氣所傷，從神牛上摔了下來。魔禮青欲傷黃飛虎性命，但五彩神牛衝魔禮青噴了惡臭之氣，魔禮青這才退了回去。

楊戩手握三尖兩刃刀衝過去，擋住了魔禮青的殺招。魔禮青憤怒道：「好一個楊戩，你竟敢夥同哪吒燒我糧草，還殺我花狐貂，看槍！」

魔禮青收起了青雲劍，拿出虎頭槍進攻楊戩。魔禮青的槍法已經練到了出神入化的地步，在招式上處處壓制楊戩，處於上風。楊戩不敵，額頭上的第三隻眼突然睜開，發出白光，那光甚是晃眼，魔禮青被強光所傷，雙目已瞎，戰甲也被強光燒黑。

魔禮青瞎了雙目，頓時心急如焚，恐慌不已，提槍亂舞。

「楊戩，還我眼睛！」魔禮青憤怒道。

楊戩舉起三尖兩刃刀朝著魔禮青砍去，金吒急忙喊道：「楊將軍住手！留他性命！」

楊戩的臂力如同千斤墜石，這一刀下去，哪裡收得回來。魔禮青被砍了腦袋，鮮血噴了出來，當場斃命。

「大哥！」魔禮壽、魔禮紅、魔禮海異口同聲喊道。

魔禮海震怒道：「楊戩，姜子牙，還我大哥命來！」

魔禮海拿起碧玉琵琶就彈起來，那聲音詭異得很，西岐將士聽了這魔音，都血管爆裂，七竅流血而死。

「大家捂住耳朵，千萬不要聽這琴音！」姜子牙回頭對將士們喊道。

這一回頭，姜子牙才發現，士兵們已經死了一大片，屍橫遍野，慘叫聲響徹天空。只有少數幾個有修為的將軍，龍鬚虎、楊戩、金吒、木吒、黃飛虎等人才能運功調息，避免被魔音所傷。

這魔音尚未消停，魔禮紅又丟擲混元傘。魔禮紅發功，混元傘在天上快速旋轉，傘下發出千萬把小刀，射向西岐諸多將士，西岐大軍再次受到重創。將士們被魔音和刀雨雙重攻擊，沒有人招架得住，又是死傷一片，哀嚎遍野。

有法力的將軍們只能自保，無法對魔家兄弟發起進攻，姜子牙喊道：「將士們，快退回城中。」

西岐士兵一邊抵擋刀雨的進攻，一邊退回城中。

哪吒是蓮花化身，刀雨和魔音對他都沒有影響。他舞動混天綾，這些刀雨都被擋了回去，刀雨衝魔家將士而去。

魔禮海深感詫異，對哪吒喊道：「大姪子，我這碧玉琵琶發出的音，無論神、妖、人都無法倖免，為何你卻毫髮無傷？！」

哪吒道：「海叔，你大概忘了我是蓮花化身，刀雨如何傷得了我？琴音又如何傷得了我？我非人非神非妖，已在三界之外，不在五行之中。如今青叔已死，我勸三位叔叔回頭是岸，你們不是我和楊戩的對手，以免再丟了性命！」

魔禮海大笑道：「我們兄弟四人從來沒有分開過，如今大哥死了，我們三人豈能苟活於世！我們解決了姜子牙，就下去陪大哥！」

西岐將士被魔禮海的魔音折磨得生不如死，全身如針扎一般痛苦，有些甚至在地上打滾。西岐諸將也在運功調理中，無法對魔家將士發起攻擊。

魔禮壽喊道：「眾將士聽令，給我殺！殺了姜子牙，回到朝歌大王重重有賞！為大王盡忠的時候到了！」

敵軍將士如洪水猛獸一般，衝向西岐將士，對沒有還手餘地的西岐將士進行了大肆屠殺，殺聲震天，血流成河，哀嚎遍野，屍體堆積如山。

姜子牙衝哪吒喊道：「哪吒，我等均受這魔音和混元傘所控，全身疼痛，動彈不得，無法進攻，只有你是蓮花之身，不受法寶制衡。你快接我的打神鞭，今天必須得除了魔家兄弟，否則伐商大業難成。接著！」

姜子牙從腰間取下打神鞭，給哪吒拋了出去。

哪吒接住打神鞭，蹬上風火輪，來到天上，對著混元傘的頂部就是奮力一擊。混元傘受到重創，被擊得粉碎，傘枝隨之掉了下來。

魔禮紅連滾帶爬地來撿自己的傘，他撿起一根傘枝，激動道：「當年師父贈我混元傘，說傘在人在，傘毀人亡，如今我大限到了。」

魔禮紅撿起地上散落的刀劍，抹了自己的脖子。

哪吒來不及制止。魔禮海見魔禮紅自刎，激動之下丟了碧玉琵琶，來到魔禮紅面前，抱起魔禮紅的屍體，肝腸寸斷，大喊道：「二哥，你怎麼也走了！」

魔禮壽沒有了花狐貂，也就是一隻沒有牙齒的老虎，沒有能力再做掙扎，楊戩很快將他制服，並把魔禮海和魔禮壽押到姜子牙面前。

哪吒把打神鞭歸還給姜子牙，姜子牙面對魔禮海和魔禮壽，憤怒道：「如今大商氣數已盡，你們為了榮華富貴，偏偏要助紂為虐，弄得血流成河，又有多少家庭家破人亡，看我不用打神鞭打死你們！」

姜子牙將打神鞭高高舉起，金吒、木吒、哪吒連忙制止道：「師叔，手下留情啊，魔家四位叔叔如今只剩兩位了，饒了他們吧？！」

姜子牙深感為難。

魔禮海大笑道：「李家三兄弟，如果姜子牙不是有元始天尊賜給他的打神鞭，他又如何是我兄弟四人的對手？我們今天敗局已定，李家三兄弟，魔家四位叔伯對不起你們，也對不起你們的爹娘，在他們需要幫助時，我們離開了他們，魔家四將不需要同情。」

魔禮海面對魔禮壽點了點頭，拔刀自刎，倒在了血泊之中。

魔家四將皆滅，他們身後從朝歌帶來的將士們亂作一團，軍心渙散，紛紛丟盔棄甲，四處逃竄。

姜子牙面對朝歌將士大喊道：「你們的主將已死，你們不要再做無謂的掙扎，願意留下來和我們一起起兵朝歌的，我們歡迎，願意回家的，我們也絕不為難大家！但是誰再冥頑不靈，魔家四將的下場就是你們的下場！」

魔家四將留下的人馬，一部分走了，一部分留了下來編入了西岐的起義軍。

第十一章　岐山鏖戰狼妖

入夜已至三更，姜子牙屋裡的油燈依然亮著。姜子牙披著厚厚的虎皮大衣，在油燈下挑燈夜讀書簡，全神貫注。忽然，三分鐘熱風颳開了窗戶，差點吹滅了油燈，姜子牙用袖筒遮擋著。外面的風呼呼地颳，姜子牙打了個寒顫，將虎皮大衣往上提了提，又站起來護住油燈，走向窗口準備去關窗戶。

風很大，將窗戶來回搧動，外面發出「咯吱」一聲巨響，姜子牙知道是樹被颳斷了。這風颳得厲害，狂風怒吼，飛沙走石，姜子牙將手伸了出去，很快袖子就白了。大雪紛紛揚揚，大片大片的雪花掉在他的袖子上，姜子牙再次打了個寒顫，便迅速把窗戶關上。

姜子牙感慨道：「想不到又入冬了，這雪下得真大啊！魔家四將已死，怕是這聞太師要親自出馬了吧！」

姜子牙嘆了一聲，擺了擺頭，轉過身，朝床榻走去。他將油燈放在桌案上，脫了大衣掛起來，吹了燈便倒頭睡下。風颳了一夜，雪下了一夜。

天已大亮，哪吒聽見屋外傳出噼噼啪啪的聲音，像是有人在練武。哪吒推開門一看，正是楊戩在院子裡練武。一夜風雪，相府被白茫茫的積雪覆蓋，瓦片、樹枝上到處是積雪。

楊戩耍起他的三尖兩刃刀，耍得出神入化，使刀的手法極快，讓人目不暇接。楊戩飛天遁地，他的三尖兩刃刀每使出一招，地上的積雪都要順帶被他的刀風帶走。他一連耍了三十幾招，招數千變萬化，哪吒在一旁看得眼睛都直了。楊戩一跺腳，地上都要震三震，地上的雪也要濺起一尺多高，屋頂和樹枝上的積雪都被他的腳力震落下來；他縱身一跳，便躍兩三丈高，腳在上，頭在下，從天而降，三尖兩刃刀直指地面，一招多變，看不清路數。

哪吒有些手癢，變出火尖槍，道：「讓我來會一會你！」

哪吒持火尖槍衝楊戩而去，用火尖槍刺向楊戩，楊戩見哪吒火尖槍刺來，又翻了一個跟頭。

楊戩雙腳立地，杵著三尖兩刃刀，道：「哪吒，你這是幹什麼？」

哪吒道：「百聞不如一見，我早就聽師父太乙真人說過，玉鼎真人有個弟子叫楊戩，武藝高強，一直沒有機會會一會，今日看了楊戩大哥的武藝真是大開眼界！我哪吒想跟楊戩大哥比試比試，也好了卻我的一樁心願。」

楊戩大笑道：「這有何難，現在辰時，丞相和大夥兒還未起床，走，我們找個偏僻地大戰一場！」

楊戩一跺腳便上了屋頂，朝岐山方向跑去。哪吒蹬風火輪上了天，楊戩法力再強，這腿力如何比得上風火輪。

哪吒飛在前面，楊戩騰雲在後面。哪吒見楊戩走得慢，回頭得意道：「楊戩大哥，前面就是岐山了，這雪景真美啊，我們在山上找個沒人的地方大戰一場！」

「你說了算。」楊戩加速飛行。

哪吒在岐山上的一塊空地裡降落，這裡四周被山谷和森林包圍，白茫茫一片，不時還有鳥兒在樹上跳來跳去。

楊戩一落地，落地聲驚走了在樹上停留的鳥兒。

哪吒笑道：「楊戩大哥，你看你來了，這鳥兒都被你驚飛了，果然不負戰神的美譽啊！」

楊戩灑脫道：「哪吒，我聽過你的大名，你剛生下來就大戰肥遺怪，後來又殺了東海龍王的兒子，還抽了龍筋，扒了龍皮，還逼東海龍王變成蛇。哪吒，你的膽子可真大！東海龍王是上古創世之神，在神界甚有威望，你竟然讓他變成蛇，你也太不懂事了！」

哪吒撓了撓後腦勺，皮道：「楊戩大哥，當年我年歲小，不懂事，秉性頑劣，讓你見笑了。為此我也付出了沉重的代價，我父母為了救我，甘願替我去死，所以我才剮肉還母，剮骨還父，與父母撇清關係，這才讓父母和鄉親們逃過一劫，讓龍王不再憤怒。如今我已是蓮花化身，不知冷，不知熱，不會生病，刀槍不入，百毒不侵，我現在是非人非神非鬼非妖的怪物！」

「經歷了生死考驗，想必現在穩重多了吧！」楊戩欣慰道。

哪吒道：「過去的都過去了，咱都別提了。我是太乙真人的弟子，你是玉鼎真人的弟子，我們都是闡教門下，以後我們就以師兄弟相稱，我看你的樣子應該比我大，以後我就叫你楊戩師兄了。就別廢話了，我們來比劃比劃！」

哪吒拉開陣勢，提著火尖槍與楊戩的三尖兩刃刀拚了起來，兩件神兵乒乓發出聲音。哪吒的火尖槍發出的是金光，楊戩的三尖兩刃刀發出的是白光，兩道光交織在一起。兩人打得不可開交，松樹上的積雪都因二人打鬥而震落，林中的鳥兒也被他們驚走，森林不再寂靜。

哪吒與楊戩大戰三百回合不分勝負，哪吒有些按捺不住，便想要使用乾坤圈，剛要摘下，楊戩忙道：「哪吒，我們今天比的是武藝、槍法、招數，不可使用法寶啊！我知道你手裡還有陰陽劍、九龍神火罩，這些傢伙我可吃不消，我只有這一件三尖兩刃刀！」

「好！不用就不用！」

哪吒霸氣回道，他再次提起他的火尖槍向楊戩進攻。哪吒刺向楊戩，楊戩用三尖兩刃刀一擋，哪吒撲了空；哪吒又使了一招回馬槍，楊戩縱身一躍跳上了樹枝，哪吒見楊戩上了樹，又刺向楊戩，楊戩未躲閃，以三尖兩刃刀對攻。兩人互相拆招，足足戰了五百個回合也不分勝負。兩人打得異常激烈，戰鬥力已經發揮到了極限。

哪吒及時收了火尖槍，楊戩見哪吒停止攻擊，便也收了刀。

哪吒笑道：「楊戩師兄，我哪吒自從來到人世，打過肥遺精，鬥過龍王，後來殺妖仙石磯，幫子牙師叔誅殺九龍島四聖，一路走來從未遇到過對手，沒有人能在我的手上走過五十回合，想不到你我竟然大戰五百回合不分勝負。楊戩師兄，看來你並非浪得虛名，你在玉鼎師叔那裡也是學到真本事的！這一架打得真叫一個痛快！」

「楊戩慚愧，我這一身武藝都是被逼的，當年為了救我的母親，我也是被迫習武！」楊戩不卑不亢道。

哪吒道：「楊戩師兄，你謙虛了！我們倆極力輔佐子牙師兄，將來封神榜上肯定有我們！」

楊戩擺了擺頭，道：「封不封神都不重要，我是奉師命下山，實在看不慣紂王的所作所為，這才同意幫助西岐！」

哪吒右手拿著火尖槍，走到楊戩面前，用左手拍了拍楊戩的肩膀，道：「楊戩師兄，你是真英雄！武藝我們較量過了，我們比腳力如何？我們從這裡出發，看誰飛得遠，我們都不駕雲。」

楊戩用懷疑的眼神看著哪吒，道：「既然如此，那你也不能用風火輪哦，你那寶貝日行千里，我可趕不上！」

「放心吧，我不用風火輪！」哪吒言語堅定道。

說罷，哪吒一跺腳，就上了天，離地面有三百丈高。楊戩也不甘示弱，喊道：「我還沒有喊開始呢！」楊戩一跺腳也上了天，他將三尖兩刃刀收了起來，那神兵鑽進了他的手臂裡，看起來像是一件三尖兩刃刀的紋身在手臂上。

楊戩卯足了勁兒，迅速追上哪吒，笑道：「怎麼樣？你還比我先飛，不用風火輪不行了吧！」楊戩哈哈大笑。

哪吒衝楊戩哼了一聲，一副不服氣的樣子，便發功努力向前飛，眼見就要超越楊戩。哪吒正得意，楊戩一跺腳，雙臂一擺，再次將哪吒甩了足足有一里。

楊戩飛在前面時不時回頭看，得意道：「哪吒，快飛啊，看來你的腳力還是不行啊！」

下方是崇山峻嶺，白茫茫一片。哪吒從公里高空俯視山上，偶然見到一隻大灰狼在追咬一隻受傷的兔子。

哪吒降低了高度，定睛一看，是一隻後腿受了傷的雪兔。

哪吒對飛在前方的楊戩喊道：「楊戩師兄，有隻雪兔受傷了，正在被一隻大灰狼追趕，你先停一下，我下去看看。」

山上有雪風，加上天上有氣流，哪吒的喊聲楊戩並沒有完全聽見。

「你說什麼？」楊戩回頭問道。

哪吒顧不得那麼多，迅速往下面飛去。楊戩見哪吒落地，他也只好跟著落地。

哪吒降落到距離大灰狼僅有十丈高的時候，迅速擲下火尖槍，那火尖槍正好插在大灰狼的前方，差點就插上牠的頭。

大灰狼被突如其來的神兵嚇到了，當即退了幾步，楊戩也隨之降落。

楊戩面對哪吒問道：「哪吒師弟，為何突然停止不飛了？莫不是怕輸？」

哪吒死死盯著大灰狼，回頭看了看那隻雪兔，雪兔見哪吒擋著，便停止了逃命。

哪吒道：「我見這隻大灰狼正追咬這隻雪兔，覺得這兔子可憐又可愛，這傢伙如此凶惡我今天必須除了他！」

這隻大灰狼體型巨大，肥頭大耳，見哪吒和楊戩持兵器擋住了去路，便發出撕裂的狼叫，叫聲響徹整片森林，驚走了樹上的鳥兒。

楊戩道：「這狼長得這麼肥，想必在森林裡吃了很多異類，我今天就除了牠，帶回去讓西岐將士們都嘗嘗野狼肉！」

楊戩正要對大灰狼出手，哪吒道：「楊戩師兄，把這個機會讓給我吧，一隻大灰狼我的火尖槍一出，牠就得斃命！」

哪吒說罷，那大灰狼立刻變成了人形，全身灰色的毛，一雙眼睛像熊貓眼，一口鋒利的牙齒，一雙尚未修煉成人手的狼爪。

哪吒看了看楊戩，譏笑道：「原來是狼妖啊，看牠的樣子，還沒有修煉成氣吧，毛還在，看牠那爪子，是人的手嗎？！」

狼妖惱羞成怒道：「你們是何方妖怪？竟敢擋我獵美味！」

楊戩將三尖兩刃刀往地上重重一杵，道：「你這妖怪，敢罵我們是妖怪，那我問你，你知道現在三界中誰是天地主宰？」

狼妖操著不流利的人話，得意道：「這麼簡單的問題還用問我嗎？當然是天庭的天帝！」

「你這狼妖，孤陋寡聞，比天帝更大的呢？」楊戩問。

「比天帝還大的當然是三清尊神。」狼妖道。

楊戩道：「算你還有點見識，我告訴你，眼前這位就是元始天尊的徒孫、太乙真人的弟子哪吒，我乃玉鼎真人門下楊戩，我們都是元始天尊的徒孫，出自闡教，哪吒同時也是西岐先鋒大將！」

狼妖一聽，嚇得變了色，道：「我知道他，他剛出生就追殺肥遺精，那可是千年妖怪，還殺了東海龍王三太子！」

哪吒看了看楊戩，得意道：「這山中妖怪還有點見識。」

「既然如此，你還不趕快逃命？」哪吒戲弄道。

「我生在岐山，長在岐山，我怎麼說也是修煉了八百年的狼妖，你們都欺負到家了，我豈能善罷甘休！我倒要看看這個哪吒到底有什麼本事？！」狼妖雙手舉起狼牙棒朝哪吒撲來。

哪吒火尖槍一揮，槍尖的三昧真火就將狼妖的胸毛點燃，狼妖膽戰心驚，連忙丟了狼牙棒，在地上打滾，終於將火撲滅了。

哪吒嘲笑道：「你自詡八百年道行，怎麼就這點本事？」

狼妖惱羞成怒，憋足了勁，伸長了脖子，脖子有一丈長，張大了嘴，嘴巴足有臉盆那麼大，一口鋒利的牙齒，發出惡臭，衝哪吒吐黃煙。

哪吒喊道：「煙有毒！」

楊戩一聽，迅速捂住了嘴巴。

哪吒持火尖槍向狼妖殺了過去，狼妖竟一口將哪吒吞了下去。

不遠處停留的雪兔竟然也流淚了，楊戩也驚住了，捏了一把冷汗，喊道：「哪吒……」

狼妖雙手抱拳，哈哈大笑，道：「什麼哪吒，還不是被我吃了！」

就在狼妖得意忘形的時候，牠的肚子變得越來越大，好像牠的內臟正在燃燒，哪吒用火尖槍鑽破牠的肚皮，飛了出來。

狼妖五臟六腑俱裂，見哪吒現身，吃驚道：「怎麼會這樣？你明明中了我的毒煙，就是神仙也無法避免！」

哪吒冷笑道：「我是蓮花化身，並非血肉之軀，你這毒煙對我沒用！你的五臟六腑已被我用火尖槍挑破，你活不了了！」

說罷，狼妖立刻倒地斃命。

哪吒回頭看向那隻雪兔，雪兔見了哪吒一動也不動地等在那裡。

哪吒收了火尖槍，來到雪兔面前，見雪兔後腿受傷，便從自己的身上扯下來一塊布，在雪兔的傷口纏了一道，道：「好可憐，好可愛的雪兔，要不是今天碰上我，怕是已經進了狼妖的腹中了！」

哪吒撫摸著雪兔的毛，將牠抱了起來，抱在懷裡。

「怎麼著？你還要把牠抱回家啊？」楊戩難以置通道。

哪吒邊撫摸雪兔的毛，邊道：「你看這兔子多可愛，牠好像很喜歡我，見到我牠都不跑了，牠知道是我救了牠，你看牠傷成這樣，我如果不把牠帶回去，我擔心牠又進了虎豹的嘴裡！」

哪吒抱著雪兔，蹬上風火輪，轉身便往西岐城的方向飛去。

楊戩搖了搖頭，笑道：「蓮花化身，沒心沒肺，想不到還挺有愛心的！」

楊戩一跺腳也上了天。

哪吒抱著雪兔，風風火火、興高采烈地進了府，在一個拐角，哪吒正好與金吒撞上，哪吒是蓮花化身沒有知覺，金吒被撞得手臂都麻了。

「哪吒，你這一大早這麼風風火火的，幹什麼呢？」金吒揉了揉手臂被撞的位置道。

「大哥，我正忙著呢，不跟你說了！」哪吒轉身便要走。

金吒盯著哪吒懷裡的雪兔，眉飛色舞道：「哪裡來的兔子？是不是中午有兔肉吃了？這大雪天的，要是燉一鍋兔肉蘿蔔湯，那再好不過了！」

金吒激動得要用雙手去哪吒懷裡捧，哪吒側身躲閃，道：「大哥，這兔子不是吃的，我好不容易救下來，怎麼會讓你們吃？！想吃去集市買去！」

哪吒嘟著嘴疾步走向內院，回到屋子，楊戩緊跟其後。金吒一臉詫異，問楊戩道：「師兄，哪吒這一大早是怎麼了？」

楊戩笑道：「他呀，一大早非要拉著我和他比武，然後又要和我比試腳力，這雪兔是他在岐山上救下來的。一隻狼妖正要吃那隻雪兔，哪吒殺了那隻狼妖，把兔子帶了回來。我也納悶啊，哪吒乃蓮花化身，沒心沒肺的，沒血沒肉的，怎麼還發了善心了？！」

楊戩也一頭霧水，衝金吒搖了搖頭。

楊戩正要走，金吒拉住他，道：「你們兩個比武，我最關心的，到底誰輸誰贏啊？」

「我沒贏！」楊戩掙脫金吒要走。

「那就是輸了？」

「我也沒輸，我們兩個打了個平手。」楊戩喪氣道。

金吒拍了拍楊戩的肩膀，安慰道：「別洩氣，你們兩個都師出名門，打個平手，說明你們兩個實力相當。以後哪吒也不敢再狂了，他遇到對手了。」

楊戩嘆了一聲，往屋子裡走去，關了門。

哪吒將雪兔帶到自己的房間，放在被窩裡，小心翼翼地給雪兔梳理毛，將雪兔腿上的布條扯了下來，為雪兔的傷口上了藥，又重新找了塊乾淨的布條給雪兔的傷口纏上。

哪吒邊纏邊問道：「小兔子，疼嗎？我輕點啊！」

這白兔果然溫順，牠好像很配合哪吒。綁好了傷口，哪吒又跑去相府的廚房拿了幾根紅蘿蔔，將紅蘿蔔洗乾淨送到雪兔的嘴邊，雪兔看樣子是餓極了，大口大口地啃了起來。

哪吒道：「可憐啊，要不是遇到我，今天你是逃不過被狼妖吃掉的命運啊。」

小半月過去，哪吒除了練功，就是照顧這隻受傷的雪兔，好在魔家四將死後，西岐暫時沒有戰事。

半個後，哪吒拆了雪兔傷口的布條，牠的傷口已經完全癒合了。

哪吒欣喜道：「太好了，你的傷終於好了，我哪吒除了會打妖怪，原來還有這本事，真有成就感！好了，這裡不屬於你，還是放你回森林去吧！」

哪吒懷裡揣著雪兔，蹬著風火輪，飛到岐山腳下。哪吒從懷裡掏出雪兔，將牠放在地上，道：「兔子，你可以回去了，森林才是你的家，你走吧！」

哪吒用手小心翼翼地摸著雪兔的毛。

雪兔剛跑不遠，卻停下來，回頭看著哪吒，不肯離去。雪兔的眼睛也有淚花，好像是在感念哪吒的恩德。

「去吧，找個安全的地方，這森林太危險，豺狼虎豹太多，你要小心啊。」哪吒對雪兔喊道。

哪吒看了看雪兔，便蹬風火輪離開了岐山。

雪兔蹲在樹下，幻化成一個十來歲模樣的女孩，乖巧可愛，梳著兩條小辮子，眼含淚花道：「恩公，我記住你了，我一定會報答你的！」

小女孩又變回了雪兔，往森林深處鑽了去。

第十二章 血戰趙公明

魔家四將覆滅，他們率領的士兵，有的歸降西岐，有的回家去了，還有的跑去朝歌向聞太師通風報信去了，當然這都在姜子牙的意料之中。

姜子牙早就放出探馬，此時聞太師已經在來西岐的路上，他帶著朝廷的數萬大軍，兵鋒直指西岐。

哪吒奉了姜子牙之命，埋伏在聞太師來西岐的必經之路，準備對聞太師來個出其不意，被動不如主動，先下手為強。

聞太師星夜兼程、馬不停蹄地前往西岐，準備討伐姬發等叛臣。

朝廷部隊從朝歌出發，連續奔波了三天三夜後，在距離西岐城三百里的地方安營紮寨。長途跋涉，年事已高的聞太師已經有些吃不消了，但是他卻把營寨安在了一個峽谷裡。營地四面環山，山勢險要，峽谷中隔天閉日，但卻是一條通往西岐的必經之路。

哪吒萬萬沒想到，不可一世的聞太師竟然會把營寨安在如此危險的地方。

哪吒蹲在草叢裡，看見聞太師的大軍正在峽谷的平地上安營扎寨，他叫絕道：「真是太好了，若是在此地對聞太師發起攻擊，定叫他們損兵折將！也不怪聞太師，這百里之內都是大山峽谷，這地方也算好的了！」

哪吒蹬上風火輪就回到了西岐城，黃飛虎、黃天祥、金吒、木吒、楊戩、龍鬚虎等西岐幹將都在姜子牙的相府等著哪吒歸來。

哪吒風風火火小跑進來，大笑道：「姜師叔，太好了，我已經探到聞太師他們了。聞太師正在距離西岐三百里的龍眼溝安營紮寨，我細察了周圍的地形，龍眼溝四面環山，山勢險要，聞太師的營地在中間的腹地，我們若是在山中各處埋伏，居高臨下，可以火攻，可以水攻，又可以用巨石攻擊，天助我也啊！」

姜子牙困惑道：「水攻？！」

「對呀，常言道水火無情，人往高處走，水往低處流，今天晚上我們可以借渭河之水淹死他們，師叔你看渭河的一條支流正好從龍眼溝經過。」哪吒走到地圖面前，將位置指給姜子牙看，一副胸有成竹的樣子。

黃飛虎讚道：「妙！此役定讓聞太師的大軍死傷慘重、有來無回啊！我提議，用水石同時進攻，殺他們一個措手不及！」

姜子牙捋了捋鬍子，猶豫道：「此地距離龍眼溝三百里，此計雖妙，也無人能在幾個時辰內掘開渭河支流和龍眼溝的口子啊！況且，即便派兵去，就是星夜兼程，馬不停蹄，趕到天都亮了，一旦被聞太師他們的人發現，恐怕就不能脫身了！」

哪吒道：「師叔，西岐將士大多是肉體凡胎，他們肯定無法在幾個時辰內趕到龍眼溝，但是我們幾個道門中人可以；楊戩師兄會七十二變，撒豆成兵，他只要變出幾百名士兵幫助我們挖開管道就行了。

師叔，這事兒就交給我及楊戩師兄、金吒和木吒兩位兄長就行！今天晚上必定有好戲看！」

楊戩站出來，請纓道：「丞相，楊戩願與哪吒一同前往。」

「我也是。」金吒和木吒異口同聲道。

諸將也都贊同他們去。姜子牙猶豫再三，拍案道：「好！祝你們馬到成功！」

楊戩、哪吒、金吒、木吒四人辭了眾人，便向龍眼溝方向飛去，哪吒蹬風火輪，楊戩、木吒和金吒他們駕雲。

到龍眼溝的時候，天已經黑了，只有零星的星光和微弱昏暗的月光。他們四人站在山巔，見峽谷中，紮著大大小小上百個營帳，營帳裡的燈光還亮著，朝歌士兵舉著火把在營帳外巡邏，風平浪靜。

哪吒指著不遠處的渭水支流，面對楊戩道：「楊戩師兄，看到了嗎？那條支流就是渭河水，距離龍眼溝只有一里，只要我們把口子掘開，這河水就直接灌進這溝裡，到時候聞太師的人馬插翅難飛！」

「我也看到了，那河水還閃著月光呢！」木吒道。

四人來到了支流邊上，楊戩從懷裡掏出一把隨身攜帶的豆子，撒在地上，立刻變出了數百名壯漢，壯漢異口同聲道：「主人，有何吩咐？」

楊戩指著河水，望向龍鬚溝的方向，道：「你們挖一條水渠，讓河裡的水都流到峽谷裡去！」

「是！」壯漢們異口同聲道，然後操著工具開始挖起來。

「你們要快啊，只有一炷香的時間，一炷香後你們必須要挖通！」楊戩態度強硬道。

哪吒調侃道：「楊戩大哥，你的七十二變真好，我就變不了這各異形態。你既然能撒豆成兵，那以後西岐和朝歌打仗，將士們也不用親自出馬了，你直接變不就完了嘛！」

「是呀，楊戩師兄。」金吒起鬨道。

楊戩道：「你們有所不知啊，雖然我能撒豆成兵，但變出來的士兵沒有血肉，不會思考，不會變通，你讓他們做什麼，他們就做什麼，這樣的兵終究是幻術，如何能打仗呢！」

「哦！原來如此！」哪吒有些失望的樣子道。

楊戩道：「哪吒，你就不要投機取巧了，你一身的好武藝，好好練吧，將來伐紂大業成了，說不定我們都能得一個金身正果！」

「是呀。」金吒和木吒也揚揚得意道。

「主人，溝渠馬上就挖通了！」壯漢面向楊戩喊道。

楊戩面對三人道：「走，我們去搬些巨石過來，等一下洪水和巨石一起下去，正好把聞太師的人都活埋了。」

夜已深，聞太師營帳的燈差不多都熄滅了，就連巡邏的士兵也開始犯睏，有些倒地睡著了。

楊戩等四人料想聞太師他們睡了，立刻命令所有人將巨石滾入谷中。洪水也如猛獸一般，一瀉千里，轟隆隆的巨響傳出，哀嚎遍野。

聞太師是很警覺的人，一點風吹草動，他都能聽到。

他迅速從床榻上坐起來，驚叫道：「外面發生什麼事了？」

一個士兵連滾帶爬跑進來，狼狽不堪，氣喘吁吁道：「太師，我們遭遇埋伏了，好像是西岐的人，洪水、巨石向我軍襲來，我們的將士不是被水淹死就是被石頭砸死。太師快逃吧，你可是朝廷的根基啊！」

聞太師氣急敗壞道：「快，傳令下去，讓將士們都躲到山上去，往高處跑！」

「是。」士兵跑了出去。

聞太師迅速起身，穿好衣服，心急如焚道：「我從朝歌帶來的都是精銳之師，數萬之眾，還沒有到西岐，沒有與姜子牙決戰，就毀在我的手裡，我怎麼和大王交代啊！」

聞太師的墨麒麟衝了起來，聞太師取了兵器，上了墨麒麟，墨麒麟一躍百步，腳踏洪水，往山坡上跑去。峽谷中漆黑一片，伸手不見五指，各種哀嚎聲參差不齊，火把在洪水的淹沒下，紛紛熄滅。朝歌將士橫衝直撞，亂了陣腳，數萬人馬，逃出去的只剩下三萬人馬，而且這三萬人馬為了逃命紛紛丟盔棄甲，狼狽不堪，又累又困，根本沒有了作戰能力。

聞太師只好命士兵們原地待命，天大亮時，整頓了兵馬，清點了人數，便繼續上路，直奔西岐。經過一天的長途跋涉，聞太師的部隊終於兵臨城下。

人困馬乏的朝歌大軍，疲倦不堪，一個個萎靡不振。聞太師只好下令，在西岐城外安營紮寨。為了防止西岐將士偷襲，聞太師這次萬萬不敢大意，增加了崗哨、巡邏人手。

聞太師在營帳裡與副將商議軍事，正一籌莫展，道：「這公明怎麼還沒來？」

「啟稟太師，外面有一個道長求見！」一個士兵走進來稟道。

聞太師迫不及待道：「那道人是何模樣？」

「黑臉濃鬚，騎著黑虎，一隻手拿著銀鞭，一隻手托著元寶，一身戎裝。」士兵繪聲繪色地描述道。

聞太師大喜，掀開營帳，走了出去，一見是趙公明，欣喜若狂道：「師叔，你終於來了！」

趙公明下了黑虎，面對聞太師作揖道：「趙公明見過太師。太師喚我師叔，貧道萬萬不敢當啊，太師還長我幾歲哦！」

聞太師笑道：「你是師祖通天教主的弟子，而我是碧遊宮金靈聖母的徒弟，按輩分我確實應該喚你作師叔，不能沒有了禮教！」

聞太師上前，拉著趙公明的手就向營帳內走去。

「看來，聞太師還是一個循規蹈矩的人，公明佩服！」趙公明道。

聞太師和趙公明回到營帳內入了座，其他跟隨聞太師的將領一同入了帳。

趙公明將手中的銀鞭放在桌案上，瞅了瞅在場的將軍們，道：「太師，我這剛到貴軍行營，為何看到將士們一個個無精打采、狼狽不堪，好像經歷了一場大戰一樣？！」

聞太師道：「師叔，昨晚我軍在龍眼溝安營紮寨，被姜子牙的人偷襲，對方用水和石頭進攻我軍，大半夜黑燈瞎火，我軍死傷過半。

我軍經過一夜長途跋涉，現在疲憊不堪，還要擔心他姜子牙會來襲擊我軍，如今盼來了公明師叔，我的心裡總算有底了！」

趙公明咬牙切齒道：「這個姜子牙著實可恨，我見到他定要把他千刀萬剮！」

聞太師道：「師叔，九龍島四聖、石磯娘娘，我們截教中人很多都死在闡教中人之手，不知通天教主是何態度？」

趙公明道：「說句實話，通天教主不希望截教弟子干涉人間之事，截教中很多人都是偷跑下界，教主並不知情。後來教主也知道截教很多人都死於闡教門人之手，他倒是也沒有明確表明自己的態度，這次如果不是太師你苦苦相求，我也不便下山來。」

聞太師起身，面對趙公明，面露感激之情，作揖道：「公明師叔，你願下山輔佐聞仲，聞仲感激不盡！」

趙公明伸手示意道：「太師，你不必多禮！我們且去研究一下如何對付西岐！」

趙公明起身，和聞仲一起來到了西岐城防圖前。

趙公明一看城防圖，眉頭緊鎖，道：「太師，我觀西岐城防圖，這西岐城易守難攻啊！我軍能征善戰的虎將並不多，姜子牙手下有黃飛虎及其家將，還有闡教那幫弟子，他們不僅法力無邊，神通廣大，且武藝高強，如果沒有必勝的把握，我認為太師還是不要硬碰硬為好！」

聞太師道：「公明師叔有何良策？」

趙公明捋了捋鬍子，笑道：「太師只知我在天上專司人的財運，應該不記得我還有何本領吧，我本身也是個瘟神，最擅長的就是製造瘟疫！」

聞太師恍然大悟，道：「公明師叔的意思是……」

「對，就是瘟疫，讓西岐將士一病不起，這樣一來，我們的大軍就可以長驅直入，砍下姜子牙和姬發的腦袋！」趙公明胸有成竹道。

「此計甚妙，我們不費吹灰之力，就可以平定西岐，我大商六百年基業固若金湯，再也沒有諸侯可以撼動！」聞太師深信不疑。

夜深人靜的時候，趙公明一身戎裝，騎著黑虎，出現在西岐城的上空。西岐城內的萬家燈火都已經熄滅了，漆黑一片。趙公明揮動著畫有太極八卦的旗幡，烏雲遮住了黯淡的月光，西岐城的上空飄著蒙蒙細雨。只聽見城內住戶家中傳出咳嗽的聲音，晚上聲音很大，傳得很遠，西岐城內的咳嗽聲越來越多，也越來越響亮。

天大亮，西岐城的大路上也不見有人行走，時不時有人上來敲藥鋪的門，整座城池彷彿成了一座空城。

哪吒由於是蓮花化身，不用睡覺，每當夜深人靜的時候，他總是在自己的房間裡練功，打坐。

哪吒早上一大早就出了府，上了街，但是大街上的百姓像是瞬間蒸發了一樣。當他湊上去挨家挨戶地敲門，才知道百姓們都在家，他們都生病了。

哪吒火速趕回丞相府，站在姜子牙的門外使勁敲門，不見動靜，哪吒踹開了門，見姜子牙還蜷縮在床榻上，全身發冷，臉色蒼白，嘴唇發白。

「姜師叔，師叔，你醒醒……」哪吒邊喊邊推姜子牙。

病懨懨的姜子牙睜開眼，道：「哪吒，我這是怎麼了？全身無力。」

哪吒焦急道：「師叔，我上了一趟街，發現街上一個人都沒有，百姓們全部都染上重病，無法出門！」

姜子牙道：「竟有這種事？府裡其他人都起床了嗎？」

「沒有，我進府一個人也沒有看到，想必他們都病了。師叔，怎麼會這樣？太奇怪了。我擔心這肯定是什麼妖術，百姓們應該是被施了法，又或者是他們都被染上了瘟疫！這恐怕又是聞太師那夥人搞的鬼！」哪吒堅信不疑道。

姜子牙好像突然想到了什麼，嚇得臉色煞白，忙道：「不好，哪吒，快去侯府保護姬發公子！」

姜子牙話音剛落，城外就傳來衝殺聲。楊戩衝進了姜子牙的屋子，激動道：「師叔，不好了，聞太師帶大軍攻進城來了，我軍將士一夜間全病了，看來是天亡西岐啊！」

姜子牙道：「胡說！楊戩，快去侯府保護姬發公子，哪吒你想辦法退敵，如今我動彈不得！」

「唯。」哪吒和楊戩一起衝了出去。

哪吒正要飛往侯府，楊戩道：「哪吒，隨我去城外迎敵，此時聞太師的大軍尚未進城，想必侯爺他們是安全的，我們只要守住城就行！」

哪吒和楊戩一起向城門口跑去，哪吒邊跑邊問楊戩道：「怎麼所有人都感染了瘟疫，你沒事？」

「當年我為了劈山救母，提升法術，偷吃道德天尊很多仙丹，我早已是金剛不壞之軀，自然百毒不侵。」楊戩道。

此時的聞太師大軍正在攻城，眼看著城門就要被他們撞開，哪吒和楊戩趕到。哪吒火尖槍一揮，一道金光閃過，朝歌大軍倒了一片，死傷慘重。楊戩的三尖兩刃刀從天而降，劈向朝歌大軍，一道銀白色的光閃過，又是倒了一片，現場哀嚎遍野。

趙公明深感困惑，喊道：「你們是何人？我布下的瘟疫陣，竟然沒有對你們發揮作用！」

哪吒道：「好哇，西岐百姓和將士一夜間都染上了怪病，果真是你做的手腳，小爺我是蓮花化身，你的瘟疫陣對我當然沒用！」

說罷，哪吒和楊戩一擁而上，殺朝歌軍一個片甲不留。

西岐百姓和將士危在旦夕，南極仙翁騎著鹿從天上來，來到了西伯侯府上空。他一手托著仙桃，一手拿著桃木枴杖，將仙桃扔了下去，仙桃瞬間化作一朵朵五彩祥雲，籠罩在西岐城上空，祥和之氣從地上冒出來。片刻之間，西岐城中的百姓和將士們，百病全消，一個個走向大街。

南極仙翁又騎著鹿飛到了姜子牙的相府，姜子牙和住在府上的西岐將領，正聚集在相府的院子裡。

南極仙翁從天而降，姜子牙連忙上前見禮道：「師兄，我就說聞太師好不容易陷我們於絕境，突然間病全好了，原來是師兄到了！」

南極仙翁笑道：「子牙，師尊算到你有難，特派我來相助於你！」

姜子牙面朝崑崙山的方向，拜了拜道：「師尊，弟子多謝師尊！」

「子牙，你肩負伐紂封神大業，你多多保重啊！」說罷，南極仙翁上了鹿，飛上了天。

姜子牙仰望南極仙翁，喊道：「多謝師兄！」

金吒來到姜子牙面前，問道：「原來他就是南極師叔，百聞不如一見啊，好一派仙風道骨！」

姜子牙恍然大悟，面對武成王黃飛虎道：「瘟疫之厄解除了，聞太師的大軍還沒有退呢。現在楊戩和哪吒正在與他們血戰，不知道戰況如何，武成王快快整頓兵馬，出城迎戰！」

姜子牙又看了看金吒、木吒、龍鬚虎道：「你們三人法力高強，腿腳快，快快上城去襄助楊戩和哪吒！」

「唯。」三人跳上了屋頂，朝城外飛去。

眾將士在姜子牙的帶領下，朝著西岐城外走去，行色匆匆。

楊戩正在與聞太師對戰，聞太師手持雌雄鞭與楊戩相互拆招，楊戩以三尖兩刃刀與之對攻，雙方相持不下，誰也占不了上風。楊戩睜開天眼，發出白光，射向聞太師，聞太師躲閃，白光射到石頭上，石頭被擊得粉碎。

楊戩的天眼再發出第二道光，聞太師再一躲閃，那光從聞太師的肩膀擦過，太師的肩膀被燒傷。

聞太師氣急敗壞，也睜開天眼，道：「好一個無極天眼，我也有。」

聞太師用天眼與楊戩對視。兩道光，一道白，一道黃，形成兩股衝擊力，兩人同時發功，功力震開了所有士兵。

哪吒則與趙公明對戰。趙公明騎黑虎，哪吒腳踏風火輪；趙公明舉起金鞭就向哪吒打了過去，哪吒用火尖槍去擋，哪知這趙公明的金鞭如同千斤巨石，哪吒有些招抵不上。

趙公明大笑道：「你這娃娃，我聽說過你的大名，一出生就身手不凡，殺了東海龍王的兒子、石磯夫人、九龍島四聖、魔家兄弟，我如此多截教同門都折在你手裡，這個仇我不能不報！我倒要看看你有何本事，看鞭！」

哪吒咬緊牙關，全力以赴接趙公明的金鞭。趙公明出招太快，加上兵器甚重，哪吒硬接了幾招，就有些吃不消。

哪吒準備用混天綾對付趙公明。那混天綾衝趙公明而去，趙公明隨之丟擲縛龍索。那縛龍索是一根金色的繩子，在趙公明的催動下，與混天綾絞在一起。哪吒見混天綾沒有用，便收回來，拋出了乾坤圈。

「這傢伙，可是太乙老東西的寶貝啊，看我不打它下來！」

毫無畏懼的趙公明用金鞭追打乾坤圈，乾坤圈從趙公明的前後左右不斷攻擊他，他伸出手，手心變出一顆定海珠，將珠子彈了出去，正中乾坤圈。

乾坤圈根本近不了趙公明的身，哪吒只好收回乾坤圈。這時，姜子牙率領西岐將士將城門打開，浩浩蕩蕩的西岐大軍衝出來。

西岐將士和朝歌將士陷入一片混戰之中，兩軍將士展開廝殺，哀嚎遍野，血流成河。

就在兩軍交戰的關鍵時刻，一個人形巨鳥模樣的怪物從天而降。

只見他面如青靛，髮似硃砂，雙眼如火，長著獠牙，一張雷公嘴，身高兩丈，通身水合色，背部長著一雙風雷雙翅，出現時烏雲密布，電閃雷鳴，手裡拿著一根黃金棍。

那怪物拍打著風雷雙翅，一隻翅膀放風，一隻翅膀打雷閃電，朝歌將士不是被他的翅膀搧得很遠，就是被雷電擊死。

朝歌大軍死傷慘重。見姜子牙出來，楊戩和哪吒及時罷手。怪物落了地，走到西岐將士面前，問道：「哪位是姜子牙師叔？」

武成王看了看姜子牙道：「那位就是西岐丞相姜子牙。」

怪物來到姜子牙近前，拜道：「雷震子拜見姜師叔。」

姜子牙問道：「你是何人？」

「我乃終南山玉柱洞大羅金仙雲中子的弟子雷震子，奉師父之命前往西岐相助師叔。」雷震子道。

在西岐諸將中的周公旦一聽，騎著馬從人群中走出，來到雷震子面前，在雷震子身上打量，難以置通道：「你是一百弟雷震子？」

雷震子一臉詫異道：「你是何人？」

周公旦道：「我是老侯爺姬昌第四子周公旦。我聽父親說過，當年你曾經救了父親一命，父親感念恩情，收你作義子，正好是父親的第一百個孩子，後來去了終南山跟著雲中子道長學法，你可是雷震子？」

雷震子恍然大悟，與周公旦相擁而泣，道：「四哥！」

姜子牙大喜，道：「原來是雲中子師兄的高徒，又是老侯爺的義子，我軍是如虎添翼啊！」

趙公明騎虎提鞭來到姜子牙面前，叫囂道：「姜子牙，拿命來！」

趙公明說罷，便向姜子牙衝了過去，提鞭就打，姜子牙仗劍迎擊，相互拆了數招，打了幾個回合。趙公明將金鞭抛入空中，金鞭發出數道神光，劈石斷金，姜子牙來不及躲閃，被一鞭打下馬來，趙公明忙要取姜子牙性命。哪吒急蹬風火輪，用火尖槍挑了趙公明的金鞭，從趙公明的鋒芒中搶回姜子牙。

神光打中姜子牙的心房，姜子牙當場斃命。

姜子牙已死，哪吒暴跳如雷，急火攻心，朝趙公明衝了過去，喊道：「妖道，快還我師叔命來，我今天一定要殺了你！」

哪吒用火尖槍與趙公明大戰了數個回合，又被趙公明打下風火輪，狠狠地摔在地上。

黃天化急忙衝上去，使兩錘擋住了趙公明的金鞭。雷震子展開雙翅，飛了起來，又使風雷，朝歌將士再次遭到重創，紛紛潰敗。

雷震子用黃金棍攻擊趙公明的下盤，趙公明腿法極快，變化無窮，雷震子硬是一下也沒有碰到。

楊戩持三尖兩刃刀，從側面攻擊趙公明，趙公明被三人裹住，無法脫身。雷震子攻上三路，黃天化攻中三路，哮天犬從楊戩的袖筒裡鑽出來，見風就長。趙公明與三人爭鬥時，其頸部被哮天犬咬傷，道袍也被哮天犬撕扯成布條。狼狽不堪的趙公明見逐漸落下風，連忙收了兵器，撤走。

姜子牙的遺體被西岐將士抬進城裡，楊戩和哪吒兄弟斷後。

姜子牙去世的噩耗傳到了侯府，姬發率領文武百官前來相府探望姜子牙。此時的相府已經哭聲一片，姜子牙的屍體就那樣平放在擔架上，西岐將士圍著姜子牙的屍體痛哭哀嚎。

姬發面對面色蒼白、沒有絲毫氣息的姜子牙，捶胸痛哭道：「相父啊，你是父侯託孤之臣，也是我西岐的擎天一柱，你撒手人寰，日後誰來主持西岐大計啊！」

哪吒想哭卻沒有眼淚，他走到姜子牙近前，面對姜子牙道：「姜師叔，我全都想起來了，我是女媧娘娘的童子靈珠子下凡，我答應過娘娘和元始天尊師祖要輔佐你的，你怎麼就去了呢？封神大業怎麼辦？！」

就在眾人傷心難過的時候，一位童顏鶴髮，仙風道骨，手持拂塵的老道臨凡。他來到姜子牙的遺體前，聲音低沉地喊道：「子牙……」

金吒、木吒、哪吒、龍鬚虎、姬發、周公旦、雷震子、楊戩等人皆識得廣成子，諸將連忙見禮。

姬發面對廣成子，痛哭流涕道：「仙長，相父死了，從此我西岐沒有了主心骨，這可如何是好！」

廣成子擺了擺頭，道：「無妨，子牙該有此劫難，這也是他得道路上應有的劫數，侯爺你快派人取一碗水來。」

姬發吩咐下去，隨後府兵捧著一銅碗水上前。

廣成子取出丹藥給姜子牙服下，以水灌之。少時，姜子牙醒來，見侯爺姬發、廣成子師兄都在跟前，本欲起身致謝，但他的身體還十分微弱。

廣成子連忙出手制止，姬發道：「相父安心靜養，禦敵之事不在一時。」

突然，天上出現一道金光，照耀相府的整個院落，屋頂的瓦片都成了金色。只見一道人，相貌奇偉，騎鹿乘雲，香氣襲人，五彩祥雲漂浮在他左右。

廣成子仰面拜道：「燃燈師兄，子牙已經救活。」

哪吒吃驚道：「原來是燃燈大師，弟子哪吒拜見大師。」

姬發道：「燃燈道長降臨，姬發率西岐文臣武將拜見道長。」

眾人一同拜見燃燈，黃天祥嘀咕道：「這燃燈道長是何人呀，竟然讓主公都如此敬重！」

周公旦面對黃天祥低聲道：「黃將軍，休要胡言，燃燈道長是元始天尊的大弟子，位列闡教副教主，法力無邊，神通廣大，乃大羅金仙，你沒見廣成子道長也以禮相見嘛！」

黃天祥一聽，便肅然起敬。

「燃燈大師，我爹是否已投奔大師門下？」哪吒急忙問道。

「大師，我們爹娘可好？」金吒和木吒異口同聲問道。

燃燈道長道：「時機到來，你們自會相見。」

聽聞燃燈道人臨凡，趙公明去而復返，在城外放肆叫囂。

留下姜子牙在府裡靜養，姬發率領文官督戰，武官盡數出城與趙公明決戰，廣成子、燃燈道人與西岐諸將一同出城。

趙公明騎著黑虎，手提金鞭，威風八面，盛氣凌人，要燃燈道長上前答話。

面對來勢洶洶的趙公明，燃燈道人上前稽首道：「道兄，王朝更迭乃是順應天道，道兄何必逆天而行，非要干涉人間之事呢？！」

趙公明大笑道：「我趙公明乃修道之人，功名富貴於我如浮雲，我此次下山就是為了替我截教同門報仇，你們闡教的人殺了我們多少人，我豈能與你甘休！」

燃燈道長嘆道：「公明兄，我且問你，當時僉押封神榜，你可曾在碧遊宮？」

「當然知道。」趙公明道。

燃燈道人道：「你既然知道，通天教主曾說過封神榜中姓名虛位以待，三教中人死後可封，難道公明道兄也要來爭一爭這封神榜上的神位嗎？」

這時，黃龍真人也駕鶴而來，與燃燈、廣成子等人站在一起，氣憤道：「公明道兄，我們都是大羅金仙，世外之人，本不該干涉凡間之事，但是你們今天打死了姜子牙，他肩負封神大業，我們不能袖手旁觀！你今日強行為朝歌出頭，難道想死後名列封神榜嗎？！」

趙公明大怒，舉起金鞭，騎著猛虎，便向黃龍真人打來。

黃龍真人以寶劍對付趙公明的金鞭，二人又是大戰數個回合。縛龍索從趙公明的袖筒裡鑽出來，追著黃龍真人，黃龍真人被縛龍索牢牢捆住。赤精子見黃龍真人被縛，立刻出戰，大叫道：「公明妖道，休得無禮，看我不拿你！」

見赤精子來勢洶洶，趙公明從胸前取出定海珠，忙拋入空中，珠子發出五顏六色的光芒，光亮幾乎可以刺瞎人的眼睛。這定海珠，忽明忽暗，忽強忽弱，變化無窮，地上諸神皆被它的強光照得睜不開雙眼，西岐將士們直接抵擋不住強光，被射瞎了眼睛，雙手捂著眼睛在地上做垂死掙扎。

就在赤精子為強光所困之時，定海珠打了下來，正中他胸口，赤精子重傷。趙公明舉鞭正要打赤精子的天靈蓋，哪吒蹬風火輪而來，急呼道：「休要傷我赤精子師叔！看招！」

哪吒用火尖槍擋住了趙公明的金鞭，赤精子這才免遭遇難，躲開了。

哪吒拚盡全力，又與趙公明大戰數回合，哪吒雖然處於下風，但趙公明似乎無法在招數上壓制哪吒。

趙公明憤慨道：「我的定海珠，別說凡人，就連天上諸神、妖魔也難逃它的威力，如何你卻毫髮無損？」

哪吒道：「我看你大概是忘記了，在場諸位只有我是蓮花化身，邪氣、毒氣不能入侵，刀槍不入，我並非血肉之軀！」

趙公明惱羞成怒，再次舉鞭來打，哪吒與他相互拆招。這次襲擊激怒了哪吒，他以火尖槍與趙公明對攻，又以混天綾與趙公明的縛龍索糾纏，當趙公明再次用定海珠的時候，哪吒丟擲乾坤圈將定海珠砸了下來。

哪吒與趙公明陷入苦戰，哪吒先攻其下三路，又攻趙公明的上三路。由於是蓮花化身，哪吒的身軀可以千變萬化，他隨之又生出兩條臂膀，一手拿火尖槍，另外兩隻手持陰陽劍。趙公明雙拳難敵四手，用金鞭和哪吒大戰時，不幸被哪吒的陰陽劍所刺，傷了左臂。

赤精子面對廣成子和姜子牙，感慨道：「看來，哪吒的法力已經發揮到了極致，他一人竟然能傷到趙公明，此乃我闡教之幸，太乙教了個好徒弟啊！」

廣成子欣慰道：「此子英勇好戰，殺伐果斷，將來也許會成為我三界一等一的戰神，搞不好維護三界的安危就靠他了！」

那趙公明在招式上不敵哪吒，又發動定海珠，數顆定海珠從哪吒前後左右而來，哪吒胸口中彈，背心中彈，臉上中彈，雙腿中彈，摔倒在地上，青鸞火鳳所化風火輪也被定海珠所傷。

見哪吒中彈，道行天尊以絕仙劍刺向趙公明，趙公明連發數顆定海珠，元始天尊的幾位弟子盡數被傷。

姜子牙忙鳴金收兵，喊道：「各位師兄，快快回城，看來今日之戰，聞太師是有備而來！」

見西岐敗退，聞太師來到趙公明面前，欣喜若狂道：「聞仲向公明師叔道賀了，你一人打敗了元始天尊的多位高徒，師叔必將名揚三界！」

趙公明騎著黑虎，往回走，與聞太師同行道：「太師，此次下山，我只為我截教上下報仇雪恨，不為揚名，我就是看不慣他們闡教那幫人囂張跋扈的樣子！」

聞太師回到營地後，擺下酒肉，大搞慶功宴，朝歌隨行部將陪同。

眾人回到姜子牙的相府。在相府的議事廳裡，大羅金仙和西岐諸將皆垂頭喪氣。

靈寶大法師一籌莫展道：「這趙公明使的珠子是何寶物？我等師兄弟竟然吃這麼大虧！」

楊戩主動請纓道：「靈寶師叔，各位師叔伯，由我楊戩去會會他趙公明，如不能生擒趙公明，我誓不罷休！」

哪吒也不甘示弱，來到姜子牙面前道：「姜師叔，各位師叔伯，我是蓮花化身，如今也只有我不懼怕那寶珠，讓我和楊戩大哥去吧。」

姜子牙道：「聞太師法力深不可測，現在又加上一個趙公明，這趙公明可是截教通天教主最為賞識的弟子，也是通天教主所有弟子中法力最高的，如果沒有必勝的把握，我勸你們兩個還是不要輕舉妄動！哪吒，你已經是死過一次的人了，要是這一次再失去蓮花之身，就是你師父太乙真人也救不了你了！」

哪吒心有不甘，但也只好罷了。

燃燈道人一籌莫展道：「我闡教弟子今逢劫難，此乃天意，但黃龍真人被趙公明所擒，生死不明，我們寢食難安哪。諸位師弟、將軍可有營救之法？」

楊戩見眾神一籌莫展，來到玉鼎真人面前，道：「師父，我願潛入敵營救出黃龍師叔！」

玉鼎真人面對燃燈道人道：「師兄，就讓楊戩去吧，他有七十二般變化，可以神不知鬼不覺進入聞太師的營帳！」

燃燈道人點點頭，道：「多加小心！」

黃龍真人被倒掛在旗桿上，聞太師派專人把守，裡裡外外圍了個水洩不通。

曾經叱吒三界的黃龍真人，被倒掛金鉤，頭髮散亂，這是他得道以來從未有過的狼狽。

一更時分，天色逐漸暗了下來，楊戩化作飛蛾飛到黃龍真人的耳邊，道：「師叔，楊戩奉了師父和各位師叔伯之命，前來營救你！」

黃龍真人道：「楊戩，你只需將我頭頂上的符印揭了去，我自會脫身！」

楊戩將符印揭了，黃龍真人瞬間脫身，化作一道青煙飛走了，楊戩隨之而去。

此時的趙公明和聞太師已經在營帳裡喝得酩酊大醉，巡邏的鄧忠慌慌張張闖進營帳，急道：「太師，公明道長，那黃龍真人不見了！」

聞太師震驚道：「怎麼回事？那黃龍真人的頭上不是貼了符印嗎？這營帳四周裡裡外外連只蒼蠅都飛不進來！」

趙公明掐指一算，道：「果真是蒼蠅飛進來，你知道嗎？！」

聞太師呆坐半晌，吃驚地看著趙公明。

「是楊戩，他變成飛蛾，救走了黃龍。我真的大意啊，忘了楊戩還有這本事！」趙公明憤怒道。

聞太師道：「那我們不是功虧一簣嘛！」

趙公明冷笑道：「不急！西岐諸將已經元氣大傷，明日我定將他們一網打盡，讓他們嘗嘗我定海珠的滋味！」

次日大早，趙公明騎虎，執鞭，再次到西岐城下叫陣，點名要燃燈道人出面，因為他才是元始天尊的大弟子，也是闡教副教主，解決了燃燈道人，其他人只能束手就擒。

諸神爭先恐後請戰，燃燈道人攔下了他們，道：「趙公明指名讓我出戰，各位師弟、將軍在此稍後，我去會會他！」

燃燈道人騎鹿而去，左右除了門人，還有楊戩和哪吒二將相隨。

趙公明惡言相加道：「燃燈大師，你好歹也是闡教的副教主，元始天尊的首席大弟子，法力無邊，神通廣大，連營救黃龍的本事都沒有，偷雞摸狗的事情，只有鼠輩才這樣做。」

燃燈嘲笑道：「常言說得好，不戰而屈人之兵，才是上策，楊戩用變化之術救了黃龍也是他的本事，你還有什麼不服氣的？！」

楊戩不服，面對趙公明道：「公明道長，我楊戩不用變化之法，也能贏你，你信與不信？你不是就靠寶珠作威作福嗎？沒有了寶珠，你用你的金鞭，我用我的寶刀，我們大戰一場，雌雄自然分曉！」

趙公明道：「戰場之上，各憑手段，能攻城略地，就是本事，我哪有閒工夫與你比武！看鞭！」

趙公明這樣說，楊戩和哪吒也顧不得那麼多，一擁而上，與燃燈道人一同對付趙公明。

大戰數回合，趙公明寡不敵眾，再次丟擲定海珠。那寶珠速度極快，迅速轉移方向，擦著就傷，磕著就死，燃燈道人騎鹿回撤。

楊戩用盡全力擋了定海珠幾次攻擊，但終究還是摔下馬來。

哪吒雖非血肉之軀，但被定海珠輪番打中，也站不起來。

燃燈道人騎鹿狂奔，朝西南方向去了。而姜子牙率領的西岐大軍和聞仲率領的朝歌大軍，廝殺在一起。

崑崙山其他幾位道長一起對付聞太師，那聞太師的雌雄雙鞭著實厲害，一鞭一個，把西岐將士打得口吐鮮血，傷筋斷骨。他胯下的墨麒麟，在西岐大軍中橫衝直撞，將士們來不及躲閃，被踩死的不計其數。

姜子牙以打神鞭對戰聞太師的雌雄雙鞭，聞太師鞭鞭有力，打得姜子牙招抵不上。

趙公明騎黑虎追趕燃燈道人來到一處山坡下，這是一片茂密的松林。

松下有二人正在下棋，一位穿著青色的衣服，一位穿著紅色的衣服，全神貫注。就在青衣舉棋不定的時候，忽然聽見背後有鹿蹄聲，和鹿嘶鳴的聲音。二人回頭，定睛一看，見是燃燈道人。

二人連忙起身見禮，作揖。二人異口同聲道：「原來是燃燈大師，不知師父何往啊？」

燃燈道人搖了搖頭，無奈道：「我被截教大聖趙公明追殺，那廝不知從何處得到一寶，甚是厲害，我闡教十二大羅金仙紛紛敗下陣來！」

二人大吃一驚，面面相覷，紅衣道：「趙公明果真如此厲害？昆侖山十二大羅金仙都不是他的對手？！」

燃燈道人正一籌莫展。

青衣道：「大師，你且躲起來，我兄弟二人上前會他！」

燃燈道人騎著鹿朝密林躲避。

那趙公明騎著黑虎，如同閃電一般，轉瞬即來。

趙公明見二人擋住去路，上前問道：「二位可曾見一道長經過，騎著鹿？」

「不曾見。」紅衣道。

趙公明見二人眼神閃爍，並不信以為真。

「快說，不說我手裡金鞭定然取爾等性命！」趙公明高舉金鞭，以威脅恐嚇的語氣道。

二人大笑，青衣道：「枉你為神仙，連我們都不認識，真是大言不慚！我乃是武夷山散人蕭升，這位是曹寶，我兄弟閒來無事在林間下棋，你這廝卻來攪局，仗著手中法寶將燃燈大師逼得太甚。你違逆天道，助紂為虐，我看你這神仙是白當了！」

趙公明氣急敗壞，舉鞭朝二道打來，二道分別以寶劍迎戰趙公明。大戰數回合，趙公明又變出縛龍索，對付二道。

蕭升道：「縛龍索，來得正好，我正有法寶剋你！」

蕭升從腰間的豹皮囊中取出一枚金錢，那金錢有翅，拋入空中，縛龍索和金錢一併落到地上，曹寶忙將趙公明的縛龍索收了去。

趙公明見法寶丟失，氣不打一處來，道：「好你個妖孽，竟能收了我的寶貝！」

說罷趙公明又丟擲定海珠，那定海珠又化作彈雨打下來。蕭升又發出金錢，那定海珠隨金錢而落，曹寶袖筒一揮，又搶了趙公明的定海珠。

趙公明火冒三丈，舉鞭打來，那蕭升又以金錢應付，那趙公明一鞭打得蕭升腦漿迸裂。

曹寶見蕭升已死，大怒道：「妖道，你竟敢殺我道兄！」

曹寶又以寶劍和趙公明拚殺，大戰數十個回合不分輸贏。

燃燈道人在林中見蕭升已死，曹寶難以應付，暗自嘆道：「蕭升因我而起，我不能袖手旁觀，我要助他一助！」

燃燈道人騎鹿，從林中衝出來，趁著趙公明與曹寶打鬥時，用法力驅動乾坤尺，趙公明一個不留神被乾坤尺打中，差點摔下虎背。

此時的趙公明沒有了縛龍索和定海珠，不是燃燈道人的對手，便騎著黑虎逃命去了。

燃燈道人下了鹿，面對曹寶施禮，道：「貧道逢此危難，多謝道長相救，只可惜紅衣道長因我而死，我無以為報！」

曹寶嘆道：「這也是天意，燃燈大師乃闡教大聖，能捨身救你，也是我兄弟二人之幸，大師就不要自責了！」

燃燈道：「不知道友使的是何法寶，趙公明的定海珠為何沒有作用？」

曹寶道：「此寶名為落寶金錢，大師請看！」

曹寶將金錢放在手心，讓燃燈道人驗看。

那金錢金光閃閃，光芒四射，燃燈讚道：「好寶貝！」

曹寶困惑道：「大師，你剛才所言定海珠是何寶物？那定海珠竟有如此巨大的力量，連大師這等大羅金仙都束手無策嗎？」

燃燈道人道：「此定海珠，乃混沌之初，宇宙所生之靈物，能毀天滅地，誅神滅魔，我等自然不是對手，除非師尊元始天尊出手，否則我等束手無策。只是這珠子消失了數萬年，不知下落，沒想到竟然會落到趙公明的手裡。今日道友收了此寶，正好斷了趙公明一臂，我們對付他就容易多了。」

曹寶將定海珠取出，遞給燃燈道人道：「這珠子威力無窮，還是由大師保管，讓它發揮更大的作用！」

燃燈道人盛情難卻之下，受了此寶，面對曹寶稽首致謝，二人朝西岐飛去。

那趙公明落荒而逃，失了定海珠，失了縛龍索，無力再與崑崙山諸位大仙爭鬥，走投無路的趙公明來到了三仙島三仙洞。三仙島位於海外，四面皆是茫茫大海，島中到處是奇山怪石，峽谷瀑布、松林遍布島中，杜鵑花滿山遍野都是；島中亭臺樓閣，煙霧瀰漫，真可謂神仙居所。

趙公明駕雲來到三仙島，見下方一身穿素白色裙裝女子經過，忙降下雲去。狼狽不堪的趙公明來到白衣女子面前，稽首道：「雲霄師妹。」

雲霄一臉吃驚道：「公明師兄，怎麼是你？你何以如此狼狽？」

趙公明垂頭喪氣道：「眼看崑崙山十二金仙就要被我打敗，不知從哪裡冒出來的妖道，破了我的法，將我的縛龍索和定海珠都奪了去，如今我是被拔了牙的老虎，特來三仙島向三位師妹借混元金斗和金蛟剪一用！」

雲霄道：「師兄，你怎麼會和崑崙山金仙起衝突？元始天尊的弟子正在下界助周伐商，你莫不是下界去助紂為虐了？！」

趙公明惱羞成怒，喝道：「雲霄，你怎麼說話呢？我是你師兄，你竟然說我助紂為虐？要不是聞太師苦苦相求，我能下去嗎？聞太師是我截教中人，我截教中人被闡教殺了不少，我豈能嚥下這口氣！」

雲霄道：「如果不是截教中人逆天而行，助紂為虐，干擾伐商大業，截教弟子又怎麼會慘遭毒手？還不是因為有些人冒進貪功！大師兄，請你回峨眉山，不要再管人間的事情，只怕這聞太師遲早也要入封神榜之中，此乃天意。你回山中修煉，等到封神之日，我親自去一趟靈鷲山，問燃燈討要定海珠和縛龍索給你，只是今日師兄要借混元金斗和金蛟剪，師妹恕難從命！」

趙公明失望透頂道：「雲霄師妹，我趙公明親自相借妳都不肯？」

雲霄搖了搖頭，道：「混元金斗非同小可，況且你助商伐周有違天道，我不忍見你萬劫不復！你走吧！」

趙公明憤憤不平，正要走，他們的談話卻被碧霄聽見，那身穿青綠色裙裝的碧霄，連忙攔住趙公明道：「師兄稍後。」

碧霄走向雲霄，拽著雲霄的手撒嬌道：「大姐，還是把寶物借給師兄吧，妳難道不念及同門之情嗎？」

雲霄苦笑道：「我正是為他好才不借，師兄如果還是執迷不悟，恐怕有殺身之禍！」

趙公明哼了一聲，決然而去，駕雲行至一二里路，突然有人在他身後喊他。趙公明猛回頭，見一仙姑，他便停下來，道：「原來是菡芝仙，不知仙姑喚我何事？」

菡芝仙道：「我自峨眉山而來，尋不到你，想你定是在三仙島，誰想果真在此處遇到你。本尊有意向道兄討教道學，專程尋你！」

趙公明長嘆一口氣，道：「我受聞太師所託，下山助他平定西岐。玉虛宮徒子徒孫殺我截教弟子眾多，我實在嚥不下這口氣，專程趕來三仙島問三霄師妹借混元金斗和金蛟剪，誰想那雲霄師妹硬是不借，無可奈何我只有去別處尋寶，對付姜子牙他們！」

菡芝仙大吃一驚道：「這三霄也太不懂事了，這玉虛宮的人都欺負到家了，還不肯割捨？走，我陪你去，我要當面問問三霄。」

聽聞菡芝仙親臨，三霄娘娘親自出門相迎。菡芝仙與那趙公明一同進洞，菡芝仙先是見禮，便和趙公明一同入座。

菡芝仙不解道：「三位姐姐，公明道兄與你們是同門師兄妹，如今他有難，借你們法寶一用，三位姐姐如何就不能割捨？」

碧霄道：「也罷，大姐，把金蛟剪借與公明師兄吧，公明師兄看來是不達目的不罷休了。如果我們不借給他，他也會去別處借，我們可不希望他再像石磯娘娘那樣遭遇毒手！」

雲霄聽罷，沉吟片刻，玉手一揮，金蛟剪便變了出來。

雲霄站起來，走向趙公明，將金蛟剪雙手捧上，道：「師兄，我三霄姐妹不肯借給你金蛟剪，非我等吝嗇寶物，而是擔心你無端捲入這是非中！你既然如此執著，那你就去吧，只是到時候不要怪小妹沒有勸過你！」

趙公明奪過金蛟剪，轉身就離去，行色匆匆。

碧霄喊道：「師兄，周興是天意啊，你且三思啊。」

趙公明執迷不悟，頭也不回，上了黑虎，消失在天穹。

趙公明趕到西岐城下，崑崙諸神正合力對付聞太師，楊戩從左路攻殺朝歌大軍，哪吒從右路攻殺，場面慘烈壯觀，廝殺、哀嚎交雜在一起。

姜子牙、玉鼎真人、燃燈道人等從正面與聞太師展開大戰，聞太師的墨麒麟精疲力盡，他那握雌雄雙鞭的手已經被輪番攻擊震得軟弱無力。

崑崙諸神一個接著一個對著聞太師施展拳腳，聞太師都以雙鞭相迎，又以天眼對抗，但終究寡不敵眾，被燃燈道人的乾坤尺打中，從墨麒麟摔下來，燃燈道人正要取他性命。在這千鈞一髮之際，趙公明趕來，用金鞭替他擋了一下。

趙公明將金蛟剪拋入空中，這法寶忽然變成兩條蛟龍，採天地靈氣日月精華，有祥雲護體，兩條蛟龍的頭交織在一起，如剪刀，鋒芒四射，衝燃燈而來。燃燈道人忙棄了梅花鹿，借土遁之術離去。

那金蛟剪將梅花鹿剪成了兩段，眾神臉色煞白。那金蛟剪對著西岐將士一陣狂剪，將士們死傷無數，不是斷手臂就是斷腿，有的也和梅花鹿一樣，被撕成兩段。

西岐諸神忙往回撤，金蛟剪窮追不捨。姜子牙丟擲打神鞭，那打神鞭在空中與金蛟剪周旋，兩件神器相互火拚，擦出劇烈火花。

西岐慘敗，傷亡慘重，被迫退回城中，諸神在姜子牙相府的議事堂裡一籌莫展。

哪吒急急忙忙走進來，面對姜子牙等人道：「各位師叔伯，門外有一位道人求見。」

姜子牙問道：「那道人來自哪裡？」

哪吒搖了搖頭，燃燈道：「子牙，無妨，無論是誰，這個人定然是友非敵！」

「哪吒，快請進來。」姜子牙忙道。

哪吒剛轉身，正要出門，那道人已經進來，朝崑崙諸神稽首道：「諸神大仙請了。」

眾人面面相覷，皆不識得此人，燃燈道：「道友仙方何處啊？」

道人笑道：「貧道乃閒雲野鶴，四海雲遊，路過貴地。貧道陸壓，乃西崑崙散人，聽聞趙公明借得金蛟剪下山，恐傷了諸位道友。金蛟剪乃上古神兵所化，威力無窮，今日我特來降服趙公明，讓他金蛟剪用不成！」

燃燈甚喜道：「道友果真能降伏此人，不僅對西岐舉國臣民有恩，也是我崑崙山的恩人。」

西岐戰敗，趙公明和聞太師回到營地修整後，繼續備戰。次日清晨，那趙公明騎著黑虎，又開始在西岐城下叫囂。

「燃燈，你貴為崑崙十二金仙之首，法力無邊，怎得昨日當了縮頭烏龜，逃得不見蹤影，難道蹲在城裡不敢出來了？」趙公明羞辱道。

姜子牙帶頭，崑山諸神隨後，陸壓道人陪同，出了西岐城門，城門大開，與聞太師的兩軍對壘。

姜子牙道：「公明兄，我勸你還是迷途知返，不要到時身首異處，得不償失。」

趙公明哈哈大笑，大言不慚道：「誰身首異處還未有可知！我這金蛟剪一出，三界內沒有幾人能擋，我勸你們還是乖乖投降，我給你們留個全屍！」

陸壓道人穿過人群，上前幾步，面對威風凜凜的趙公明，他卻冷笑道：「你就是截教趙公明？」

趙公明突然見到這副生面孔，深感疑慮。陸壓道人身材矮小，六尺左右，戴著魚尾冠，著大紅袍，相貌奇偉，長白鬚。

趙公明道：「你是何方妖道，敢來送死？元始天尊弟子中怎沒有見過你？」

陸壓道人搖頭道：「我非仙非聖，未入神籍，不拜玉虛宮。我乃是西崑崙陸壓散人，今日到此，襄助西岐，滅你趙公明。是你逆天而行，非怪我手下不留情。」

趙公明惱羞成怒，道：「好個妖道，竟敢故弄玄虛，出口傷人，吃我一鞭！」

趙公明舉鞭來打，陸壓以劍御之，不到三五個回合，趙公明就吃了敗仗，頻頻失手。趙公明再次將金蛟剪拋向空中，這法器再次化作像剪刀的金龍，陸壓化作雲煙而去，趙公明金蛟剪撲了空。

燃燈面對陸壓道人，道：「莫非道兄也拿不住趙公明？」

陸壓擺了擺手，面對姜子牙道：「接下來就需要姜丞相配合了！」

陸壓揭開花籃，取出黃娟，上面書有符咒和口訣，隨之對姜子牙道：「丞相，可往岐山上紮營，營內築一臺，高一丈，扎一個稻草人，並寫上趙公明三個字，草人頭上點一盞燈，腳下也點一盞燈，將黃娟焚化，一天禮拜三次，至二十一日，貧道午時來助你，趙公明必死！」

姜子牙率西岐諸將和崑崙諸神回城，閉門不出，暗出三千人趕往岐山，令楊戩和哪吒前往安置，後隨軍至岐山。

姜子牙按陸壓道人的吩咐，一一照做。那趙公明在營帳裡，心急火燎，心神不寧，在營帳內左右徘徊，抓耳撓腮。

聞太師為此深感憂心，問道：「公明師叔，你這是怎麼了？西岐將士和玉虛宮大仙都敗在你的手裡，怎麼我看你反倒心煩意亂了？！」

趙公明掐指一算，憤怒道：「是有人害我！太師，你且出去，待我運功調理！」

趙公明抱恙，聞太師只能派白天君、姚天君等人布下陣式，均被陸壓道人、燃燈道人和姜子牙等人所破。

聞太師得知二君已敗，急得暴跳如雷，趙公明又昏昏沉沉，迷迷糊糊，意志已然不清晰。

聞太師急不可耐，推了推趙公明，問道：「公明師叔，你究竟怎麼了？連睡數日不醒？！」

趙公明迷糊應道：「我並未睡呀。」

聞太師元神出竅，潛入西岐丞相府打聽，才知姜子牙一行正在岐山上，用釘頭七箭書射趙公明。

聞太師回營，將此事告知趙公明，趙公明憤怒難平，面對聞太師道：「太師，我為你下山，你一定要救我！」

聞仲一籌莫展，道：「一個姜子牙肉體凡胎好對付，可是崑崙金仙都在西岐，聞仲獨木難支啊！」

張天君見聞仲犯難，進前道：「太師，不用著急，今晚我命陳九公、姚少司，借用遁土之術潛入岐山，搶來此書，公明兄厄運可解。」

陳九公、姚少司領了命，便偷偷潛入岐山。

崑崙諸神神通廣大，此事豈能瞞天過海。崑崙金仙與陸壓道人正在姜子牙的府上打坐，陸壓道人眼皮跳個不停，掐指一算，已對聞太師一方的動向瞭如指掌。

陸壓道人面對崑崙眾仙，道：「諸位道兄，我算出聞仲已經知道了姜丞相在岐山詛咒趙公明的事，已派陳、姚二人用遁地之術潛入岐山，要搶箭書，我們得盡快通知子牙。」

玉鼎真人道：「如果我們駕雲去，恐怕趕不上！」

燃燈道人道：「我覺得派哪吒去最為合適，哪吒風火輪日行千里，肯定能在陳姚二人趕到岐山之前通風報信。」

陸壓道人點頭道：「嗯，我也認為哪吒最為合適。」

燃燈用傳音之術將哪吒喚來，陸壓將事情原委給哪吒說了一遍，哪吒二話不說，蹬上風火輪就朝岐山飛去。

陳、姚二人到達岐山已經是二更天，二人在空中俯瞰，那姜子牙披髮仗劍，手裡拿著符咒默念。二人趁姜子牙不備，轉瞬間將箭書搶走，如同三分鐘熱風。

姜子牙疾呼道：「賊子休走！」

姜子牙正要駕雲去追，哪吒趕至，與陳、姚二人正好撞面。姜子牙急喊道：「哪吒，快，二人搶了箭書，休要放他們離去！」

「我正為此事而來。」哪吒用火尖槍向二人發起攻擊，二人以劍抵禦，未及三個回合，哪吒一槍刺中姚少司的心臟，姚少司從天上掉了下去。

陳九公見姚少司已死，哪吒殺氣騰騰，正轉身逃跑，哪吒扔出乾坤圈，砸中陳九公的背心，陳九公口噴鮮血，落地而亡。

哪吒下去，姜子牙道：「哪吒，如果不是你及時趕到，這箭書就被搶去了，我們就功虧一簣！」

姜子牙從死者陳九公的懷裡搜出了箭書，道：「我看趙公明的死期到了。」

陳九公、姚少司去岐山搶箭書，久久未歸，聞太師在營帳內焦急地等待。時辰已到巳時，仍不見二人回來，坐立不安的聞太師，眼皮不停地跳，派幸環去打聽，才知二人已被哪吒所殺。

聞太師捶胸頓足，在營帳內大哭，轉身來見趙公明，趙公明仍在昏睡，鼾聲如雷。聞太師在趙公明榻前，痛哭道：「公明師叔……」

趙公明從迷糊中醒來，問聞太師道：「太師，箭書搶回來了嗎？」

聞太師吞吞吐吐，支支吾吾，面帶沮喪，趙公明已然明瞭，感嘆道：「看來我趙公明休矣！活該我當初不聽三霄師妹的勸阻，才致今日之禍！太師，如果我真的死了，你用我的道袍將金蛟剪包住，還給三霄師妹，她們見到我的遺物，如同見到我。」

聞太師聽得老淚縱橫。

趙公明滿頭大汗，握緊拳頭，大叫道：「雲霄師妹，我趙公明恐怕再也見不到你們了，我不該不聽勸呀！」

說罷，趙公明氣絕身亡。

聞太師拚命喊道：「師叔……聞仲看得出來你死得很痛苦，放心吧，我一定要為你報仇！不滅西岐，我誓不還朝。」

聞太師怒髮衝冠，提著雌雄雙鞭，就衝出了營帳，那氣勢洶洶的樣子，彷彿要活剝了姜子牙和哪吒。

第十三章　聞仲兵敗殞落

趙公明是截教弟子中法力最強、最受通天教主賞識的人，現在連趙公明都死了，聞仲伐西岐的信心遭到重創，有著強烈的挫敗感。西岐國庫充盈，猛將如雲，聞仲只好從三仙島請來了三霄姐妹。三霄為了替截教出氣，替趙公明報仇，毅然決然下山。姜子牙運籌帷幄，又有崑崙諸神助陣，以哪吒和楊戩為先鋒，三霄姐妹很快伏誅，魂歸封神臺。

聞仲自從出征西岐以來，連吃敗仗，被姜子牙的人馬追趕至岐山腳下，親點殘兵，已不足三萬人。將士們一個個狼狽不堪，垂頭喪氣，軍心渙散。

聞仲回頭看了看這些已經失去戰鬥力的將士們，仰天長嘆道：「天亡我大商啊！」

聞仲副將鄧忠上前問道：「太師，如今我們兵往何處？」

聞仲沒了主意，指著前面的路，問道：「這條路通往哪裡？」

辛環道：「此路通往佳夢關。」

聞仲道：「那就往佳夢關。」

鄧忠看了看士兵們，茫然道：「太師，將士們精疲力盡，連兵器都拿不動了，還能打仗嗎？」

聞仲大怒道：「鄧忠，你再敢蠱惑軍心，我砍了你！後有西岐追兵，如果我們不走，就只有等死，我聞仲一個人死了不要緊，如果朝歌大軍沒有一人生還，我如何見大王？如何見大商的列祖列宗？！」

鄧忠頓時不敢多言。

聞仲手執雌雄雙鞭，將雙鞭重重插入地下，足有一尺多深，雙手微微顫抖。他面向眾將士，道：「將士們，老夫知道你們都很疲憊，但是此刻不能停下來，後有追兵，一旦被西岐將士追上，我們都要死無葬身之地。你們都還年輕，家裡還有妻兒，不能就這樣放棄，快加速前進！」

聞仲經過了一番激烈的說辭，重新鼓舞了將士們的士氣，朝歌將士修整後繼續前進。

姜子牙正在西岐相府與燃燈道人、玉鼎真人等崑崙金仙議事，你一言我一語，哪吒蹬風火輪從天而來。

哪吒手持火尖槍，來到姜子牙面前，先是對著各位金仙拜了拜，又對姜子牙道：「稟丞相，末將奉命，一路追殺聞太師，如今太師帶領殘兵逃往佳夢關，末將特來請示丞相是否取下太師首級？」

姜子牙道：「哪吒，你自從投我西岐義軍，屢建奇功，這一仗你辛苦了。你和楊戩都好好歇一下，你廣成子師叔、雲中子師叔，還有你其他幾位師叔，他們都在路上等他呢，聞仲此役絕無可能生還，就讓他做垂死掙扎吧！我們必須殺死聞仲，他的殘兵敗將也要一併殲滅，不能放他們回到朝歌！你且退下，滅商之路還很長！」

「遵命。」哪吒搖身變成一道金光飛走了。

燃燈道人捋了捋鬍鬚，感嘆道：「聞仲一死，我們和通天教主的怨結得更深了！朝歌雖然少了柱國，但我軍勢必會招來復仇之敵啊！」

玉鼎真人口中唸道：「無量天尊，但願通天教主能夠深明大義……」

聞仲大軍人困馬乏，行至桃林，此時桃花盛開，滿山粉紅。忽見巨石下立一黃幡，黃幡下站著一位道人，此人正是廣成子。

聞仲氣憤道：「廣成子，我乃大商老臣，這是我與姜子牙和姬發的戰爭，與你何干，你何故攔我去路？！」

廣成子道：「聞仲，你說得沒錯，我身為玉虛宮人不該管人間的事情，師尊既然受命子牙料理人間事，子牙有難，我這做師兄的不能不管。你明知紂王殘暴，商朝氣數將盡，你還苟延殘喘，逆天行事。也罷，我不取你性命，不與你為仇，只是你不能過這桃花林，你只能從別處走……」

聞太師惱羞成怒，道：「你們不要忘了，現在還是大商天下，西岐逆賊就是反賊，聞仲替天行道何罪之有？廣成子你辱人太甚！」

聞仲騎著墨麒麟，提鞭朝著廣成子奔來，殺氣騰騰，那氣勢像是要撕了廣成子。廣成子用寶劍與聞太師的雙鞭火拚，聞太師左手持鞭攻廣成子下路，右手持鞭攻廣成子上路，鞭法極快，出手狠辣，招招致命，廣成子一味躲閃。幾個回合下來，廣成子處於下風，聞仲一鞭打在廣成子的背心，廣成子口吐鮮血；廣成子的寶劍也刺了聞仲一劍，正好傷了聞仲的左臂。聞仲左臂被劃了一道很深的傷口，鮮血直流，溼透了袖筒。

聞仲大叫道：「廣成子，今日你不讓我活，我大不了與你同歸於盡！」

聞仲睜開額頭上的天眼，天眼不停地眨，每眨眼一次，眼睛裡就發出白光。那白光射向廣成子，只要被射中，必然被灼傷，傷口也會糜爛。

白光幾次射向廣成子，廣成子身手矯健，都躲過了。廣成子從懷裡摸出照妖鏡，白光射到照妖鏡上，反射射中了聞仲自己，聞仲衣服著了火，急得連忙撲火。

廣成子又急忙拿出翻天印，祭於空中。

聞仲抬頭一看，大吃一驚，叫道：「翻天印？翻天印怎麼會在你的手裡？！」

聞仲忙收了雙鞭，騎著墨麒麟，掉頭就跑，隨行將士也齊刷刷地跟著聞仲跑。

鄧忠邊追趕聞仲邊道：「太師，我們不去佳夢關？如今去往哪裡？」

「前方通往何處？」聞仲急忙問道。

「燕山方向。」鄧忠道。

「那就去燕山，將士們快跟上。」聞仲騎著墨麒麟急奔向燕山方向，朝歌殘部拚命追趕。

聞仲為了擺脫廣成子，日夜兼程，馬不停蹄，朝歌將士精疲力竭，有些甚至累死在路上，三萬殘部，一路走一路丟，如今只剩下兩萬多人。聞太師殘部走走停停，不知到了何處，只見前方山勢險要，懸崖峭壁。聞仲忙問辛環道：「此乃何山？」

辛環搖搖頭，一臉絕望道：「稟太師，末將也不知道，此山險要，不吉利啊！」

鄧忠道：「太師，這座山我知道，應是太華山。古籍中有記載，描寫的太華山風貌和這裡很像，方位也差不多。」

赤精子正站在聞太師殘部正前方的山丘上，大笑道：「太師，赤精子在此等候多時了，你還不束手就擒？」

聞仲冷笑，道：「天亡我也！赤精子，莫非你也是來取我性命的？」

赤精子道：「聞太師，你是商朝老臣，又是截教弟子，我不殺你，我是奉燃燈師兄之命來此阻你，不許你進五關，你還是退回去吧。」

聞仲惱怒不已，道：「赤精子，截教與闡教本屬一脈，你們不能欺人太甚！反正今日逃難一死，我定要與你拚個魚死網破！」

聞仲用金鞭拍了拍墨麒麟的屁股，雙腿一夾，那麒麟奔向赤精子，聞仲舉鞭要打赤精子。赤精子則站在原地不動，鎮定自如，緩緩從懷裡摸出陰陽鏡，那鏡子正面放射出烈火，背面一照，即刻冰凍。

赤精子先是以鏡子正面照射聞太師，鏡子迸發出來的火焰噴向聞太師，聞太師的屁股著了火，一邊用手滅火，一邊掉頭逃跑；赤精子又用鏡子背面照他，頃刻間便下起了冰雹，只要被冰雹打中，瞬間凍結。聞太師只顧著逃命，朝歌將士很多被陰陽鏡所傷，哀嚎遍野，有些士兵被火焰烤得在地上打滾。

聞太師此時成了喪家之犬，自己和身後的兩萬大軍成了無頭蒼蠅，在林子裡亂竄，隊伍被衝散，四分五裂。聞仲騎著墨麒麟在林中來回折返，很多出口都被堵住了。

辛環急道：「太師，如今回朝歌的路都被堵死了，我們該如何是好？！」

聞太師心急如焚，但身為統帥，他只好裝鎮定。他面對鄧忠道：「我可借遁地之術返回朝歌，整頓兵馬再戰，可如今我身後還有兩萬多將士，如果老夫就這樣走了，這兩萬多將士性命可能不保啊！」

聞太師徘徊許久，掉頭朝青龍關方向而去，又奔跑了一夜，終於跑不動了，聞太師下令在咽喉之地安營紮寨。

疲憊不堪的聞太師剛剛卸下盔甲，掛在衣架上，正準備上榻，突然聽到外面亂哄哄的，人聲鼎沸，嘈雜不斷，此刻正值夜晚，森林裡什麼也看不見。聞仲掀開帳門，站在門口一探究竟，只看見將士們舉著火把亂成一團。

聞仲不明緣由，急得如熱鍋上的螞蟻。鄧忠火急火燎地跑過來，面對聞太師道：「太師，不好了，姜子牙派人來襲，神出鬼沒，你可要小心呀！」

聞仲轉身進帳，穿上鎧甲，拿起雙鞭，怒氣沖沖地衝出來，趁著夜色大喊道：「姜子牙、燃燈，你們都是元始天尊的弟子，怎麼能做襲營這種事情呢？」

聞仲正罵著，哪吒踩著風火輪，掄著火尖槍朝太師殺來，叫囂道：「聞太師，你的死期到了，我是不會讓你活著離開的！快快受死吧！」

聞太師大怒，罵道：「豎子，你好生無禮！」

隨後用天眼射哪吒，哪吒避之不及，用火尖槍去擋那天眼發出的金光，當即被彈出數十步遠。聞仲掄起雌雄雙鞭，與哪吒鬥狠，雙方相互拆招，不分輸贏。雙方的功力已經發揮到極致，林中百鳥驚飛，一人耍鞭，一人舞槍，地上捲起一丈塵土，飛沙走石席捲山林，直殺得天昏地暗。

聞仲部將鄧忠、辛環、余慶等人見聞太師與哪吒苦戰，雖不分勝負，但太師年邁，體力不支，遂縱馬持兵器上前助戰，將哪吒包圍起來，一擁而上，刀槍相加，刺向哪吒。哪吒擺脫聞太師，一跺腳，一揮槍，鄧忠等人全都被哪吒的火尖槍所傷，倒在了地上。

「你們都是不會法術的凡人，我勸你們不要再助紂為虐，放下兵器回家去吧！你們這樣的效忠是沒有意義的。要不了多久，我西岐大軍就要殺入朝歌，到時候朝歌城必將生靈塗炭、血流成河，趁早歸降，還能回家與家人團聚！」哪吒道。

鄧忠、余慶等人開始有些動搖，聞太師威脅道：「你們誰敢背叛朝廷，老夫第一個不放過他！要知道你們的妻兒都在朝歌，只要大王一聲令下，他們全都會人頭落地。還不快快動手，休要聽他妖言惑眾，誰殺了哪吒，老夫定當請示大王為其加官晉爵！」

眾部將再次撿起兵器，撲向哪吒，與哪吒生死相搏。哪吒默念咒語發動混天綾，那混天綾奔聞太師而去，聞太師見混天綾，騎著墨麒麟就要跑，混天綾追著他跑。哪吒騰出手來，一槍就將吉立刺於馬下。

鄧忠等人見哪吒如此神勇，止步不前。哪吒見鄧忠如此膽怯，便有意挑釁道：「我本有意放你們生路，你們硬要找死，我也沒有辦法！如此鼠輩貪生怕死，聞太師有眼無珠啊！」

鄧忠惱羞成怒，拔劍砍向哪吒。哪吒連躲了鄧忠三劍，丟擲乾坤圈，正中鄧忠甲冑，鄧忠的披肩掉了下來。鄧忠驚慌失措時，被哪吒使了一招回馬槍，刺穿了胸膛，當場斃命。

眾將士被哪吒的神威驚住了，不敢上前，分分撤退。

哪吒收起火尖槍，合上雙掌，變出三頭六臂，一隻手持乾坤圈，兩隻手持陰陽劍，蹬上風火輪闖進了朝歌大軍的隊伍中，殺出一條血路。哪吒大開殺戒，朝歌將士死傷無數，紛紛敗退，哪吒切斷了後路軍。

「聞太師已經被我打敗，正在敗逃，他就要被我的混天綾纏上了。朝歌氣數將盡，我勸你們還是快快放下武器，不要做無謂的犧牲，我的槍下絕不留情。願意歸降西岐的將士可免死，可回家與家人團聚！」

哪吒一邊衝殺，一邊對他們喊道。

眾將士異口同聲道：「我等願歸降明主。」

將士們紛紛將兵器乒乒乓乓扔了一地。

聞太師為了躲避混天綾的追趕，騎著墨麒麟跑了不知道幾里地，雖然擺脫了哪吒，但幾萬大軍如今只剩下幾千人馬。人困馬乏的將士們，連軍旗都丟了，走走停停，有些甚至倒在地上死了。

狼狽不堪的聞太師，已經精疲力竭，他杵著雙鞭，大喊道：「鄧忠何在？」

辛環上前道：「太師，鄧忠和吉立已經被哪吒殺了！」

聞太師大吃一驚道：「什麼？鄧忠死了？！現在還有多少將士？」

辛環道：「已不足八千，將軍中只有余慶還在，只可惜他好像已經投降西岐了。」

聞太師心如刀絞，轉身朝著碧遊宮的方向頂禮遙拜道：「祖師爺，天亡我也，看來聞仲是在劫難逃了，請師祖一定要為弟子報仇啊！」

辛環安慰道：「太師，勝負乃兵家常事，當年太祖商湯南征北戰，九死一生，才有大商六百年基業。

我們還有兵丁八千，太師武藝高超，我們定能殺出重圍，只要能回到朝歌，再調兵遣將，定能捲土重來，太師不可輕言放棄啊！」

聞太師長嘆一氣，哪吒的聲音再次傳來，道：「聞仲匹夫，拿命來！」

聞仲一聽，受了驚，又騎著墨麒麟再度狂奔，將士們又跟著跑了幾里路才停下來。見哪吒終未追來，聞仲心神受損，大吐一口血，從麒麟上摔下來，並傳令殘兵在山坳裡安營紮寨。

黎明，聞太師拔營往黃花山出發，行至不足十里，見一金甲紅袍的小將，坐在玉麒麟之上，手握兩把銀錘。

聞太師大喊道：「哪裡來的小將，竟敢擋住我的去路！我乃朝廷太師，還不遠遠離去！」

「我乃武成王之子黃天化是也。聞仲老兒你作為朝廷鷹犬，追殺我父子，我今天就是來報仇的！我奉姜丞相之命，在此恭候多時，還不快快下來受死！」

聞太師騎著墨麒麟，衝向黃天化，大罵道：「豎子，好生無禮！你父黃飛虎見我也要忌憚三分，你竟敢如此放肆！吃我一鞭！」

聞太師騎墨麒麟，單鞭與黃天化打鬥，黃天化騎著玉麒麟，以雙錘相迎。黃天化的重錘，力道很大，砸在地上，地上也要裂開縫隙。

兩人相互拆招，大戰二三十回合，太師氣喘吁吁，黃天化精力充沛，招招致命。辛環和余慶怒髮衝冠，焦急難耐，異口同聲喊道：「太師，我來助你！」

黃天化見二將助戰，忙騎著玉麒麟，跳出合圍，疾走。

余慶見黃天化逃跑，便策馬猛追上去。黃天化收起雙錘，回頭將火龍標使出，正中余慶額頭，余慶當即死亡，摔下馬來。

辛環見余慶落馬而亡，大驚失色，大喊道：「我來也！」便衝了上去。

辛環持長槍攻上來，先是攻擊黃天化的上三路，黃天化的雙錘是短兵器，不好應付，辛環一槍刺到了他的髮冠，髮冠掉落，黃天化騎著玉麒麟迅速逃脫。

那玉麒麟本是道德真君的坐騎，行如風，快如電，轉瞬間便消失得無影無蹤。

辛環一臉驚慌，在原地繞著圈子，東南西北四個方向觀望，都不見黃天化。

驚慌失措下，喊道：「反賊，哪兒去了？有種滾出來！」

黃天化騎著玉麒麟出現在辛環頭頂上空，打出摧心釘，辛環被擊中胸口而死。

見辛環一死，聞太師心如刀絞，捶胸頓足，道：「痛煞我也，連失兩員大將。」

聞太師騎著墨麒麟，帶著殘兵，往東南敗走。

聞太師所部死傷慘重，他帶著所剩無幾的數百人馬，緩緩前行，見後無追兵，便席地而坐，格外狼狽。

聞太師命人紮營，生火做飯，天色已暗，太師坐在石頭上發呆，老淚縱橫。就在太師失魂落魄、黯然神傷的時候，遠處山上鼓聲雷動，人聲鼎沸，滿山遍野全部是聲討聞太師的聲音。聞太師從石頭上起身，朝遠處山頂望去，見姜子牙與姬發正在山頂上下棋，氣定神閒，一副穩如泰山的樣子。

哪吒站在姜子牙和姬發身邊，用火尖槍指著聞太師喊道：「聞仲老匹夫哪裡去？我家丞相和主公在此等候你多時了！你的末日到了。」

聞仲一聽別人叫他老匹夫，大動肝火，騎著墨麒麟，持鞭朝山上殺來，喊道：「我乃大商兩朝重臣，豈容你羞辱，無知豎子還不受死！

老夫今日就算豁出性命，也要與你們做個了斷！」

聞太師的墨麒麟再快，如何快得過哪吒的風火輪，聞太師舉鞭朝姜子牙和姬發打來，被哪吒用火尖槍擋了回去。與哪吒鬥了幾個回合，聞太師氣喘吁吁，哪吒與聞太師苦鬥，金吒和木吒他們掩護姬發等人下山。

待姬發及其西岐諸將都退得差不多了，哪吒丟擲乾坤圈，向聞太師砸去。聞太師躲閃，用雙鞭將乾坤圈打落了。哪吒的風火輪快如閃電，瞬間哪吒便消失得無影無蹤。

聞太師用天眼在山中查看，找不到一個人的蹤影。

聞太師急了，喊道：「姜子牙，姬發，你等反賊還不快快現身與我決一死戰！」

就在聞太師氣急敗壞的時候，山下旌旗雷動，西岐將士黑壓壓一片，將聞太師及其殘部包圍在山中。

姜子牙喊道：「取聞仲首級者，主公有重賞！」

聞太師惱羞成怒，騎墨麒麟，在此回頭掩殺。那雷震子突然展翅飛來，一雙翅膀自帶風雷，一搧動則，地動山搖，塵土飛揚，天昏地暗。聞太師被沙子迷了眼睛，迷失在沙塵暴裡，什麼也看不見。雷震子來勢洶洶，拿金棍朝太師打來。那金棍威力甚大，太師一躲閃，金棍打在聞太師的坐騎墨麒麟身上，麒麟隨之慘叫，斷成了兩截，太師摔在了地上，狼狽地借土遁之術逃走了。

聞太師借土遁之術不知在地下鑽了幾里路，伸出頭來在地上窺探一番，不見有人，這才從地下跳了出來。

此時的聞太師狼狽不堪，又累又餓，悲憤道：「天亡我也，大王，看來大商氣數真的盡了！老臣恐怕沒有命再回到朝歌了。」

聞太師身邊已無一兵一卒，歪歪倒倒走了幾步，忽見叢林深處有一茅屋，炊煙裊裊。太師飢餓難耐，加快步伐，推開籬笆，進了院子，敲了門喊道：「有人在嗎？」

聞太師以微弱的聲音喊了幾聲，才有人出來開門，是位老者，拄著枴杖。

聞太師乞求道：「老人家，我是朝廷的太師，奉命討伐叛軍，兵敗至此，飢餓難耐，能否賞口飯吃，等老夫回到朝歌，定以千金相贈！」

老者跪迎道：「原來是太師，草民拜見太師，太師請進。」

聞太師將老者扶起來，老者以飯食款待，太師歇息半日便辭別老者。

太師離開茅屋，一直走，見到伐木樵夫，上前問道：「小兄弟，請問去青龍關走哪條路近些？」

樵夫放下斧頭，指著前方道：「往西南十五里，過白鶴墩，便見到青龍關大路。」

聞太師向樵夫致謝後，便往西南方向而去。

待太師走遠，樵夫搖身一變，變成了楊戩，斧頭變成了哪吒。

哪吒道：「前面就是絕龍嶺，聞太師這回死定了！」

楊戩調侃道：「你呀，蓮花化身沒心沒肺，我倒覺得聞太師挺可憐的，一個兩鬢斑白的老人，一生為朝廷操碎了心，老了卻落得如此下場！」

哪吒冷笑道：「楊戩大哥，你忘了聞仲老兒殺死了西岐多少將士？他至少是間接凶手！」

楊戩嘆了一口氣，道：「走吧，一起去絕龍嶺，看看聞太師最終的結局。」

楊戩化成一道金光飛走了，哪吒蹬上風火輪，也消失在天際。

聞太師死了墨麒麟，身邊也沒有一兵一卒，就這樣狼狽不堪地走在崇山峻嶺間。按照楊戩的指示，他來到了絕龍嶺，見前方山勢險峻，樹林遮天蔽日，安靜得可怕，連個鳥叫聲都沒有，走出一線天，心神不寧，惶恐不安，東張西望。

「哈哈哈，聞太師哪裡走?!」聞仲的身後傳來一個老者的笑聲。

聞仲猛一回頭，見是終南山雲中子，他身穿道袍，手持拂塵，一副慈眉善目的樣子。

聞仲冷笑道：「原來是終南山的雲中子，你也是奉了姜子牙之命取我性命的?」

雲中子搖了搖頭，嘆道：「太師，你身為截教弟子，明知道商朝氣數已盡，為何還要自尋死路？我勸你還是儘早歸附，否則今天就是你的死期！」

聞仲苦笑道：「我受商朝兩朝王恩，位居太師，一人之下萬人之上，紂王雖然昏聵，但待我如師如父，我豈能棄他而去，除非聞仲死了，否則你們別想進朝歌城。」

說罷，聞太師持雙鞭猛打過去，雲中子用掌心雷對著聞太師打了幾掌，聞太師躲過了雲中子的掌心雷。隨之，聞仲用天眼射向雲中子，與雲中子的掌心雷對攻，強大的力量使得山崩地裂。

雲中子伸出手掌，手中有八根金針，他將其拋入地面，並唸咒語，平地生出八根柱子，柱體如同熊熊燃燒的烈火。

聞太師被包圍在其中，這時哪吒和楊戩已經趕來，稟告了雲中子後，便在一旁觀戰。

聞太師被八根火柱圍困後，心急如焚，道：「通天神火柱？！」

雲中子道：「得虧你還認得，太師，只要你肯歸降西岐，貧道立馬收了火柱。」

聞仲冷靜道地：「聞仲寧為玉碎不為瓦全，士可殺不可辱，要我投降絕無可能！」

八根通天神火柱，高三丈，按八卦布局，雲中子唸咒語，四十九條火龍騰空而起。聞太師掐指念避火訣，準備借土遁之術逃脫，幾番跺腳，仍不能土遁。火龍衝聞太師噴火，聞太師心急如焚，大喊道：「怎麼回事？」

雲中子道：「太師，你太小瞧了通天神火柱的力量了，你認為可以借土遁逃脫，未免有些天真了！」

聞太師情急之下欲駕遁光逃走，哪吒大叫道：「看你往哪裡跑！」

哪吒從懷裡掏出九龍神火罩，拋入空中，並唸咒語，那神火罩瞬間變大，足有兩三丈高，同樣神火罩中出現九條火龍。太師燥熱難耐，痛不欲生，神火罩火勢凶猛，罩內有劈里啪啦的聲音。

聞太師慘叫一聲，喊道：「大王，老臣以死謝罪了！」聞太師灰飛煙滅。

哪吒收了神火罩，雲中子也收了神火柱，雲中子同情道：「聞太師為了商朝操勞一生，沒想到是這樣的下場！」

楊戩道：「師叔，我輩修道之人，不想再徒增殺孽啊！」

雲中子無奈地搖搖頭，三人化身而去。

三更天，紂王從噩夢中驚醒，驚擾到了一邊的妲己娘娘。見紂王突然坐了起來，滿頭大汗，妲己問道：「大王，做噩夢了？」

紂王眼淚奪眶而出，傷心欲絕道：「太師託夢給孤王，說他在絕龍嶺被雲中子和哪吒等人合圍而殺，他是被燒死的，太慘了！」

妲己安慰道：「大王，太師吉人天相，想必不會有事的！再說這只是一個夢，不能當真的！」

紂王痛哭道：「寡人做夢從來都是真的，沒有一次不應驗，看來太師真的撒手人寰了！寡人失了柱國之臣，痛煞寡人，寡人一定要滅了西岐，為太師報仇！」

妲己道：「大王，安睡吧！」

紂王從龍榻上起身下地，穿上王服，來到窗前，暗自悲切。

第十四章　父子冰釋前嫌

聞太師死後，商朝已敲響了喪鐘。哪吒輔佐姜子牙，先後收鄧九公，迎戰冀州侯蘇護、張山、李錦，苦戰崑崙妖仙申公豹等。

西岐城門外，西岐將士的屍體橫七豎八地倒成一片，堆積如山，將士們的身上插滿了孔雀翎，他們都是被孔雀翎所殺，死狀慘烈。城門外颳著風，滿天沙塵，空氣裡還瀰漫著濃濃的血腥味，有烏鴉在城牆上叫，那聲音甚是淒涼。

城門樓上掛著一塊很大的免戰牌，西岐將士日夜在城樓上堅守，聚精會神，不敢有絲毫懈怠。

武王姬發、黃飛虎、姜子牙、武吉、黃天化、楊戩、哪吒、金吒、木吒、雷震子等西岐的大部分核心將領都退守到西岐的城樓裡，足足有數十人。外面的天氣很冷，寒風刺骨，他們很多人衣著單薄，畏首畏尾，不斷地搓雙手並哈氣，有些將軍遍體鱗傷。

武王姬發現諸將一籌莫展，頓生憂慮，他走到姜子牙的面前，作揖道：「相父，敵將凶惡，我們接下來該怎麼辦？」

姜子牙道：「我西岐自起兵之日起，大大小小數百次戰役，雖然遇到過像趙公明、聞太師這樣的強敵，但最終我軍都險勝。如今來了孔宣，恐怕是我軍有史以來遭受的最強大的敵人，在場諸將沒有一個人鬥得過。主公還是先回府去吧，我們將士齊心協力一定會大獲全勝，主公留在這裡，不僅幫不到我們，還會使我們將士也會畏首畏尾！」

「起碼孤可以留在這裡鼓舞大家的士氣啊！」姬發堅定道。

姜子牙回頭面對雷震子吩咐道：「雷震子，快送你二哥回去。」

城門下，孔宣帶著兵馬在下面叫囂。

「姬發、姜子牙，你們這些縮頭烏龜，快滾出來！爺爺我殺個雞犬不留……」

哪吒咬牙切齒道：「這個孔宣，著實可恨，讓我下去，定要像拔龍鱗那樣拔下他的孔雀翎！」

說罷，哪吒正要衝出去。

金吒急道：「三弟，莫要魯莽！」

姬發見將士們同仇敵愾，也欣慰很多，道：「丞相，諸位將軍你們多加小心啊，我回府裡靜候將軍們的好消息！」

姬發在雷震子和周公旦的陪同下，離開了城樓，往城內走去。

武吉走到姜子牙面前，道：「這孔宣實在放肆，丞相我跟他拚了！」

說完，沒等姜子牙反應過來，就拿著長槍衝了出去，一躍跳下了城樓，出現在孔宣面前。

那孔宣明明長得像人，但是背上全是孔雀翎，六分像人，四分像孔雀，就連咆哮的時候也像孔雀叫。

孔宣見武吉氣勢洶洶，問道：「你是何人？」

「我乃西岐大將武吉，妖孽還不速速就擒！」武吉氣衝霄漢道。

孔宣大笑道：「就連元始天尊的愛徒，你們西岐的丞相姜子牙都不是我的對手，就憑你？我勸你還是乖乖退下，不要來送死！誰替我教訓下這個小輩？！」

孔宣回頭對身後的將領說。

五軍救應使高繼能策馬來到孔宣面前，主動請纓道：「統帥，末將願意替統帥教訓他。」

得到孔宣首肯後，高繼能持長槍與武吉大戰，兩人展開了火拚。

高繼能和武吉戰了三十個回合，武吉被高繼能一槍刺中了大腿，血流不止。高繼能坐在馬上居高臨下，武吉邊戰邊退，退了十餘步，被一塊巨石絆倒，高繼能策馬而來，招招致命，武吉身手敏捷，幾次翻身躲過了高繼能的長槍。

最後，武吉精疲力竭，跑不動了，面對高繼能迎面而來的槍尖，他生生閉上了眼睛赴死。

哪吒蹬風火輪而來，用火尖槍為武吉擋了一下，將高繼能打退了。

高繼能不快道：「又是你，哪吒，回回壞我好事。我家統帥法力無邊，這西岐城用不了幾日就要被攻破。為避免屠城，我建議你們還是早早投降，不然我們可要大開殺戒了！你看看這滿地的屍體，好像都是你們西岐的將士吧！」

高繼能一副幸災樂禍的樣子。

哪吒道：「我哪吒自託生以來，就沒有吃過什麼敗仗，今日也不例外，今日就是你的死期！奸賊，吃我一槍！」

哪吒蹬風火輪，在空中來去自如，高繼能使馬，哪吒居高臨下。

哪吒先是在空中與高繼能周旋，時而挑釁，從高繼能身後發冷槍，殺他一個措手不及，高繼能氣得七竅生煙，狂躁不已。

哪吒得意道：「奸賊，哪吒取你性命如同探囊取物，我勸你早早歸降了吧！」

高繼能連發數槍，回回撲空，哪吒的火尖槍有千斤之力，就一槍也壓得他喘不過氣來。高繼能見不敵哪吒，便策馬回奔，要逃走。

哪吒取下乾坤圈砸向高繼能，高繼能便使槍要打落乾坤圈，那乾坤圈已經和哪吒心意相通，在空中盤旋一陣，砸在高繼能的肩膀上，高繼能伏著身子，往回奔。

哪吒落下來，將受傷的武吉扶起來，道：「這高繼能如此厲害，孔宣就更不用說，要是他出手，我們兩個聯手也打不過，有時候衝動是魔鬼，量力而行才好！」

哪吒背著武吉，蹬上風火輪，便回到城樓上。見武吉受傷，姜子牙眉頭緊鎖。

高繼能落荒而逃，來到孔宣面前，道：「統帥，末將無能，請統帥賜罪！」

孔宣憤懣道：「這不怪你，哪吒出手你打不過也正常，他可是靈珠子轉世，三界內少有的高手！」

孔宣從眼睛裡搓下幾粒眼屎，吹了一口氣，變成了藥丸，遞給受傷的高繼能道：「吃下它，你的傷就痊癒了。」

高繼能有些遲疑，不肯接，吞吞吐吐道：「這……」

「放心吧，孔雀眼屎可是好東西，不是誰我都給！」孔宣道。

高繼能拿過去，一口吞了下去，肩上的傷勢立刻痊癒，他面對孔宣連連鞠躬道：「多謝統帥！」

孔宣獨自上前，面對西岐城樓喊道：「姜子牙，西岐與朝廷注定一戰，你難道打算一輩子不出來嗎？當一輩子縮頭烏龜嗎？」

姜子牙面對孔宣的辱罵和挑釁，坐懷不亂，為了不連累將士們，他單人單騎來了城門，騎著四不相走了出來。

姜子牙見孔宣背後孔雀毛開了屏，有五道神光，分別為青、黃、紅、白、黑，心生怯意。姜子牙憤怒道：「你看看如今這西岐城外屍橫遍野，你殺戮這麼多無辜的生命，你難道不怕遭到天譴嗎？你自恃法力高強，就可以任意妄為嗎？」

孔宣道：「姜子牙，如果你說服姬發早早歸順，哪裡會有這些無辜生命冤死！如果要追究責任，地上的這些人都是你們害死的，你們不應該拉著他們跟你們造反啊！」

姜子牙冷笑道：「天命無常，乃有德者居之，紂王無道，人神共憤，我們各為其主，我不想與你爭論！」

「在我看來，造反就是造反，說再多也只是強詞奪理！」說罷，孔宣揮刀來取子牙人頭。

見姜子牙遭到孔宣攻殺，雷震子護送姬發回府後，火速趕來支援。雷震子一雙風雷翅膀，發出雷電，雷電擊打在孔宣的孔雀翎上，孔雀翎瞬間被燒焦。孔宣用大刀與雷震子的風雷黃金棍展開大戰，那風雷黃金棍也是自帶風雷，又颳風又閃電，孔宣避之不及，面對雷震子的輪番攻擊，孔宣背後發出一道黃光，將風雷棍吸了進去。

雷震子急道：「快還我風雷棍！」

雷震子張開雙翅，再發風雷，此時那孔宣發出孔雀翎，那翎毛像箭雨一樣射向雷震子，雷震子避之不及，只好作罷，便逃走了。

孔宣又以大刀砍向坐騎上的姜子牙，姜子牙舉起打神鞭，衝過去打孔宣，打神鞭瞬間被吸入了孔宣所發出的紅光之中，如同拋入了大海，姜子牙大驚失色，連忙回跑。

孔宣大笑道：「姜子牙，你身為元始天尊的愛徒，難道就這點本事嗎？」

西岐將士此刻已經士氣不高，他們都聚集在相府，與姜子牙再做商議。姜子牙束手無策，嘆道：「這孔宣是我們起義以來從未有過的勁敵啊！當年的趙公明也十分難對付，但是比起這孔宣還是差很多啊，他背後的五道神光不知為何物，竟有如此魔力，我的法力和神兵在他的神光面前毫無招架之力！」

哪吒道：「即便如此，我也要和他拚了，大不了就是一個同歸於盡！」

姜子牙道：「哪吒，伐紂大業長路漫漫，不可逞匹夫之勇！」

楊戩杵著三尖兩刃刀，氣餒道：「我楊戩自從拜師玉鼎真人，也見過無數妖魔鬼怪，從未吃過敗仗，可連我的哮天犬見到孔宣都不敢叫一聲，我的神兵也全無抵抗之力，不知何故？」

姜子牙面對身後受傷的西岐將士，心裡很不是滋味，自責道：「明知道你們不是孔宣的對手，還把你們派出去，害你們差點丟了性命，洪錦還在孔宣的手裡，是我這個軍師沒有當好啊！」

武成王黃飛虎道：「丞相，事已至此，就不要自責了，現在孔宣已經成了驕兵，而驕兵必敗，我們何不趁此襲營，救出洪錦，殺他一個措手不及！」

金吒道：「武成王說得對！丞相，金吒願為先鋒！」

面對金吒的請求，姜子牙搖了搖頭，道：「我倒覺得哪吒、雷震子、黃天化三人最合適，金吒就留在城裡防孔宣偷襲。」

哪吒和雷震子出列，異口同聲道：「請師叔吩咐。」

姜子牙面對三人道：「哪吒今夜去劫孔宣轅門，黃天化去劫他的左營，雷震子去劫他的右營，即便不成也要挫挫他的軍威！」

三人領命後離去。

大勝而歸的孔宣，在軍營裡與部將高繼能、周信等人慶賀。正把酒助興，突然孔宣眼皮跳個不停，他放下酒樽，掐指一算，臉色沉重。

「統帥，你怎麼了？」高繼能疑惑道。

孔宣大喜，拍案而起，道：「來得正好，我就將計就計，來一個甕中捉鱉！」

周信也放下酒樽，困惑道：「統帥，到底是什麼事兒？」

孔宣道：「姜子牙派哪吒、雷震子、黃天化來偷襲我軍大營，現在人正在來我營地的路上。不如我們就將計就計，高將軍埋伏在左營門，周信埋伏在右營門，今夜我就讓他們有來無回。」

高繼能和周信放下酒樽，下去排兵布陣了。

姜子牙委派的這三路先鋒暗自上嶺，二更天，鑼鼓聲響起，三路人馬吶喊著衝進轅門。哪吒蹬上風火輪，提著火尖槍，一直殺到中營。孔宣見哪吒殺進來，鎮定自如，他慢慢上了馬，朝著哪吒奔了過來，大笑道：「哪吒，你今天是有備而來，此番劫營，我一定不會放過你，你休想再逃脫！」

哪吒不知孔宣功力如何，也從未與他正面交戰，大罵道：「你這隻長毛的怪物，今天小爺就拿你開刀！」

說罷，哪吒便舉槍與孔宣大戰，孔宣以青銅大刀相迎，兩人相互拆招，打得難解難分，哪吒拚盡全力終於在招式上壓制孔宣。

另一邊，雷震子與周信大戰，周信勉強接了雷震子幾招，雷震子展開風雷雙翅，一風一雷，地上風沙走石迷眼睛，驚雷打在地上，草木燃燒，地上的土也變成了焦土。周信連戰連退，策馬回奔，雷震子的風雷棍耍出驚雷正中周信後背，打得他口吐鮮血而亡。

雷震子轉瞬飛至中營，見哪吒正在與孔宣大戰，雷震子大叫一聲道：「孔宣逆賊，看我的天雷！」

雷震子一棍打向孔宣，閃電交加，孔宣的孔雀翎發出一道黃光，射向雷震子，雷震子見此光厲害，便逃走了。

哪吒見孔宣如此厲害，便藉機逃走，孔宣以白光射向哪吒，哪吒化作一道金光逃走了。

原地待命的黃天化，聽見裡面殺聲大作，騎著玉麒麟帶兵衝進左營，高繼能早已埋伏好了，就等黃天化衝進來，霎時間萬箭齊發，周兵死傷不少。

黃天化見中計，本欲回撤，高繼能舉錘衝出來，黃天化以長槍痛擊，黃天化的槍尖與高繼能的大錘相拚，擦出火花。黃天化的長槍使得出神入化，招招致命，高繼能的肩膀也被刺傷，雙錘難敵，便策馬而去。

黃天化勢必要將高繼能置於死地，便拚命追趕，那高繼能慌忙取出蜈蜂袋，放出蜈蜂，那蜈蜂就像是蝗蟲一樣成群地撲向黃天化。

黃天化用長袖捂住面孔，蜈蜂成群地喝玉麒麟的血，黃天化從玉麒麟身上摔了下來，高繼能舉錘，一錘砸在黃天化的心窩，黃天化口吐鮮血，暴斃。

經過一夜廝殺，山上屍橫遍野，血流成河，血染枯草。孔宣回到營帳內，將五彩神光一抖，哪吒和雷震子掉落下來。

面對孔宣，哪吒不懼道：「妖孽，殺了我們吧，我們是不會向你求饒的！」

「對，我們就是死，也不會皺一下眉頭！」雷震子正義凜然道。

孔宣一陣冷笑後，將他們都收了監。

高繼能提著血淋淋的人頭興沖沖走進來，笑道：「統帥，我砍了黃天化的腦袋，西岐少了一員大將！」

高繼能將黃天化的人頭扔在孔宣面前，孔宣道：「哪吒和雷震子也被我所擒，現在已被我關押！」

高繼能激動道：「統帥，這兩位可是西岐主將，殺了算了，不能放虎歸山，殺了他們也好為聞太師報仇雪恨啊！」

孔宣思慮道：「不急，有他們兩個為人質，姜子牙必然不會坐視不管，只要他們敢來，我就將他們一網打盡！」

「哎。」高繼能拂袖而去，一副不甘心的樣子。

已經四更天，仍不見三人回來，姜子牙與諸將心神不寧，坐立不安。黃飛虎面對姜子牙急道：「丞相，他們怎麼還沒有回來，不會出什麼事了吧？那孔宣可不是省油的燈！」

姜子牙眉頭緊鎖，道：「哪吒的風火輪日行千里，不應該啊，該回來了，待我卜上一卦！」

姜子牙用裝著銅錢的龜殼占卜，他默念咒語，閉目，將龜殼在手裡搖了搖，後將龜殼裡的銅錢倒出來，定睛一看，臉色煞白，驚恐不已，一屁股坐在了椅子上道：「天化被高繼能所殺，哪吒和雷震子已經被孔宣擒了！」

黃飛虎痛徹心腑，幾經崩潰，嚎啕大哭道：「兒啊，你走了讓爹怎麼辦啊！帝辛，我與你不共戴天！」

姜子牙道：「黃將軍，節哀順變，天化之死乃是天意，兩軍交戰定有死傷，待伐紂功成後，我向天尊請求封天化為神，這樣天化就可永享人間香火！」

黃飛虎淚流滿面，面對姜子牙作揖道：「多謝丞相。」

金吒和木吒聽罷，心急如焚，金吒道：「姜師叔，哪吒和雷震子有難，還請師叔想想辦法啊。如果三弟有個閃失，又如何向父母交代？」

「是呀，師叔，求求你了！」木吒跪在姜子牙面前，扯著他的衣襟苦苦哀求道。

金吒也跪在了姜子牙面前，深感同情道：「你們兄弟快起來，哪吒是我西岐將領，又是我師兄太乙真人的弟子，你們不用求我我也不會袖手旁觀的，你們先起來。」

姜子牙將二人扶了起來，在場諸將對此深感同情。

姜子牙眉頭緊鎖，一籌莫展道：「這孔宣的法力是當初趙公明的數倍，一個趙公明就讓崑崙諸仙傷透腦筋，這孔宣恐怕非我們這些人能對付得了的，哪吒和楊戩是諸位將軍中最能打的，現在連他們都被擒，大家還是想想辦法怎麼對付孔宣！」

就在姜子牙焦頭爛額的時候，突然有兵士來報，道：「稟丞相，外面有一個身穿金甲，頭戴金盔，濃眉大眼，長鬚，一手拿著黃金塔，一手拿著黃金杵，威嚴無比，自稱是李靖！」

姜子牙不識，思索片刻道：「莫非是燃燈師兄弟子李靖到了？」

金吒和木吒驚喜不已，異口同聲道：「是爹到了。」

金吒和木吒準備出門迎接，這時候李靖已經進了內堂。見李靖，金吒和木吒撲上去欣喜若狂道：「爹，你終於來了？」

木吒激動道：「爹，孩兒好想你！」

李靖拍了拍木吒的肩膀，金吒出了門望了望，不見殷夫人，回頭對李靖道：「爹，娘呢？娘怎麼沒和你一起？」

李靖感嘆道：「你們兄弟三人投靠了西岐，我這個商朝的陳塘關總兵也當不了了，紂王派兵追殺我們，我和你娘在逃跑中走散了，我受了傷，後來被燃燈道人所救，拜在了他的門下。傷勢痊癒後，我也曾去尋過你娘，聽說你娘被西王母所救，爹就去崑崙山，沒見到她；又聽說你娘被女媧娘娘所救，爹又去了女媧宮，遍尋不著；如今又聽說她在九天玄女宮，爹正要去九天玄女宮找你娘，燃燈大師算出哪吒有難，我又馬不停蹄趕來西岐。哪吒現在哪裡？爹虧欠他太多了！」

金吒將李靖拉到姜子牙面前，道：「爹，這位就是西岐丞相姜子牙師叔，他是元始天尊弟子，也是我們的師叔。」

李靖面對姜子牙作揖道：「李靖見過姜丞相，我的三個兒子一直在丞相手下效力，多謝姜丞相對他們的照顧！」

姜子牙內疚道：「李將軍無須多禮，將軍大名姜尚早有耳聞，怎料將軍今日方才到此。哪吒如今被孔宣所擒，我等卻束手無策，真的有愧將軍！」

李靖安慰道：「丞相莫要自責，李靖正為此事而來，孔宣道行高深，我們不可硬碰，只能智取，等先救出哪吒和雷震子再說，師尊燃燈隨後便到。」

姜子牙將西岐諸將黃飛虎等人一一做了介紹。

李靖疑惑道：「按理說聞太師和趙公明一死，截教再無高手，這紂王到底從哪裡請來的奇人異士？這孔宣有何來歷，我師尊燃燈道人也說不清楚！姜丞相與此人打過交道，他的手段如何？」

姜子牙無奈道：「此人本事遠在趙公明之上，他的武功平平，楊戩和哪吒都能在招式上戰勝他，只是他背後的孔雀翎發出的五色神光不知為何物，神鬼莫敵，只要被神光照到非死即傷，甚至魂飛魄散！實不相瞞，西岐諸將無人能敵！」

李靖道：「師尊把照妖鏡借給我，讓我用照妖鏡照一下他的真身，倘若他的真身真的是一隻孔雀，孔雀的天敵是豹子和老虎，我們的人變成豹子，就算收不了他，也嚇嚇他！」

楊戩連忙站出來，面對姜子牙和李靖，道：「丞相，李將軍，這件事情還是我去最為合適，我有七十二般變化，變什麼都可以，我可以潛入敵營探聽一些哪吒和雷震子的下落，我們再來個裡應外合，一起救出他們！」

姜子牙恍然大悟道：「老夫差點忘了，這孔宣能掐會算，說不定他已經推算出我們的動向了！」

黃飛虎憤懣道：「這妖魔能修煉到如此地步，著實難對付！」

姜子牙一籌莫展，在屋子裡左右徘徊，道：「再厲害的法術，也有破解之法，讓我想想……我記得師尊元始天尊說過，卯時是一天陰陽交替之時，法術最為微弱，掐算法術也不能用，如果選在這個時候偷襲孔宣再合適不過。楊戩和李將軍去救哪吒和雷震子，武成王、金吒木吒兄弟、其餘將領隨我去放火，引開孔宣，那時大家法力都弱，說不定我們都可以逃脫！」

楊戩道：「怪不得一到卯時，我的天眼也看不遠，法術無法施展，原來如此。」

姜子牙面對李靖道：「李將軍，你們都先下去休息吧，我們依計行事！」

諸將紛紛離去。

諸將一夜未眠，在相府待命。卯時一刻，楊戩奉命刺探歸來。

「丞相，我已經探聽到關押哪吒和雷震子的地方了！」楊戩面對姜子牙道。

一旁的李靖迫切問道：「楊將軍快說，我兒關在何處？」

「是呀，楊將軍，我三弟怎麼樣了？」金吒急道。

木吒也眼巴巴地看著楊戩，楊戩道：「那孔宣的手段甚是殘忍，關押哪吒和雷震子的地方甚是隱祕，在距離孔宣兵營不遠的山洞裡，周圍有重兵看守，如果不是我變成飛蛾混進去，根本找不到關押哪吒他們的地方，只是……」

「只是什麼？！」李靖急道。

「只是哪吒和雷震子他們的法器全部被孔宣收走了，我去到洞中時發現他們沒有元神，我怎麼喊他們都沒有反應。孔宣將他們的元神和身體分開關押，他們的法器和元神都不知去向，我們的營救怕是有困難啊！」楊戩一籌莫展道。

李靖急得焦頭爛額，面對姜子牙道：「丞相，你是元始天尊的弟子，能否找出營救之法救出我兒哪吒？求求你了，我欠他的太多了！」

姜子牙嘆了一口氣，表現得十分為難，面對李靖的請求，他也是束手無策，背著手，在屋子裡來回徘徊，苦思對策。

「好在這個時候，孔宣的法力會削弱，掐算的法術也不靈，雖然我們的法力也會受到影響，但是我們能打的將軍就有好幾位，到時候果真與孔宣交戰，我們群起攻之，相信也能全身而退。我們一定要搶占時辰，一個時辰內要救出哪吒和雷震子，否則前功盡棄！」姜子牙疑慮重重道。

遵照姜子牙的吩咐，眾人分頭行事，李靖和楊戩一組，姜子牙帶領武成王、周公旦、金吒、木吒等西岐將領一組。

關押哪吒和雷震子的山洞異常隱祕，四周都是懸崖峭壁，樹木茂密，遮天蔽日，山洞周圍有數十名士兵把守，他們都是孔宣抽出來的精兵強將。雖然這些士兵是換班輪流看守，但是有些士兵仍然打著瞌睡，對於周圍的聲響他們完全沒有覺察。楊戩和李靖駕雲到此，卯時天還未亮，士兵們犯睏，楊戩右手一揮，變出上百隻瞌睡蟲，飛進這些士兵的鼻孔裡，他們全都倒下，呼呼大睡。

夜間，聲音傳得很遠，楊戩和李靖沒有說話，相互打手勢。二人觀察了周圍的環境，然後進入到了山洞中，見哪吒和雷震子雙手都被捆仙索反捆著，極為狼狽。

「哪吒，爹來了，快醒醒！」李靖蹲下來，拚命搖晃哪吒，但哪吒始終沒有反應。

一旁的楊戩也推了推雷震子，喊道：「雷震子……」

一連喊了幾聲也沒有任何反應，李靖看了看楊戩道：「看來，哪吒和雷震子的魂魄真的被孔宣被收了，不管，先把他們背出去再說，過了卯時孔宣法力恢復，我們就更難了！」

李靖和楊戩給二人解捆仙索，怎麼也解不開，李楊二人心急如焚。突然他們的身後一陣大笑，洞門關閉，孔宣現身出來，道：「這是捆仙索，你們就不要白費力氣了！」

李靖和楊戩猛然回頭，楊戩大驚道：「孔宣，你怎麼會在這裡？你這個時候不是應該在睡覺嗎？」

李靖憤怒道：「原來你就是孔宣，妖仙你為何助紂為虐？你把我兒魂魄藏哪裡了？！」

孔宣變出一個一寸長的瓶子，那瓶子透明，內有五色絲帶漂浮，看著有幾分詭異。孔宣得意道：「想救他們嗎？你兒子和雷震子的魂魄被我收入了五色瓶中，這瓶子是用孔雀淚和我的五色神光煉成，無論他是人是妖是神是仙，只要他進入我寶瓶裡，七七四十九天後便要灰飛煙滅。今天已經是第七日了，也不知道他們是否還活著！」

李靖極為憤怒道：「楊戩，我們兩個一起動手，現在卯時未過，他的妖力尚未恢復，我不信我們聯手還打不過他，只要殺了他，奪下瓶子就能救哪吒和雷震子！」

李靖剛要動手，楊戩急忙道：「李將軍，且慢，待我解開他們！」

楊戩將他的兵器三尖兩刃刀插在地上，雙手合掌，默念咒語，並運功，那捆仙索瞬間被解開。

楊戩將雷震子扶起來，李靖也將哪吒扶起來，將他們靠在一邊的石頭上。

楊戩持刀，李靖托塔，面對孔宣，展開陣勢。

孔宣鼓掌，似有調侃之意道：「了不起，真了不起，想不到楊將軍還有這個本事，不過今天你們一個也走不了，我就知道你們遲早要找到這裡來，所以就日夜在此等候，來個一網打盡！」

李靖看了看楊戩，急道：「楊將軍，卯時將過，別跟他廢話，我們速戰速決，以二對一，一定能打敗他！」

楊戩持三尖兩刃刀攻其左路，李靖用六陳鞭攻其右路，雙方功力皆未恢復，楊戩刀法高明，幾個回合下來，孔宣不幸中招，左肩被砍傷。孔宣以孔雀翎劍與二人周旋，相互拆招，戰了數十個回合，才打了個平手。

孔宣準備用五色神光對付他們，但功力衰退，發出來的神光威力減了三分之二。孔宣慌忙道：「這麼會這樣？我的神光怎麼用不了？！」

楊戩大笑道：「妖道，你身為修道之人，難道不知道卯時功力會衰退嗎？今天就是你的死期！」

楊戩從袖筒裡放出哮天犬追著孔宣撕咬，孔宣的孔雀翎被哮天犬咬了幾根下來。

驚慌失措的孔宣當即摔倒在地，哮天犬撲倒他的身上，楊戩踹了孔宣一腳，孔宣口吐鮮血。

楊戩正要持刀殺他，李靖阻攔道：「楊將軍且慢，莫要殺他，先讓他放出哪吒和雷震子的魂魄……」

楊戩再次踹了孔宣一腳，俯身面對孔宣吼道：「妖孽，還不快將哪吒和雷震子放出來！」

「你們是勝之不武，我此刻功力尚未恢復，等我功力恢復了，我一定殺了你們！」孔宣不服道。

李靖威脅道：「你要是再不放出我兒和雷震子，我現在就殺了你！」

李靖從孔宣的背上拔了一根孔雀翎，孔宣疼得大叫一聲。

「放不放？」李靖道。

孔宣就範，從懷裡摸出五色瓶，拔出瓶塞，唸咒語，將哪吒和雷震子的魂魄倒了出來。哪吒的魂魄是一道金光，雷震子的魂魄是一道墨光，他們重新回到了自己的身體。

雷震子睜開眼，見楊戩大喜，道：「楊戩師兄，多謝救命之恩！」

哪吒也睜開眼睛，站了起來，李靖大喜，喊道：「哪吒，你醒了？」

哪吒先是驚喜，隨之變了臉色，道：「你來幹什麼？」

哪吒側到一邊，楊戩急道：「哪吒，此處不宜久留，也不是撒氣的時候，李將軍，雷震子，我們趕緊離開，卯時一過，孔宣法力恢復，我們一個也走不了！」

一行四人正往洞口走，哪吒恍然大悟道：「我的法器呢？定是被孔宣給繳獲了！」

哪吒念著口訣，閉目，凝聚神力，少時，風火輪、乾坤圈、混天綾、火尖槍、陰陽劍、九龍神火罩等一切法器盡數回到他的手裡。雷震子的黃金棍也回到了自己的手中。

哪吒握著火尖槍，得意道：「我們的法器已經與我們合二為一，息息相關，孔宣是拿不走的！你們快走，我殺了孔宣！」

哪吒面對楊戩和雷震子道，對李靖則態度冷漠，不屑一顧。

說罷，哪吒持槍要殺孔宣，怎料，孔宣站了起來，孔雀翎也立了起來，他面露凶光，殺氣十足，正在運功調息。楊戩用左手運了運氣，急道：「不好了，卯時已過，孔宣法力恢復了，大家快跑！」

孔雀動怒，用五色神光射四人，雷震子用黃金棍，炸了一聲響雷，才把山洞的石門炸開，四人飛了出去。

孔宣正要去追，突然一個士兵氣喘吁吁跑過來，心急如焚地稟告道：「統帥，我們的大營著火了，糧草庫也燒起來了，是西岐那夥人做的！」

孔宣震怒道：「豈有此理，我一定要把西岐的人通通殺光。快隨我去救火！」

孔宣急急忙忙出了山洞，這時李靖四人消失在黎明的天邊。

李靖和哪吒父子一路冷戰，形同陌路，楊戩和雷震子都看在眼裡。楊戩對哪吒道：「哪吒，李將軍聽聞你遇難，專程趕來救你的，你父親冒著生命危險來救你，你可不能使小性子！」

哪吒冷笑，道：「他在意我的死活嗎？」

哪吒瞅了瞅李靖，冷漠道：「我不想看到他，我先走了！」

哪吒蹬著風火輪先行一步走了，李靖、楊戩和雷震子他們駕雲在身後追趕。

李靖嘆道：「都是我的錯，不怪他。我當時魯莽，三番兩次差點害死他，哪吒不認我這個爹也罷，只要能將他成功救出，我就無憾了！」

姜子牙一行去孔宣營帳放火，成功歸來，正在相府門外迎接李靖、楊戩一行的歸來。

哪吒先到。姜子牙與西岐諸將正在府門外等候，哪吒見姜子牙激動道：「姜師叔，哪吒我回來了。」

金吒面對哪吒，欣喜若狂道：「三弟，你平安回來就好！我們的計策終於成功了！」

「三弟，爹不是去救你了嗎？」木吒朝周圍看了看，不見人，心裡有些著急。

哪吒嘟著嘴，使小性子，將臉側到一邊。李靖等人落下雲端，來到姜子牙的面前。

雷震子面對姜子牙激動道：「姜師叔，我以為再也見不到你們了！」

雷震子抹了抹眼淚，傷心地說。

周公旦從人群中走出來，拍了拍雷震子的肩膀，欣慰道：「一百弟，你能平安回來，愚兄甚是高興啊！」

雷震子喜極而泣。

李靖面對姜子牙下跪，道：「丞相，多謝你救我兒性命，請受李靖一拜！」

李靖要拜姜子牙，姜子牙深感惶恐，連忙將他扶起來，道：「李將軍，我姜子牙怎敢受你一拜啊，一來你是燃燈師兄的弟子，燃燈乃我闡教副教主；二來救哪吒是我分內之事，哪吒是我西岐將領，就算將軍不求我，我也會拚死相救的。將軍請起，折煞老夫了。」

金吒和木吒看得心裡很不是滋味，哪吒似乎無動於衷，可能他是蓮花化身，沒有血肉，他感受不到父愛。

金吒面對哪吒急道：「哪吒，父親冒著生命危險，深入敵營救你，你難道就不肯叫一聲爹嗎？」

哪吒撒氣道：「要叫你叫，反正我不叫，他三番兩次要害死我，他怎配我叫他爹！」

哪吒一怒之下，甩了甩膀子，跑開了。

李靖慚愧道：「算了，是我這個做父親的有錯在先，就不要怨哪吒了！」

李靖嘆了一口氣，離開了。

天大亮，孔宣軍營的火勢基本已撲滅。孔宣率領朝歌大軍兵臨城下，氣勢如排江倒海，整個西岐城的外圍被圍得水洩不通，一眼望不到頭，黑壓壓一片。

姜子牙率領諸將開了城門，準備與孔宣決一死戰。

孔宣面對姜子牙，大罵道：「逆賊，你好大膽子，你們營救反賊倒也罷了，還燒我軍營、斷我糧草，是可忍孰不可忍！你們蠱惑天下諸侯造反，現在民怨四起，天下大亂，爾等罪莫大焉，快下馬受降，本帥饒爾等不死。姜子牙，今天就是你的死期，我不會再輕易放過你！」

姜子牙道：「閣下說得沒錯，閣下的法力三界內少有對手，經過前面幾次交手，的確我們所有人一起也打不過你，但是凡事都逃不過一個理字，天下諸侯造反與我西岐何干？難道沒有西岐，天下諸侯就不造反了嗎？紂王殘暴不仁，魚肉百姓，對一向忠心耿耿的王叔比干都能下毒手，這樣的君王配做天下之主嗎？我等今日所為乃是替天行道，我奉勸你還是不要逆天而行！」

一旁的李靖取出照妖鏡，嘴裡嘀咕道：「我倒要看看，你是個什麼怪物！」

李靖用照妖鏡照孔宣，鏡子裡呈現的是一塊五彩斑斕的瑪瑙，滾來滾去，西岐諸將紛紛回頭看向照妖鏡，皆感吃驚，楊戩道：「這究竟是什麼東西？」

李靖也深感困惑，道：「我這照妖鏡乃是師尊燃燈道人所贈，三界內一切妖魔鬼怪，只要被這照妖鏡一照，就能現出原形，怎麼卻看不到此怪本相？」

姜子牙道：「這妖物竟有如此神通，連照妖鏡都分辨不出來！」

孔宣看到李靖在照他，於是大笑道：「李靖，你既然想知道我的本相，何不上前來照我？太遠了，我怕你看不清！」

孔宣態度十分囂張，可無論他如何叫囂，李靖都不理睬，只管照他。孔宣頗為不悅，大怒道：「逆賊，我的忍耐是有限度的，不要以為我是好惹的！」

於是，孔宣縱馬持刀直奔李靖，那氣勢勢必要取李靖首級。

哪吒蹬上風火輪，搖起火尖槍，迎戰孔宣，李靖急道：「哪吒回來！」

「我是為報囚禁山洞之仇，並非為了護你！」哪吒回頭面對李靖道。

說罷，哪吒便飛向孔宣。李靖很欣慰，他知道哪吒還是認他這個父親的。

哪吒殺向孔宣，孔宣緊握雙拳，深吸一口氣，再吐了出來，孔雀翎向下雨一樣，射向哪吒，哪吒以混天綾相擊，孔雀翎被擊落一地。

孔宣以孔雀翎劍與哪吒的火尖槍相交，哪吒槍法極快，孔宣全力拆招，兩人大戰三十回合，不分勝負。

「哪吒，你應該知道我的神光一出，你們將全軍覆沒，沒有人能夠抵抗我，我與你一戰就是陪你們玩玩，我勸你還是不要再抵抗了！」

孔宣冷嘲熱諷道。

哪吒不服道：「你休要囂張，我們的戰爭是正義的，而你們是助紂為虐，是不會有好下場的！看槍！」

哪吒陷入苦戰之中。

「雷震子來也！」雷震子拍著翅膀橫掃千軍，平地裡颳起風暴，沙塵滿天，朝歌將士被風沙捲入空中。趁哪吒和孔宣交戰之際，雷震子掄起黃金棍，炸了幾聲響雷，朝歌大軍被炸得滿天飛。

李靖見照妖鏡無法照出孔宣本相，收起照妖鏡，將玲瓏寶塔祭入空中，那玲瓏寶塔瞬間長到十餘丈高，塔身七層，光芒四射，足以射瞎人的眼睛。李靖作法，那玲瓏塔從天而降，哪吒一蹬風火輪躲開了，孔宣來不及躲閃，那玲瓏塔將孔宣罩住。

「收。」李靖作法收回寶塔。

李靖得意道：「我不管你是何方妖魔，你到底還是被我的玲瓏寶塔給收了！」

朝歌大軍見統帥被擒，軍心大亂，分分逃竄，如同熱鍋上的螞蟻團團轉。

西岐將士剛剛鬆了一口氣，正沉浸在喜悅中，突然，李靖的寶塔發出了乒乒乓乓的聲音，像爆竹，玲瓏寶塔出現了裂痕。

李靖臉色煞白，驚道：「怎麼會這樣？這可是玉虛宮的寶物！」

李靖話音未落，「砰」的一聲巨響，寶塔在李靖的掌中爆炸，孔宣飛走了。寶塔爆炸後的碎片濺傷了西岐的很多將士，將士們負傷倒地，血流不止，倒了一大片，姜子牙要不是躲得快，也要中招。

李靖滿臉是血，額頭上還插著碎片，髮型也成了爆炸式，將軍服也被撕碎，狼狽不堪，倒地不起。

金吒和木吒連忙衝到李靖面前，異口同聲道：「爹，你怎麼樣了？」

金吒連忙將李靖扶起來，用衣袖為李靖擦了擦臉上的血，激動道：「爹，你的傷……」

「我的塔……完了……那可是崑崙山的寶物。」李靖激動道。

木吒道：「爹，都什麼時候了，你不顧傷勢，還在想你的塔，既然是寶物，肯定能修復！」

哪吒見李靖受傷，來到李靖面前，冷淡地說了一句道：「要是受了傷就進城養傷吧，這裡有我們呢！」

金吒不滿道：「哪吒，都什麼時候了，你還是不肯原諒爹嗎？」

李靖心心念念道：「哪吒，不要強出頭，爹征戰多年，又在燃燈大師身邊修行多年，從未見過如此強大的妖孽，以你們的法力還不足以對抗，快撤，聽爹的……」

李靖身體虛弱。

姜子牙連忙吩咐左右道：「來人，快抬李將軍進城養傷。」

三五名士兵出列，抬著李靖，由金吒和木吒陪同，進了城。

孔宣毀了玲瓏寶塔，氣焰十分囂張，嘲笑道：「難道你們西岐沒人了嗎？什麼玲瓏寶塔，用這種破銅爛鐵來對付我？」

姜子牙氣憤道：「孔宣，你休要囂張，天外有天，我不管你是什麼妖怪，雖然你一時得意，總有克制你的法寶，多行不義必自斃，我勸你回頭是岸！收兵。」

姜子牙傳令諸將道，將士們緩緩往城裡撤去。

孔宣不罷休，道：「雷震子用驚雷殺我大軍這麼多人，你們就想如此輕鬆離去，休想！」

孔宣再次發功，千萬枝孔雀翎射向西岐將士，周軍很多將士被孔雀翎所傷。哪吒再次攪動混天綾，將孔雀翎擊落。

楊戩縱身一躍，三尖兩刃刀刺向孔宣，隨之放出哮天犬。孔宣使出五彩神光，神光所照之處，草木枯死。楊戩念避光口訣，以避光法術避之，無濟於事，衣服大面積被燒焦，皮膚也被灼傷。

雷震子和哪吒助陣楊戩，哪吒丟擲九龍神火罩用三昧真火燒孔宣，孔宣的五彩神光暫時被九龍神火罩的火光擋住了；雷震子飛去空中，持黃金棍，朝孔宣迎頭打來，孔宣躲閃，撤了神光，楊戩趁此機會，逃走了。雷震子的黃金棍卻被吸入孔宣的紅光之中。雷震子沒了法器，用他的風雷雙翅，炸了孔宣幾個驚雷，便趁機溜走。

哪吒也趁此收了九龍神火罩，轉身逃走。

孔宣大喊道：「楊戩，我知道你有七十二般變化，三界內的所有東西你都可以變出來，如何不敢與我一戰，豈是大丈夫所為？今日一戰，不是你死就是我亡，定要分個勝負！姜子牙拿命來！」

姜子牙見諸將皆非對手，今日一戰損兵折將，怎料孔宣窮凶極惡，姜子牙催開四不相，高舉打神鞭，迎戰孔宣。

戰了三個回合，孔宣便放出五彩神光，姜子牙見神光凶惡，忙以杏黃旗招展，旗有千朵金蓮，護住身體，神光無法滲透。姜子牙用打神鞭痛擊孔宣，打得孔宣無招架之力，屢屢敗退，但姜子牙也無法抗拒神光對他的腐蝕，屢戰屢退，直到成功斷後，保護周軍將士退入城中。孔宣仍在城外叫囂，周軍按兵不動，死守城池。

李靖被抬回府裡，金吒、木吒緊隨其後，不間斷地詢問李靖的傷情；西岐將士紛紛退回城裡，黃飛虎、雷震子、哪吒、楊戩、武吉等數十位西岐將領陪同姜子牙探望李靖；周公旦和姬發聽聞李靖傷情，帶著侍衛前往李靖府上探視。李靖傷勢很重，臉色蒼白，姬發剛邁進門，李靖就吐了一口血，連被子也染紅了。

姬發連忙吩咐左右道：「疾醫來了沒有？快宣！」

「主公，疾醫馬上趕來，只是李將軍是被孔宣的神光和他的玲瓏寶塔所傷，我擔心疾醫也束手無策啊！」姜子牙憂慮道。

見李靖面色蒼白，身體十分虛弱，金吒和木吒憂心忡忡，伺候左右。

姬發緊緊握住李靖的手道：「李將軍，你一定要好起來，你們父子四人為西岐立下汗馬功勞，孤尚未報答，你可不能有事啊！」

李靖奄奄一息，道：「主公，我傷勢很重，恐怕活不了了，以後我的三個兒子就依仗主公和丞相多多照顧了……」

李靖說不上幾句話就咳嗽不已，再次吐了一口鮮血，更加虛弱。

金吒和木吒撲向李靖身邊，痛哭道：「爹，你的恩情孩兒尚未報答，娘也沒有找到，要是娘有一天找不到你，我們母子該怎麼辦啊！」

李靖摸了摸金吒和木吒的腦袋，又看了看哪吒，道：「你們都長大了，沒有爹娘在身邊也是一樣的，你們三個我最擔心的就是哪吒，他好出頭，萬一遇到強敵，我真擔心啊……」

哪吒依然無動於衷，表情麻木地看著李靖，完全看不出他對眼前這個即將死去的父親還有一絲情義。

金吒怒了，大喝道：「哪吒，他是咱爹，就要死了，你難道就沒有一點血性嗎？」

姜子牙走到哪吒面前，面對桀驁的哪吒，道：「哪吒，除了你的師父太乙真人和你的母親，相信你最聽姜師叔的話，過去看看你爹，和他說幾句話，如果你爹真的有個好歹，你後悔都來不及！」

哪吒緩緩走到李靖的面前，蹲在地上，李靖摸著哪吒的腦袋，欣慰道：「哪吒，你現在是西岐的英雄，也是三界的英雄。以前是爹不好，爹沒有顧及你的感受，三番兩次害得你投生不成，爹有罪，爹向你道歉。當時東海龍王發兵陳塘關，爹為了救全城百姓，不得不拿你治罪。爹不是一個好父親，你被太乙真人救走後，後來爹和娘也曾到乾元山金光洞找你，你已經離開去了西岐。爹這次本來要去九天玄女宮找你娘，但聽說你有難，爹先來救你，以後爹不能在你們兄弟身邊了，只有靠你們自己了……」

李靖說不上幾句再次咳血，哪吒冰封的心終於再度被融化了。見李靖傷勢嚴重，他痛心不已，跪在了李靖的面前，道：「爹，哪吒那時年幼，少不更事，直到今天聽完父親的話，孩兒方知錯在自己，是自己殺了龍太子，闖下大禍。孩兒給爹叩頭了，爹你千萬不要出事啊，我們一家五口還未團聚呢！」

哪吒痛哭流涕。

李靖微笑道：「我兒長大了，我兒是蓮花化身，竟然流了眼淚，你的孝心感天動地，爹有你們這樣的兒子，雖死無憾了。」

「報……主公、丞相，府外有兩位道長求見。」一個府兵急急忙忙闖進來，面對姜子牙和姬發稟報道。姬發道：「快請。」

少時，兩位道長有說有笑地走進來。

一位是燃燈道人，另一位是準提道人。那準提道人頭頂肉髻、螺髮，眉心白毫，耳垂很長，嘴唇很厚，濃眉大眼，著僧袍，穿一雙草鞋，敞胸，右手拿著加持神杵。

姜子牙見燃燈道人，連忙上前見禮道：「子牙見過師兄。」

燃燈道人道：「子牙，今日貧道和準提道兄來此，專門為魔神孔宣而來。」

姜子牙面對準提道人，驚訝道：「原來是西方聖人準提道長，道長大名如雷貫耳，今日一見，子牙三生有幸，姜子牙拜見道長。」

姜子牙面對準提道人作揖。

準提道人為人灑脫，大笑道：「丞相無須多禮，你才是西岐的有功之臣，玉虛宮有你這樣的弟子，元始道兄也臉上有光啊！」

姜子牙深感受寵若驚。準提道人說著就來到了李靖身邊，眾人拜見了準提道人便退到一旁。

準提道人見奄奄一息的李靖，搖了搖頭，嘆道：「善哉善哉！」

準提道人用加持神杵在李靖的身上過了一遍，李靖頃刻之間傷勢痊癒。

「李靖，你可以起來了。」準提道人道。

李靖頓時神采奕奕。他從床榻起身，站起來，舒展筋骨，完全沒有受傷的跡象。李靖深感詫異道：「道長，這……」

準提道人哈哈大笑道：「貧道今日前來就是為了收復孔宣，我這加持神杵專治他那神光之傷，玲瓏寶塔乃你貼身法器，與你心意相通，所以你的傷不重！」

「多謝道長救命之恩！」金吒、木吒和哪吒跪在準提道人面前，異口同聲道。

準提道人伸手示意他們起身，道：「三位將軍請起，除魔衛道、救死扶傷乃我輩修道之人分內之事！」

李靖來到燃燈道人面前，見禮道：「師尊，弟子有負所望，未能殺死孔宣，反倒差點送了性命，弟子慚愧！」

燃燈道人搖了搖頭，笑道：「李靖，孔宣乃上古魔神，鳳凰所生，又吸收天地日月精華，在崑崙山聽元始天尊說法，從而得道，法力無邊，你敗給他為師不怪你！」

「怪不得連照妖鏡都分辨不出來！」李靖感慨道。

姜子牙大吃一驚，道：「原來孔宣來歷非常！孔宣到來，西岐受到重創，雖然我們曾遇到過像趙公明、聞太師這樣的強敵，但也沒有像這樣一敗塗地。孔宣是西岐起義以來遇到的最強對手，就連哪吒和楊戩都敗下陣來，雷震子的黃金棍也被孔宣繳獲！」

準提道人道：「諸位請安心，孔宣與我西方教有緣，我正為收復此怪而來。」

諸將聽罷，方才安心。

李靖留在府上修復他的寶塔，楊戩、哪吒、燃燈道人陪同準提道人來到了孔宣的營帳前。孔宣營地軍紀渙散，管理鬆懈，似乎所有人都沉浸在勝利的喜悅中。此時此刻的孔宣或許真的不把西岐放在眼裡，和部將正在營帳裡開懷暢飲，高談闊論，狂放不羈。

準提道人便在營地大喊道：「孔宣出來答話！」

一個醉酒的士兵一隻手提著酒壺，走路搖搖晃晃，一身酒氣，甚是狼狽，對準提道人辱罵道：「哪裡來的瘋子！我們統帥也是你想見就見的？姜子牙被我們統帥打敗了，我不管你是誰，我還是勸你回去告訴姜子牙，早早出城投降，免得打得他屁滾尿流！」

幾名守衛的士兵一聽，哈哈大笑。

孔宣聽聞外面吵鬧不休，忙和部下出了營帳，來到準提道人面前，他的臉喝紅了，但是意識還是清晰。

「你誰呀？竟敢上來送死？」孔宣面對準提道人不屑一顧道。

又看了看準提道人身後的楊戩、哪吒和燃燈道人，嘲笑道：「楊戩、哪吒，你們都是我的手下敗將，還敢來受死？！」

哪吒惱羞成怒，緊握火尖槍，看陣仗像是要攻過去，楊戩把他拽住了，面對孔宣沉著冷靜道：「孔宣妖神，今天不是我們和你打，自有人能收服你！」

孔宣一陣冷笑，囂張道：「誰？是他嗎？」

孔宣盯著準提道人問。

準提道人搖了搖頭，嘆道：「孔宣，天理循環誰也阻止不了，商朝氣數將盡，你輔佐紂王無疑是幫他苟延殘喘，世界這麼大，你以為你的法力就是最強的嗎？我勸你還是回頭是岸，以免招來殺身之禍。貧道與你有緣，特來接你共享西方極樂世界，演講三乘大法，成就正果，得金剛不壞之身，豈不美哉？何苦在此造下無邊殺孽！」

孔宣道：「一派胡言，休想感化我！」

孔宣拔刀衝向準提道人，朝道人天靈蓋劈來，準提道人手中的七寶妙樹一揮，孔宣的大刀被擊落在地。

孔宣氣急，忙對左右道：「取我金鞭來！」

孔宣剛拿到金鞭，準提道人又將七寶妙樹一掃，孔宣的金鞭也被打落。孔宣大怒，以紅光射向準提道人，燃燈道人、哪吒和楊戩避之不及。

準提道人的道袍以及身上所有器物都被孔宣的五色神光給烤焦，紛紛落地。準提道人通體金光，十八隻手，二十四顆頭，執定瓔珞傘蓋，花罐魚腸，加持神杵、寶銼、金玲、金弓、銀戟等。

準提道人用加持神杵打在孔宣的肩膀上，孔宣毫無招架之力，就像是一隻綿羊，沒有反擊能力。

神杵發出耀眼的金光，孔宣的眼睛也出現了綠光，準提道人道：「道兄，請現出你的原形吧！」

孔宣化作一隻目細冠紅的孔雀。孔宣身邊的部將和士兵們見孔宣現了原形，紛紛丟盔棄甲，逃離此地。

準提道人坐在了孔雀身上，面對三人道：「燃燈道兄、兩位道友，準提告辭了，如今孔宣已成正果，西岐再也沒有強敵，貧道衷心祝願你們早日完成滅商大業，告辭。」

孔雀一撲，飛往西方世界去了，只見五色祥雲、紫氣盤旋。

燃燈道人目送準提道人走遠，回頭對哪吒和楊戩道：「哪吒、楊戩，你們才是子牙身邊最得力的將軍，朝歌的大半妖魔乃是你們所擒。如今趙公明和聞太師已死，孔宣也被降服，截教門人大部分菁英已盡數在此戰中夭折，以後西岐再無強敵，你們回去後轉告子牙，讓他一鼓作氣拿下朝歌，我和你們的師祖元始天尊才能安心啊！」

「謹遵燃燈大師法旨。」哪吒和楊戩異口同聲道。

燃燈道人駕雲西去崑崙。

第十五章　破滅誅仙大陣

碧遊宮立於東海蓬萊仙島上。碧遊宮在海霧的籠罩下若隱若現，夕陽灑在碧遊宮的銅磚金瓦上金光閃閃。仙島之上霧松遮天蔽日，將碧遊宮環抱在內，金碧輝煌的仙宮層層疊疊，亭臺、樓閣點綴山間，精緻而氣勢恢宏。這就是截教祖庭，東海碧遊宮。

截教教主通天教主正在上清殿內閉關修煉。他盤腿坐於蒲團之上，閉目打坐，雙掌置於丹田處，頭頂有神光護體，頭髮花白，黑色的長鬚，梳著髮髻，插著一根紋著八卦的玉簪，表情安詳，不怒自威。

金靈聖母落下凡來，朝上清殿而來。她身負重傷，走走停停，時不時回頭打望。她用右手按住胸口，踏上了上清殿外的階梯，她一路爬行，有些吃力，走不上幾步又口吐鮮血。

金靈聖母吃力地推開門，舉步維艱地來到了通天教主面前，終於站不住倒下來了。她氣喘吁吁地爬到通天教主面前，衣服被鮮血染紅，雙手沾滿鮮血，慘不忍睹。

「師尊，弟子無能被燃燈道人用定海珠打傷，命不久矣，求師尊為我報仇。你的徒孫聞太師，還有余元、公明師兄、石磯師妹，他們都死於闡教弟子手中，截教門人已死大半，師尊你難道真的嚥下這口氣嗎？」金靈聖母老淚縱橫道。

通天教主道：「你是我的嫡傳弟子，又是截教女仙之首，你的法力應該在闡教十二金仙之上，怎麼會受如此重的傷？！」

金靈聖母悔恨道：「都怪我大意，崑崙金仙都被我一一擊敗，我是被燃燈偷襲所傷。師尊你一定要替弟子們報仇啊……」

說罷，金靈聖母氣絕身亡。

通天教主眼淚翻滾而出，金靈聖母死在他的身邊，死不瞑目，通天教主用手為金靈聖母合上了眼睛。

通天教主怒髮衝冠，道：「元始天尊，我本無意與你為敵，但是你闡教中人欺人太甚！如今我截教有一半弟子都命喪你闡教弟子之手，連燃燈都親自動手，是可忍孰不可忍，本尊與你誓不罷休！」

頓時仙島之上電閃雷鳴，怨氣沖天，天上籠罩的一團紫氣變成了黑氣。

誅仙大陣，神鬼莫敵。通天教主在西岐城外十里處擺下此陣，遇人殺人遇神誅神，殺氣騰騰，下無走獸，上無飛禽。誅仙陣的上空被血色的雲朵籠罩，天空飄著血雨，誅仙陣的周圍哀嚎遍野。

姜子牙帶領手下若干武將據守城樓。黃飛虎、雷震子、李靖、金吒、木吒、武吉、楊戩、韋護、南宮適、辛甲、鄧九公、洪錦等紛紛負傷，元始天尊的崑崙十二大羅金仙有半數都折在了誅仙陣；廣成子、赤精子、玉鼎真人、靈寶大法師、黃龍真人、普賢真人等皆敗下陣來，面對誅仙大陣，眾神止步不前，聞風喪膽。通天教主布下天羅地網，諸神身負重傷，法力不能施展，不能騰雲駕霧，只能在城樓上坐以待斃。

只有哪吒是蓮花化身，無魂無魄，無血無肉，才僥倖逃脫通天教主的霹靂手段。哪吒雖然未在此戰中受傷，但也差點喪了元神，為了衝破誅仙陣，也元氣大傷。他逃到了乾元山金光洞。太乙真人在洞中打坐，但與哪吒心意相通，哪吒身上的金蓮藕也出自他的金光洞中，哪吒還未到來，在心靈感應下，太乙真人就已急急忙忙出門等候。

哪吒蹬著風火輪，見太乙真人在洞門等他，他加速了前進，迅速降落。見哪吒風塵僕僕、元氣不足，有些虛弱，真人上前扶著他，緊張道：「孩子，你怎麼了？看起來好像很累的樣子。你乃是女媧娘娘身邊靈珠子轉世，師父傳給你的法寶和法力足以對付人世間的所有妖魔，誰會把你傷成這樣？」

哪吒杵著火尖槍，一頭跪在了太乙真人面前，他全身都沒有力氣，扯著真人的衣襟，眼神裡充滿了恐懼，道：「師父，師叔姜子牙、玉鼎真人、黃龍真人、普賢真人，甚至連廣成子師叔都受了傷，看來天地間將會有浩劫！弟子乃蓮花之身，無魂無魄，拚死才逃出來！」

太乙真人扶著哪吒，急道：「到底發生了什麼事？」

哪吒道：「是誅仙陣。」

太乙真人一聽，大驚失色，嚇得退了幾步，瞪眼道：「誅仙陣？！看來是通天教主親自動手了。誅仙陣由誅仙四劍和誅仙陣圖組成，掌殺伐之事，又有混元金斗助陣，易守難攻，邪惡無比，此陣極為玄妙！孩子，你能逃出來已屬不易了！你廣成子師叔面對此陣都無能為力，何況為師？誅仙四劍乃開天闢地第一神器，要破此陣恐怕要我的師父，也就是你的師祖元始天尊親自出手不可！」

哪吒急道：「師父，快去崑崙山請師祖吧！子牙師叔他們恐怕頂不住了！」

太乙真人道：「孩子，你正虛弱，還好你是蓮花化身，你快進入金光洞中，用蓮池中的水泡一泡，可恢復體力。」

太乙真人將哪吒扶到蓮池邊上，哪吒跳了下去。那蓮池水甚是奇妙，哪吒剛跳下去立刻精力充沛，恢復如初。

真人面對哪吒道：「孩子，你的體力已然恢復，你可先下山，伺機而動，為師隨後就來破他那誅仙陣！」

「弟子遵命。」

哪吒領命後，正要下山，真人叫住他道：「當年元始天尊贈你子牙師叔三杯酒，你今下山，為師也贈你三杯酒。」

真人變出三杯酒，托於掌中，三杯酒中分別放了三枚火棗，哪吒從了師命，將三枚火棗酒一飲而盡。

哪吒蹬上風火輪，風火輪發動，加速轉動，正要起飛時，哪吒突然感到左肩發熱，竟長出一條臂膀來，隨之右邊也長出來一條臂膀，一共長出來八條臂膀。哪吒恐懼，調轉回頭面對太乙真人道：「師父，怎麼突然我長出這麼多手？」

太乙真人捋了捋鬍鬚，長笑道：「哪吒，子牙帳下能人異士頗多，如今你有三頭八臂，不負金光洞威名啊！」

「徒兒先行一步。」哪吒收了八臂，朝西邊飛去。

姜子牙所部已經敗退到了汜水關，正清點殘兵敗將，黃龍真人灰頭土臉，狼狽不堪地退了回來，面對姜子牙，一籌莫展道：「子牙，這誅仙大陣是會移動的，我們走到哪裡，他們就跟到哪裡，看來這一次通天教主是要趕盡殺絕了！我們只有在此安營紮寨，廣納能人異士，等師尊來了方可前進。」

姜子牙嘆了一口氣，道：「能對付通天教主的，只有師尊元始天尊和道德天尊了。」

姜子牙走到部下武吉和南宮適面前，吩咐道：「武吉、南宮適，你們安排下去，就在此地安營紮寨，沒有我的命令，誰也不能離開營地半步！」

二人聽令後，帶著幾隊人蓋蘆蓬去了。

哪吒從天而降，他現了三頭八臂，走進關來。西岐士兵連忙揮刀阻攔，一名士兵進了帳內通報，急奏道：「丞相，外面有個三頭八臂的怪物闖了進來，攔不攔，請丞相定奪！」

姜子牙和李靖、金吒、木吒正在帳內議事，聽聞後一起出了營帳。李靖還是一眼就認出了哪吒，問道：「你可是哪吒？」

金吒和木吒面面相覷，異口同聲道：「真的是哪吒？」

李靖大吃一驚道：「哪吒，你怎麼會長出三頭八臂來？」

哪吒便收了神通，來到父親面前，得意道：「是師父太乙真人賜給兒子三顆火棗，徒兒飲罷立刻就長出了三頭八臂，師父說是要我用此神通助周伐紂。」

李靖聽後很是欣慰。哪吒面對姜子牙道：「師叔，我師父太乙真人隨後就到。」

姜子牙見後，大悅道：「哪吒有此神通，可喜可賀啊！我西岐諸將同心同德，何愁他商朝不亡！」

姜子牙和李靖父子四人一同回到營帳內。

少時，武吉、南宮適等幾位將官走進了營帳內。面對姜子牙，武吉奏道：「丞相，蘆蓬已經搭建完畢。」

姜子牙面對眾人道：「諸位將官要死守關隘，保主公，我和黃龍真人前往蘆蓬等候元始天尊及諸位仙長，會誅仙陣，有妄動者，軍法從事！」

李靖、南宮適等將領領命後，出了營帳。

姜子牙來見姬發，姬發正為誅仙陣發愁，急得焦頭爛額，在大殿上來回徘徊。

姜子牙拜道：「主公，臣先去取關，此處有將士保護主公，取了界牌關，臣再來迎接王駕。」

姬發憂心忡忡，問道：「相父，你告訴寡人，破誅仙陣有幾成把握？」

姜子牙堅定道：「主公，臣只能跟你說邪不壓正，天命在我們這邊，誅仙陣也只是逆天而行！」

姬發道：「寡人明白了，相父多加小心。」

姜子牙拜別了姬發，離開了大殿，和黃龍真人及闡教弟子離開了汜水關，來到蘆蓬。少時，崑崙金仙紛紛到此。

眾仙來到誅仙陣前，擺好架勢，準備破陣。只見那誅仙陣東面懸掛著一把誅仙劍，南面懸掛著一把戮仙劍，西邊懸掛一把陷仙劍，北面懸掛一把絕仙劍，前後有門有戶，殺氣騰騰，陰風颯颯。燃燈道人對眾仙道：「諸位，這誅仙陣如此邪惡，我們還是快回蘆蓬，等掌教師尊到來。」

崑崙眾仙正要回返，陣內多寶道人仗劍一躍而出，大呼道：「廣成子休走！」

廣成子大怒道：「多寶道人，此處可不是碧遊宮，你竟敢如此放肆！況且兩教早有約定，如今在此擺下誅仙陣，造下無邊殺孽，你等欺人太甚，我豈能容你！」

廣成子以隨身寶劍與多寶道人展開大戰，混沌中二人打得不可開交。

廣成子祭出翻天印，打中多寶道人的背心，多寶道人逃回陣中。

只見元始天尊乘九龍沉香輦臨凡，崑崙諸仙紛紛拜見元始天尊，分站成兩排，侍候左右。

多寶道人見元始天尊到來，嚇得直哆嗦，喃喃自語道：「看來此戰只有請教主親自上陣了，我哪裡是元始天尊的對手！」

半晌後，果然見通天教主到來。通天教主坐在八卦臺，門人侍候左右，有多寶道人、無當聖母、金光仙、烏雲仙、靈牙仙、金箍仙等。通天教主修成五氣朝元，三花聚頂，乃萬劫不壞之身。

通天教主見元始天尊，忙從八卦臺走下來，稽首道：「師兄，既然親自來了，那就上誅仙陣來，我們比個高低！你闡教弟子殺我截教門人無數，這個仇我不能不報！」

元始天尊將手中拂塵搭於肩後，道：「師弟，若不是你管教無方，縱容你截教弟子肆意妄為，又豈會生靈塗炭。我闡教弟子是在替天行道！」

通天教主冷笑道：「替天行道？！什麼是天意？還不是你元始天尊的意思？你的意思不就是天意嗎？」

元始天尊道：「師弟，好歹你也是經受無量劫的一教之主，說話怎麼如此不負責任！當日在碧遊宮共議封神榜，當面彌封，立有三等，根行深者，成其仙道；根行次之，成其神道；根行淺薄，成其人道，仍隨輪迴之劫，此天地之生化也。成湯無道，氣數當終，周室仁明，應運當興，師弟阻止子牙難道不是悖逆天道？！當日約定封神榜內應有三百六十五位，分有八部列宿群星，當有三山五嶽之人在數，師弟如何出爾反爾？誅仙陣殺氣太重，此陣絕非我道家所推崇，本尊勸師弟還是早撤了去為妥！」

通天教主道：「師兄，當日封神榜之約不假，但我截教弟子大半死在你闡教弟子手裡，這口惡氣我不能不出，本尊身為截教教主，如果不為門人報仇，那我這個教主怎能服眾？這樣吧，既然我已經擺了誅仙陣，我們還是一較高下為好，只要你能破我誅仙陣！」

「好，既然如此，那我就來破你誅仙陣！」元始天尊一氣之下上了誅仙臺。

通天教主兜回奎牛，進入戮仙門，截教門人隨之進入。元始天尊緩緩行至誅仙門，見門口懸掛誅仙劍。元始天尊把九龍沉香輦一拍，命四揭諦神撮起輦來，四腳生有四枝金蓮花，花瓣上生光，光上又生花，有萬朵金蓮照在空中。元始天尊坐於其中，進入誅仙門。通天教主發一掌掌心雷，震動誅仙劍，寶劍晃動。元始天尊進入門內，又是一層，寫著「誅仙闕」。元始天尊從正南面往裡走，至正西，又在正北坎地上看一遍，後往東門而去。崑崙諸仙上前接應，燃燈道人問道：「此陣中是何光景？」

元始天尊擺了擺頭，一句話也不肯說，繼續往前走。

南極仙翁來到元始天尊身邊，一臉困惑道：「師尊既入陣中，今日何不破它，讓姜師弟順利通關？」

元始天尊嘆道：「此陣乃我道門第一凶陣，殺氣騰騰，遇神誅神，為師一人之力難破陣，待道德天尊到來，再做打算！」

話剛落，空中仙樂響起，有五彩祥雲，一聖人騎青牛而來，飄然而下。那聖人童顏鶴髮，身著黃色道袍，手執拂塵，頭頂紫金髮冠。

道德天尊見元始天尊，二人相互稽首，門人見過道德天尊後，分站兩旁。

面對元始天尊，道德天尊道：「通天師弟擺此誅仙陣，阻礙子牙通關，此乃何意？待我問他去！」

元始天尊道：「誅仙陣乃我道門第一殺陣，凶惡無比，今日我到陣中走了一遭，未曾與之較量，等道兄一起來破！」

道德天尊道：「此陣乃開天闢地以來最邪惡的陣，如果不毀了它，日後難免生靈塗炭，三界不安啊！」

道德天尊來到陣前，通天教主向他行了稽首禮。道德天尊質問通天教主道：「師弟，我三人共立封神榜，乃是體上天應劫之數，你阻礙子牙通關，難道想逆天嗎？」

通天教主憤憤不平道：「師兄，闡教門人殺我截教弟子眾多，我身為掌教師尊如果不為他們出頭，我的老臉往哪裡放？今日要麼你們破了我的誅仙陣，要麼退出去，伐商之事作罷！」

一旁的元始天尊道：「通天師弟，你應該清楚，你的誅仙陣再厲害，我和道德天尊聯手也是可以破的。為了不傷和氣，我勸你還是撤了去！」

通天教主大笑道：「二位師兄，你們不要太得意，沒到最後一刻，鹿死誰手還不一定，有本事你們就儘管來破吧！」

通天教主言罷，隨兜奎牛進入陷仙門去。道德天尊把青牛一拍，往西方兌地來，至陷仙門下，將青牛催動，只見四足祥光白霧，紫氣紅雲，騰騰而起，道德天尊將太極圖抖開，化一座金橋，入陷仙門來。通天教主打出掌心雷，催動陷仙門上懸掛的寶劍，只要寶劍一動，任神仙頭落。道德天尊笑道：「通天師弟，休要得意！」說罷便祭起枴杖朝通天教主劈面打來。

通天教主見道德天尊進他的誅仙陣如入無人之境，頓時面紅耳赤，惱羞成怒，用手中劍忙與道德天尊交鋒。

通天教主大怒道：「師兄，你有什麼招數儘管使出來吧！」

「通天師弟，你敗局已定，我和元始天尊聯手，崑崙諸仙尚未動手，你以為你能抵擋我們這麼多人嗎？回頭是岸！」道德天尊苦口婆心道。

通天教主仍在苦苦反抗，二聖在陷仙門裡大戰，戰至半個時辰，只見陷仙門裡八卦臺下，截教門人一個個目露凶光，陣內四面八方雷鳴風嚎，電閃雷鳴，毒氣瀰漫。陣內狂風攪得通天河波浪翻滾，響雷震得界牌關地裂山崩，閃電的威力幾乎讓諸仙瞎眼。

道德天尊正在陣中與通天教主苦苦周旋，元始天尊連忙來戰，面對道德天尊道：「師弟，讓我來助你一臂之力！」

元始天尊換了裝束。只見他戴九霄冠，穿八寶萬壽紫霞衣，一手執龍鬚扇，一手執三寶玉如意。

通天教主見元始天尊助陣，心生餘悸，道：「你們這是要以多欺少？」

元始天尊道：「師弟，這不是比試，希望你回頭是岸，你要明白此戰你必敗無疑！」

兩位天尊同時對戰通天教主，或上或下，或左或右，通天教主頻頻中招，元始天尊的玉如意正中他胸口，打得他大吐鮮血。

多寶道人見通天教主受傷，從八卦臺趕來迎戰二位天尊。多寶道人仗劍來取，道德天尊忙以枴杖擋劍，隨即取風火蒲團祭於空中，對蒲團中的黃巾力士道：「將此道人拿去，安置桃園，待我發落！」

風火蒲團將多寶道人收了進去。

通天教主受傷，元始和道德兩位天尊一擁而上，一人持神仗，一人拿龍鬚扇，正欲對通天教主發動致命一擊。通天教主大袖一揮，發動陣內機關，對兩位天尊萬箭齊發，這才逃過一劫。

道德天尊道：「讓他逃了……」

「通天教主乃創世之神，憑我們的神力豈能輕易殺死他，只盼他迷途知返，我們三人一起治理三界！」元始天尊道。

二位天尊出了誅仙陣，廣成子上前啟奏道：「二位天尊，西方準提道人來見。」

正稟奏時，準提道人已至。準提道人見二位天尊，連忙稽首道：「兩位道兄，貧道來東南兩土，未遇有緣，見東南二處有數百道紅氣沖天，知是有緣，以充西法，故來此會截教諸友！不知戰況如何？」

元始天尊道：「本尊與道德天尊合力中傷通天，通天雖以屏障逃走，誅仙陣卻不得破！」

準提道人道：「兩位道兄不必煩憂，西方接引道人隨後便到，到時我四人一同破那誅仙陣。」

準提道人正說時，西方現一道佛光，那接引道人坐蓮臺而來。接引道人向元始天尊、道德天尊和準提道人打了稽首。

接引道人道：「貧道受準提道兄之約，來會有緣之人，也是欲了冥數。」

元始天尊大喜道：「今日四友俱全，當早破此陣，通天教主逆天而行，焉能得逞！」

道德天尊道：「通天教主的末日來了。」

元始天尊遂對身後弟子道：「玉鼎真人、道行天尊、廣成子、赤精子，你四人將手伸過來。」

四人來到元始天尊面前，並伸出手，天尊在他們的手心裡一一畫了一道符。四人面面相覷，不知何意，疑惑地看著元始天尊。

元始天尊道：「明日你等見陣內雷響，有火光沖天，一起把陣內四劍摘了去，我自有妙用。」

四人領命後，便站到一旁。

元始天尊又對燃燈道人道：「你在空中，若通天教主往上走，你可用定海珠打他，也讓他知道我闡教法寶的厲害！」

吩咐完畢後，一切準備就緒。次日黎明，四聖一起來到誅仙陣前，齊刷刷飛入陣中。通天教主此時傷勢已經痊癒，他帶領門人從戮仙門而來。

通天教主面對接引道人和準提道人，不滿道：「二位是西方聖人，怎管起我東方教之事？」

準提道人看了看接引道人，又向通天笑道：「通天道兄，我弟兄雖為西方教主，但闡教和截教之爭關乎我三界安危，周與商的戰爭已經持續太久了，我等也是憐憫蒼生，特來勸架的。希望通天道兄能收了誅仙陣，讓周開國，這樣一來也了卻了我們的一樁心願，讓天地重回秩序！」

通天教主大怒道：「既然如此，本尊就不與你們做口舌之爭了，想要通關就必須破我誅仙陣。這原本是截教和闡教之間的恩怨，既然你們西方教要多管閒事，那我們就比試比試吧，此戰中生死勿論！」

通天教主說罷，進入陣中。

元始天尊面對準提道人和接引道人道：「道兄，如今我四人各進一方，也好一起攻他！」

接引道人道：「我進離宮。」

道德天尊道：「我進兌宮。」

準提道：「我進坎地。」

元始天尊道：「那我就進震方。」

元始天尊先入陣中，通天教主以掌心雷催動誅仙劍，那誅仙劍化作萬道劍氣，五顏六色，一起射向元始天尊。

元始天尊頭頂有神光，更有千朵蓮花，瓔珞垂珠，源源不絕，那誅仙劍傷不得他。

接引道人進了離宮，此乃戮仙門。通天教主再次以掌心雷催動接引道人頭上寶劍。那道人頭頂出現三顆舍利子，鎮住了戮仙劍。

道德天尊從陷仙門入。通天教主以掌心雷催動陷仙劍。道德天尊頭頂出現玲瓏寶塔，萬道金光，定住了陷仙劍。

準提道人從絕仙門入。那通天教主再次催動絕仙劍。準提道人手執七寶妙樹，放出萬朵金蓮，止住絕仙劍。

四位聖人一起進入闕前。

道德天尊道：「通天師弟，我四人已經進入你的誅仙陣，誅仙四劍對我們沒有用，你當何為？還不快快束手就擒！」

通天教主振臂作法，口中念訣，陣內黃煙瀰漫，頓時陣內四方如銅牆鐵壁。

通天教主仗劍來取，直指接引道人。接引道人以拂塵擋之；道德天尊舉神拐來打通天教主；元始天尊以三寶玉如意與通天對戰；準提道人現了法身，有二十四首，十八隻手，執瓔珞、傘蓋、花貫、魚腸、金弓、銀戟、加持神杵、寶銼、金瓶，將通天教主裹挾其中。道德天尊用神拐從通天背後打了一拐，打得通天口吐三昧真火，慘叫一聲。

元始天尊用玉如意打通天。通天教主正忙著招架玉如意，不料又被準提的加持神杵打中，滾下奎牛，幻化而去，被等候在空中的燃燈道人用定海珠打了下來。陣內電閃雷鳴，廣成子等人有符印在手，衝入陣中，廣成子摘去誅仙劍，赤精子摘去戮仙劍，玉鼎真人摘去陷仙劍，道行天尊摘去絕仙劍。通天教主元氣大神，重傷倒地，誅仙陣頃刻間消失得無影無蹤。

大功告成，準提道人和接引道人向元始天尊、道德天尊辭行後，往西飛去。

道德天尊面對受傷倒地的通天教主，感慨道：「通天，你也是創世之神，擁有無邊法力，不該逆天而行啊！我等無意取你性命，隨我去天外天，我與你另外找個修行地，你永遠不能再踏入三界。」

道德天尊抓起通天教主，騎青牛而去。

多寶道人等截教門人急道：「勝敗乃兵家常事，請你放了我掌教師尊。俗話說士可殺不可辱，況且你們是四個人打一個人，贏得也不光彩！」

多寶道人等截教門人正欲追趕時，被元始天尊及崑崙山眾弟子擋住了。元始天尊道：「爾等錯了，截教教主通天是逆天行事，我們只是代天行罰。如今他已敗，爾等如若再執迷不悟，休怪本尊無情！」

截教弟子見元始天尊變了臉色，只好緩緩退去。

元始天尊道：「雖然通天已敗，罪不株連，爾等各自回到道場修煉，願意助西岐一臂之力的，日後還爾金身正果。」

截教弟子見大勢已去，只好乖乖聽話。

元始天尊及崑崙弟子飛至姜子牙處。西岐諸將都在原地待命。

姜子牙見元始天尊歸來，忙上前接應，稽首道：「子牙見過師尊。」

西岐諸將見元始天尊一一參拜。天尊面對姜子牙及西岐眾人道：「子牙，誅仙陣已破，通天教主已經被道德天尊帶到了天外天，從此三界再無通天教主，也無截教，爾等日後伐商便少了阻力！」

姜子牙喜極而泣道：「真是太好了，誅仙陣害死了我們很多人，方圓百里哀嚎遍野，血流成河，弟子以為我西岐末日要到了。要不是師尊、師伯和諸位師兄相助，恐怕子牙無力扛起這伐商大業。太好了，我大軍可以順利通關了！」

姜子牙面對元始天尊激動不已，又回頭看了看西岐將士。哪吒面對姜子牙道：「師叔，伐商路上，一直是我和楊戩師兄為先鋒，這一路的辛酸我們再清楚不過了，我們知道你不容易！身為三軍統帥，你的責任重大！」

姜子牙嘆了一口氣。元始天尊看了看哪吒，對姜子牙道：「子牙，這個蓮花裝扮的小將想必就是哪吒吧。」

哪吒面對元始天尊跪了下來，道：「徒孫拜見師祖。」

元始天尊欣慰道：「哪吒請起，本尊對你早有耳聞，你在子牙身邊我省心不少。伐商大業勝利在望，以後你和楊戩要好好輔佐你們的子牙師叔，明白嗎？楊戩呢？」

元始在人群中搜索。楊戩從人群中出來，來到元始面前，持三尖兩刃刀跪拜道：「楊戩拜見師祖。」

元始俯身親自將楊戩扶起來，道：「楊戩，你的事本尊聽說了，等功成後本尊還你金身正果。你的母親，本尊會讓天帝放她出來，成全你一片孝心。」

「謝師祖！」楊戩感激涕零道。

元始天尊及崑崙諸仙化作一道金光，往崑崙方向而去。

誅仙陣破，姜子牙率部出了汜水關，兵發朝歌。朝歌大將王豹率兵包圍周營，所到之處，雞犬不留，百姓怨聲載道。哪吒向姜子牙請戰，出了周營，蹬風火輪而來。

面對那凶神惡煞的王豹，哪吒道：「你可是王豹？」

「正是本將軍，我看你身穿蓮花，腳踏風火輪，想必就是哪吒吧？」王豹不屑一顧道。

哪吒傲慢道：「你既然知道我大名，何不早早歸降？截教教主已敗，聞太師、趙公明、孔宣，他們都不是我西岐大軍的對手，就憑你如何能扭轉局勢？再過幾日，我大軍就攻入朝歌城，殷商之敗已屬天意，也是民心所向，你早早投降我放你一條生路！」

王豹苦笑道：「我王氏一族，世世代代受王恩，豈能向反賊投降？我王豹生是大商人死是大商鬼，就算身首異處，我也絕不投降！」

哪吒搖了搖頭，無奈道：「我看你也是一條漢子，你這是愚忠！紂王殘暴不仁，屠殺忠良，連王叔比干那樣的忠臣都殺，這樣的人你還要保他嗎？！」

「休要囉唆，吃我一戟！」王豹持畫戟策馬迎戰哪吒。

王豹與哪吒大戰數個回合，落了下風，自知不敵哪吒，於是以一招劈掌雷向哪吒劈來。哪吒一躲，這驚雷打中了哪吒身後的士兵，士兵當即被劈成兩半。

哪吒大怒，道：「真是冥頑不靈！」

哪吒摘下乾坤圈，朝那王豹砸了過去，正中王豹腦門，王豹摔下馬來。

哪吒舉起火尖槍，梟首，將王豹的腦袋插在火尖槍上，高高舉起，示眾。

「你們看著，這就是不知好歹的下場！這是你們主帥的腦袋，你們不要再負隅頑抗，投降者我們將予以寬大處理！」哪吒面對朝歌大軍喊道。

朝歌大軍見王豹身死，倉皇而逃，丟盔棄甲。

朝歌士兵逃回大營，兩名副將狼狽不堪地來到朝歌大將徐蓋營中。

「徐將軍，王將軍被周將哪吒梟首，現在人頭正掛在周營門口。

將軍，我們投降吧，他們就要攻入朝歌，大商就要亡了！」一名副將激動道。

另一名副將道：「是呀，徐將軍，商朝覆滅在即，我等無力回天，就連聞太師都不是他們的對手，我們行嗎？」

徐蓋大怒，從身後兵器架上拔出青銅劍，砍向二將道：「大敵當前，爾等休要惑亂軍心。我大商之臣或死或降，大王身邊就我等幾個忠臣，你們讓我背叛大王，我做不到！」

徐蓋怒髮衝冠，劍鋒上還在滴血。

就在徐蓋不知所措的時候，有兵士突然來報道：「將軍，帳外有一陀頭來見。」

那稟報的兵士見兩名副將倒在血泊中，嚇得直哆嗦。

徐蓋道：「這不關你的事，你出去請陀頭進來！」

士兵連滾帶爬出了營帳。

語畢，陀頭已經進來，面對徐蓋稽首道：「貧道見過將軍。」

徐蓋在陀頭身上打量一番，疑惑道：「你是何人？莫不是周營派來探聽虛實的？」

徐蓋劍指陀頭。陀頭撇開徐蓋之劍，笑道：「將軍誤會了，周營人多勢眾，猛將如雲，眼下將軍孤軍奮戰，豈是周軍對手？」

徐蓋惱羞成怒道：「你……」

陀頭笑道：「將軍莫惱，請聽貧道道來。貧道有一個徒弟，叫彭遵，死在周文王之子雷震子的手裡，這個仇我不能不報！」

徐蓋道：「敢問道長姓名？」

「在下法戒，願助將軍討伐周軍。」法戒態度誠懇道。

徐蓋以法戒為上賓，二人共商伐周之事。

次日，法戒提劍行至周營外，破口大罵姜子牙，點名要姜子牙出戰。

姜子牙帶領西岐諸將出營相見，只見那法戒頭頂戴金箍，身著白色素服，衣服上繪有白鶴圖案。

姜子牙騎四不相來會法戒。法戒上前稽首道：「道兄請了。在下法戒，我弟子彭遵命喪雷震子之手，昨日哪吒又打死朝歌大將王豹，貧道今日特來相會，向道兄討教討教！」

姜子牙道：「道兄，你既來自蓬萊仙島，當知四聖大破誅仙陣之事，截教教主通天教主已被擒，難道道兄還不知迷途知返嗎？」

法戒苦笑道：「沒到最後一刻，鹿死誰手還不知道，今日我定要與你做個了斷！」

雷震子聽罷，早就按捺不住，道：「既然你是來找我和哪吒尋仇的，與子牙師叔何干，那就衝我來吧！」

雷震子拍起風雷雙翅，掄起黃金棍，朝那法戒迎頭打來。

法戒忙以手中劍相迎。二人大戰四五回合，法戒掙脫出來，取出一幡，對著雷震子晃了晃，雷震子像被人下了咒，落了下來，跌入塵埃。

徐蓋遂命左右衝上去，將雷震子拿了。

法戒口出狂言道：「今日我定擒拿姜子牙！」

哪吒蹬上風火輪，持火尖槍衝了出來，喊道：「何方妖道竟敢口出狂言，你以為你過得了我哪吒這一關嗎？你往上面看看，王豹的人頭還吊著呢！」

哪吒面對法戒和徐蓋，指了指懸掛在周營上方的王豹的人頭。

哪吒迎戰法戒。法戒與那哪吒對戰，屢屢敗走，肩膀還被哪吒的火尖槍所傷，鮮血直流。

法戒又取出那招魂旛，在哪吒面前晃了晃，哪吒不受影響，仍然神采奕奕。

哪吒大笑道：「你這招魂幡對我沒用，我乃蓮花化身，無魂無魄！」

法戒臉色煞白，忙要逃走，哪吒取出乾坤圈，砸向法戒，法戒中招，摔倒在地，又站起來繼續跑。

哪吒道：「法戒，我讓你狂妄！今日就是你的死期，你和徐蓋一個也活不成！」

哪吒丟擲混天綾將法戒綁住，又使出九龍神火罩將法戒罩住。哪吒催動神火罩，九條火龍在法戒身上纏繞，那熊熊烈火，法戒頓時化為灰燼。

見法戒身死，徐蓋欲回撤，哪吒再次用乾坤圈砸向徐蓋，徐蓋一聲慘叫，摔下馬來，暴斃。

周軍大獲全勝，將士們熱血沸騰。商軍再次潰逃。

哪吒噴出三昧真火，燒了那法戒的招魂旛，雷震子的魂魄被放出來，雷震子方才甦醒。

雷震子向哪吒感激不盡道：「哪吒，這次多虧你了！」

姜子牙捋了捋鬍鬚，大笑道：「要不是法戒大意，豈會身死？他忽略了哪吒乃蓮花化身，如果不是哪吒，也許今日他真的得逞了！」

哪吒屢立大功，李靖也感到臉上有光，很是欣慰。西岐上下熱熱鬧鬧地回到了營中。

封神演義之哪吒新傳——靈珠降世，戰火燃封神

作　　者：代言
發 行 人：黃振庭
出 版 者：複刻文化事業有限公司
發 行 者：崧燁文化事業有限公司
E-mail：sonbookservice@gmail.com
粉 絲 頁：https://www.facebook.com/sonbookss/
網　　址：https://sonbook.net/
地　　址：台北市中正區重慶南路一段61號8樓
8F., No.61, Sec. 1, Chongqing S. Rd., Zhongzheng Dist., Taipei City 100, Taiwan

電　　話：(02)2370-3310
傳　　真：(02)2388-1990
印　　刷：京峯數位服務有限公司
律師顧問：廣華律師事務所 張珮琦律師

定　　價：399 元
發行日期：2025 年 04 月第一版
◎本書以 POD 印製

國家圖書館出版品預行編目資料

封神演義之哪吒新傳——靈珠降世，戰火燃封神 / 代言 著 . -- 第一版 . -- 臺北市：複刻文化事業有限公司, 2025.04
面；　公分
POD 版
ISBN
ISBN 978-626-428-082-2(平裝)
857.44　　　　114004006

電子書購買

爽讀 APP

臉書